クライブ・カッスラー
マイク・メイデン/著
伏見威蕃/訳

●●

地獄の焼き討ち船を撃沈せよ！(上)

Clive Cussler's Hellburner

扶桑社ミステリー
1644

CLIVE CUSSLER'S HELLBURNER (Vol. 1)
by Mike Maden

Japanese translation published by arrangement with
Peter Lampack Agency, Inc.
350 Fifth Avenue, Suite 5300, New York, NY 10118 USA
through Tuttle-Mori Agency, Inc., Tokyo

地獄の焼き討ち船を撃沈せよ！（上）

登場人物

ファン・カブリーヨ	〈コーポレーション〉会長。オレゴン号船長
マックス・ハンリー	〈コーポレーション〉社長。オレゴン号機関長
リンダ・ロス	〈コーポレーション〉副社長。オレゴン号作戦部長
エディー・セン	オレゴン号陸上作戦部長
エリック・ストーン	同航海長兼操舵手
フランクリン・リンカーン	同特殊部隊チーム指揮官
ハリ・カシム	同通信長
マーク・マーフィー	同砲雷長
ジュリア・ハックスリー	同医務長
ゴメス・アダムズ	同パイロット
マクド・ローレス レイヴン・マロイ	同乗組員
ダヴィド・ハコビアン	アルメニア人。〈パイプライン〉創設者
ソクラティス・カトラキス	ギリシャ人。〈パイプライン〉創設者
アレクサンドロス・カトラキス	ソクラティスの息子。海運商
ウーゴ・エレーラ	メキシコの麻薬王
ビクトル・エレーラ	ウーゴの息子
ラド・サスエタ	殺し屋
セドヴェト・バユール	トルコの軍人
メリハ・オズテュルク	トルコ人ジャーナリスト
ラングストン・オーヴァーホルト	CIA幹部

1

スリナムの海岸線の一八〇海里沖
北大西洋

「これで三度目の針路修正です、船長」サントスがいった。「あの船は、まちがいなくわれわれを追跡しています」

カルベラ船長は、サントス一等航海士の声音から緊張を察した。ふたりは、軍用の電子機器――〈エル・バリエンテ〉（勇者）のような民間のトロール漁船にあるはずがない装備だが、現にここにある――を見おろしていた。

カルベラは、そこに立って顎鬚（あごひげ）を掻（か）いていた。不安なときの癖だった。まったく腑（ふ）に落ちなかった。自動船舶識別装置（AIS）によれば、〈エル・バリエンテ〉を追跡しているのは、インドネシア船籍の全長一八〇メートルの一般貨物船〈スング・バラト〉で、二日後にカラカスに入港する予定になっていた。サントスはその船の海運記録をじっくり調べた。驚くべきことに、〈スング・バラト〉は一九七一年竣工で、この五十年のあいだに十三回以上、船主が代わり、最近では一カ月前に代わっていた。ヴェスルトラッカー社の画像を見ると、まさに浮かぶ難破船だった。船体、船橋、デリックには、錆と汚れの縞模様ができていた。大海原を航海するどころか、屑鉄置場へ行くのが当然の船だった。

のろのろ航走するその貨物船は、この数日、だれの注意も惹かなかった。だが、サントスは、異常な行動を察知するように捜索レーダーをプログラミングしていた。三時間前に〈スング・バラト〉のそういう動きが察知されて警報が鳴ったので、レーダーの警告ソフトウェアの過ちかどうかをたしかめるために、カルベラは針路修正を命じた。

過ちではなかった。

さらに不思議なことに、〈スング・バラト〉の全長と重量は〈エル・バリエンテ〉の二倍もあるのに、壊れかけたその貨物船は追随しているだけではなく、距離を縮めていた。いまでは二キロメートルほど後方にいて、なおも近づいてくる。

「どう思いますか？」サントスがきいた。

「おれの推理もおまえの推理も当たっているだろう。もしかすると、あれは海賊かもしれない」だが、そういいながら、カルベラは信じられないというように首をふった。

「しかし、海賊があんな錆だらけのぼろ船を使うか？　それはありえないだろう」

「どうしましょうか？」

カルベラは眉根を寄せて考えた。こういう立場に置かれた船長には、三つの選択肢がある。逃げるか、隠れるか、戦うか。〈エル・バリエンテ〉はじっさいに民間の船だが、改造され、隠密裏に密輸を行なう機能を備えていた。カルベラと乗組員たちは、大西洋と地中海の漁場や港町を五年以上、徘徊し、姿を見せつつ正体を隠す技を、何年もかけて完璧に磨きあげていた。目につかないようにすることが、彼らにとって第一の最善の防御だった。

その第一の防御を〈スング・バラト〉に破られたことは明らかだった。残る選択肢は、逃げるか、戦うかだった。カルベラはすばやくまたレーダースコープを見た。半径五〇〇キロメートル以内にいる船舶は、〈スング・バラト〉と〈エル・バリエンテ〉だけだった。つまり、この水域で自由にふるまうことができる。銃撃戦になっても、気づかれない。

カルベラは攻撃したかったが、祖父の教えどおり、じっさいに戦わずに敵を打ち負かすのが、どんなときでも好都合なのだ。それは、六十年以上前にマエストラ山脈で若いゲリラ戦士としてチェ・ゲバラやフィデル・カストロとともに戦った祖父が、身をもって学んだ教訓だった。いくら広い外海にいても、やりすぎて当局に通報されるおそれがつねにある。安全策を採るほうがいい。

カルベラは、操舵手のほうを向いた。「リコ、前進全速」

「了解しました、船長」

操舵手のリコが、スロットルレバーを押した。〈エル・バリエンテ〉の巨大なディーゼル機関が、轟然と始動した。〈エル・バリエンテ〉は通常、一一ノットで巡航し、最大速力は一七ノットだった。だが、こういう場合のために、特殊な改造をほどこしたその機関を備えているので、三〇ノットというとてつもない速力に加速した。下甲板で激しく往復運動をくりかえしているピストンの振動で、船全体がガタガタ音をたてていた。

急に速力があがると、ずっとレーダースコープを覗き込んでいたサントスも含めて、ブリッジにいた全員がにやにや笑った。高速航行によって〈エル・バリエンテ〉がたんなるトロール漁船だというごまかしが台無しになることを、カルベラは承知していたが、うなじがちくちくするような嫌な感じをふり払うことができたので、そうする甲斐があった。

「船長、やつら、泡を食っているでしょうね」サントスがいった。「ふり切ります」

「よし、いいぞ」

カルベラは、若い操舵手のリコのほうへいって、肩に手を置いた。この船と船長のことが得意でたまらないリコは、口が裂けそうな笑いを浮かべていた。数分後には、屑鉄まがいのぼろ船とだいぶ距離があいているだろう。

「船長。貨物船が近づいてきます――急速に」

カルベラは、レーダースコープのほうへ行った。自分の目を疑った。〈スング・バラト〉は、六〇ノット以上で航走していた。

六〇ノット！

「レーダーを点検しろ、サントス。どこか故障しているにちがいない」

「さっきコンピューター診断をやったばかりです。すべて正常に作動しています」

「ありえない」カルベラが暗い表情になった。「だが、現にこうなっている」

ふたりは、不安気に顔を見合わせた。

「なにが危険にさらされているか、わかっているな」

サントスがうなずいた。

カルベラの額（ひたい）の血管が脈打った。カルベラには若い妻と子供たちがいる。サントスやそのほかの有資格船員（オフィサー）たちもおなじだ。それが組織に雇われたひとつの理由だった。臨検され、貨物を押収されたときには、乗組員だけではなく家族まで皆殺しになる。

失敗という選択肢はない。

通信機のライトが明滅しているのを、サントスが見た。ヘッドホンをかけて、ボタンを押した。つぎの瞬間、カルベラのほうをちらりと見た。

「船長、〈スング・バラト〉からの通信です。向こうの船長が、船長と話がしたいそうです」

カルベラはうなずいた。「スピーカーにしろ」

サントスが、トグルスイッチをはじいた。

「こちらは〈エル・バリエンテ〉のカルベラ船長だ。主権国アルゼンチン船籍の船で、完全な公海を航行している。おまえたちは何者で、どうして害意をもってわれわれを追跡しているのか？」

「こちらは〈スング・バラト〉のホルヘ・ソト船長だ。諸君に対する害意はない。だが、密輸品がないかどうか検査するから、機関を停止し、われわれを乗船させるよう命じる」

「どの当局の権限で？」

「国際法のもとで」

「べつのいいかたをすれば、そちらにはなんの権限もないわけだな、ソト船長。つまり、おまえたちは海賊で、海賊行為は国際法違反だ。乗船は許可しない」

「われわれを海賊呼ばわりするのなら、スリナム沿岸警備隊を呼び出して通報すればいい。カルベラ船長、そうしてくれ。わたしは待っている」

馬鹿野郎の船長にブラフをコールされたと、カルベラは思った。沿岸警備隊に通報できないことは、どちらも知っている。そんなことをやれば、海賊ソトの乗り込みを許すよりもさらに最悪の事態になる。カルベラは一本指で喉（のど）を切る仕草で、交信を切るよう合図した。

さて、どうする？

「回避機動ですか、船長」

カルベラは立ちあがって、顎鬚をひっぱった。「いや、宜候（ようそろ）だ」

「船長？」

「直進しろ」

「この速力だと、やつらが二分以内に追いつきます」

カルベラの目が鋭くなり、一等航海士の額で光っている珠（たま）のような汗を見据えた。

「そんな簡単な算数は、おれにでもわかる、サントス」

「失礼しました（ミス・ディスクルパス）、船長（ミ・カピタン）」

カルベラは、父親の遺品の〈ロレックス・サブマリーナ〉を見た。砲雷長を肩越しに呼んだ。「バレンティン、〝一番〟を準備しろ」

バレンティンが、深刻な顔でうなずいた。「了解しました（ア・ラ・オルデン）、船長（ミ・カピタン）」

カルベラの時計の秒針が、三十秒に向けて動いていた。「距離と方向は？」

カルベラは、腕時計を見つづけていた。暗算した。頭脳は、どんなコンピューターよりも信頼できる計器だった。

「バレンティン……用意――撃てっ！」

砲雷長がボタンを押した。〈スング・バラト〉の進行方向の水面に向けて、〈エル・バリエンテ〉の船体下の軌条から機雷三発が投下された。

カルベラは、ブリッジの張り出し甲板に出て、双眼鏡を目に当てた。〈エル・バリエンテ〉のプロペラが泡立たせている白い航跡が、遠い貨物船のほうへ、まるでターゲットを目指す曳光弾のように直線を描いていた。

サントスが、一発目の機雷の弾着をカウントダウンした。「五……四……三……」

カルベラは、にやりと笑った。

いまにも触雷するはずだ。

「船長？」サントスが大声でいった。

言葉にする必要はなかった。サントスがレーダースコープで見たものを、カルベラは目をひん剝いて見ていた。ぽかんと口をあけた。

〈スング・バラト〉が不意に左へ九〇度回頭した。

ありえない！

「五〇〇メートル、まうしろです」

カルベラの心臓の鼓動が速くなった。海での長い経験でも、こんなことは一度も見ていない。

「機雷を起爆しろ！」

バレンティンが、遠隔起爆ボタンを押した。〈スング・バラト〉の右で大きな水柱が三本噴きあがり、なんの損害もあたえられなかった。

すさまじい急回頭のせいで、海面が巨大波のように盛りあがって、〈スング・バラト〉の甲板に激突した。衝撃で〈スング・バラト〉は船体を大きく傾けてから、姿勢を建て直し、前進速力を回復した。いまでは機雷投下を妨げるために、〈エル・バリエンテ〉の三〇〇メートル横を並走し、あっというまに追いついていた。

サントスが水密戸（すいみつど）のところに現われた。顔に血の気がなかった。「命令は、船長？」

一等航海士のサントスがそれほど動揺するのを、カルベラは一度も見たことがなかった。サントスは年老いた猟犬のように忠実で信頼できる。だが、失うものはサントスのほうが大きかった。あちこちの国に甘やかされている若い妻が数人いて、肥（ふと）った子供が十五人いる。

「ソトとかいうくそ野郎を無線電話で呼び出せ」

カルベラは、無線のマイクのボタンを押した。「ソト、こちらはカルベラ船長だ、どうぞ。手助けが必要か？ 爆発が三つ見えた――」

「でたらめをいうな、カルベラ。あれは機雷だ。おまえの機雷だ。機関を停止しろ。ただちに」

「なあ、ソト。これが金の問題なら、多少の報酬を支払う許可を得ている――」

「おまえに払える報酬などない、カルベラ。賄賂（わいろ）も、交渉もなしだ。ただちに機関を停止しなかったら、わたしが停止させる――おまえの乗組員もいっしょに殺す」

カルベラは、激しく悪態をついた。もっと些細（ささい）な侮辱でも、相手を虐殺したことがある。だが、プライドを呑（の）み込んだ――戦術的にそうする必要があった。

「従うが、条件つきだ。あんたの臨検チームは非武装でなければならない」

「おまえは条件を要求する立場にはない、カルベラ。機関を停止し、停船し、臨検に備えろ。わかったか（エンティエンデス）？」

「わかった（エンティエンド）」カルベラは、悪態を吐き捨てるようにいってから、マイクをサントスの手に押しつけ、リコに向かって叫んだ。「機関停止！」

リコが命令を復唱し、スロットルレバーを引いた。「機関停止、船長（ミ・カピタン）」

カルベラは、兵装ステーションのバレンティンのほうを向いた。

「〝二番〟を準備しろ。おれの合図を待て」

バレンティンが、にやりと笑った。

まもなく〈エル・バリエンテ〉は水面で静止していた。

カルベラは、追跡者をよく見るために、ブリッジを横切って張り出し甲板に戻った。双眼鏡を目に当てて、ぼろ船をよく見た。写真で見るよりもずっと不快な荒れ果てた外見だった。ろくに手入れもされていないこんな船に、どうしてあんな信じがたい動きができたのだろうと、カルベラは不思議に思った。

〈スング・バラト〉が、三〇〇メートル左で停止した。カルベラは双眼鏡のピントリングをまわして、ブリッジをズームした。塩と汚れがこびりついて見通しのきかない窓に焦点を合わせた。ブリッジのなかは覗けなかったが、ソトとかいうくそ野郎がそこに立ってこっちを見て、にやにや笑っているにちがいないと思った。

「バレンティン――撃て！」

カルベラの眼下の〈エル・バリエンテ〉の甲板で、偽物のコンテナのてっぺんから中国製の二〇ミリ単装ガットリング機関砲が出てきて、射撃を開始した。チェーンソーのような耳を聾する轟音とともに、弾丸が絶え間なく放たれ、鋼鉄の甲板に空薬莢が降り注いだ。

熾烈な砲撃によって、〈スング・バラト〉のブリッジの窓がたちまち砕け、錆だらけのブリッジがバラバラになるのを見て、カルベラは大笑いした。

だが、その笑いはすぐに口もとから消えた。ロシア製のカシュタン・コンバット・

モジュール――六銃身のガットリング機関砲二門と対空ミサイル発射機を組み合わせた複合型近接防御システム（CIWS）――の機関砲二門が、おんぼろ貨物船の前部デリックポストのてっぺんから出てきて撃ちはじめた。一分間の発射速度は一万発だが、鼓膜が破れそうな発射音がわずか一秒つづいただけで、タングステンが弾芯の三〇ミリ徹甲弾（てっこうだん）が、カルベラのちっぽけな機関砲を完全に粉砕した。

カルベラの心臓がひとつ鼓動を打つあいだに、戦いは終わっていた。

カルベラはブリッジに駆け戻り、操舵手に叫んだ。

「前進全速――早くやれ！」

リコが、スロットルレバーを押した。特殊な改造をほどこしたディーゼル機関が始動し、甲板の下でうめいた。〈エル・バリエンテ〉が、競馬場のゲートから跳び出す馬のように反り返った。

カルベラは、期待をこめてサントスをちらりと見た。ターボチャージャー付の大型ディーゼル機関には、前にも救われたことがある。

だが、ハンマーで殴りつけられたような金属のぶつかる鈍い音が、足もとで響き、サントスの目から希望の色が消えた。船全体が尻（しり）もちをついたような感じだった。

「船長（カピタン）、速力が出ません」操舵手が叫んだ。

「もっと出力をあげろ」

「スロットルをめいっぱい押してます」

「モントーヤを呼べ」サントスがいった。

機関長のモントーヤの声が、スピーカーから聞こえた。

「船長、被弾した！」

カルベラは、船内通信のマイクをつかんだ。「損害報告」

「プロペラを失った。シャフトが損壊して、回転がぶれてる。機関を停止する」

サントスが、ワイヤレスヘッドホンを片手で押さえた。

「武装した男たちが乗っているゴムボートがこっちへ向かっていると、見張員が報告しています」

「戦えます」リコが、顔を真っ赤にしていった。

カルベラは、頭のなかで最後の計算をした。数字はすべてひとつの方角を指していた。

指揮ステーションから衛星携帯電話を取り、サントスのほうを向いて、ホルスターから拳銃（けんじゅう）を抜いた。

「どうすればいいか、わかっているはずだ」

サントスは、背すじをのばして立ち、運命を受け入れた笑みを浮かべた。

「了解です（ア・ラ・オルデン）、船長（ミ・カピタン）」サントスは拳銃を抜いて、肩をそびやかし、下の甲板へ向かった。

2

〈スング・バラト〉の喫水線にある艇庫のテフロン被覆の傾斜板から発進した複合艇（船底などに強化プラスティックを用いているゴムボート）が水面にぶつかり、船外機二基が甲高くうなった。

青い目ですこしくすんだブロンドの髪のファン・カブリーヨ――ソト船長と名乗っていた――は、手がけをしっかりつかんでいた。紺碧の海を疾走するＲＨＩＢが、足の下で跳ねあがる。四人組のチームは、抗弾ベストを着込み、特殊閃光音響弾と胸から吊っているサプレッサー付きのヘッケラー＆コッホＭＰ５サブマシンガンで武装していた。

敵性の船に乗り込むのはつねに危険だし、オレゴン号――現在、貨物船〈スング・バラト〉に偽装している――への直接攻撃を二度、撃退するために、すでに手の内を明かしてしまった。全長六〇メートルのアルゼンチン船籍トロール漁船は、最初にカブリーヨの注意を惹いたときから、ふつうは行かないような港に寄ることも含め、あらゆる危険信号を発していた。カルベラ船長が追跡から逃れようとしたり、動的行動

（殺傷兵器を用いる戦闘行為等の婉曲表現）で防御したりしたことは、莫大な値打ちのなにかを――明らかに違法に――密輸している証左にほかならない。密輸には航海とおなじくらい古い歴史があるが、〈エル・バリエンテ〉はトロール漁船にしては異様なまでに高性能なので、単純な盗みよりもはるかに重大なことに関係があると、カブリーヨの勘が告げていた。〈エル・バリエンテ〉がなにを運んでいるのか、突き止めなければならない。それには、乗り込んで貨物をじかに見る必要がある。カブリーヨは、リンダ・ロスにオレゴン号の指揮を任せ、事態が悪化したときに自動化されているさまざまな兵器をマーク・マーフィーが自由に使用する許可をあたえてから、臨検班を率いて離船した。リンダに指摘されたように、この臨検に法的権限はないので、発砲するのは攻撃された場合に限ると命じてある。

カブリーヨは、トロール漁船の乗組員がすべて姿を消したことが気になっていた。臨検を撃退する準備にかかっていることはまちがいない。死傷者を最小限にするために、カブリーヨは強襲チームを小規模にしたが、全員がボクシングでいえばウェイトが上のクラスと戦う力がある。どういう反撃があっても、さばけるはずだった。

髪がブロンドの元レインジャー隊員、メアリオン・マクドゥーガル・〝マクド〟・ローレスが、艇尾のほうで舵輪を握り、ＲＨＩＢを操縦していた。

引き締まった筋肉質の中国系アメリカ人、エディー・センは、艇首近くに座っていた。元ＣＩＡ工作員のエディーは、油圧で伸縮する乗り込み用ポールを持っていた。ポールは爪錨(つめいかり)とワイヤレスビデオカメラを備えていて、それに付属している鋼線の縄(なわ)梯子(ばしご)を登る前に、なにが待ち構えているかを見ることができる。エディーは、カメラと連動している拡張現実(オーグメンテッド・リアリティ)眼鏡をかけていた。

エディーのうしろでハーネスを締めているレイヴン・マロイは、陸軍で戦功章を授与されているネイティヴアメリカンで、イラン語とアラビア語に堪能(たんのう)だし、オレゴン号の男性乗組員のほとんどよりも数多くの懸垂(けんすい)を一気にやることができる。カブリーヨは、こっそり笑みを浮かべた。

この連中なら、なんなくさばくだろう。

「あと十秒」マクドが、船外機の回転を落としながら、モラーマイク（歯に仕込んだマイク）で伝えた。マクドの声は、艇尾のマーキュリー二基の轟音に影響されず、全員の頭蓋(ずがい)骨(こつ)に明瞭(めいりょう)に伝わった。

「用意はいいか、エディー？」カブリーヨはきいた。

「いつでもいいですよ」

マクドが、ＲＨＩＢのゴムの舷側(げんそく)を〈エル・バリエンテ〉の鋼鉄の船体にぶつけて、船外機を切った。トロール漁船はゆるやかなうねりに乗って揺れていたが、オレゴン号が発射した有線誘導小型魚雷の精密照準によって、プロペラを吹っ飛ばされ、シャフトを損壊していたので、完全に静止していた。

エディーがさっと立ちあがって、油圧で伸縮するポールをのばした。爪錨が上で鋼鉄の手摺(てすり)を捉(とら)えた。エディーが首をまわすと、拡張現実眼鏡(AR)で甲板の全方位が見えた。カブリーヨはエディーのすぐうしろに立っていた。

「敵影なし(クリア)！」エディーが叫んだ。

「行け！」カブリーヨが叫び返し、最初に縄梯子に手をかけて、登りはじめた。どういう不意打ちが上で待ち構えているにせよ、真っ先にそれに立ち向かうというのが、カブリーヨの流儀だった。

マクドは、縄梯子をRHIBに固定し、最後に登っていった。手摺を越えて、MP5を構え、上甲板を捜索しながら、指示された位置に向けて突進した。

ダウンロードした見取り図によれば、船内においていく梯子(ラッタル)は二カ所——船首側と船尾側——にあり、そのほかにブリッジに通じている梯子がある。マクドは首をめぐらした。下の甲板へ行くレイヴンとエディーが、それぞれ水密戸に向けて走っているのを、目の隅で見た。

マクドがふりむくと、カブリーヨがサブマシンガンを上に向け、荒れ狂う川が逆流するような、よどみない迅速な動きで、ブリッジに向けて梯子を登っていくところだった。

　だが、マクドにもやるべき仕事があった。MP5の床尾を頬にぴたりと付けて、前方に駆け出した。両目をあけたままで、プライマリー・アームズ製のマイクロプリズム照準器を視界の中心に据えた。まず、下に向けて、本来なら魚で満杯のはずなのに空の船艙内を見た。つぎに、ドラム缶、覆いをかけてあるパレット、積まれた網の蔭を調べた――敵がしゃがんで伏撃しようとしているような場所を。

　なんの気配もなかった。

　カブリーヨは、EOテック製のホログラム照準器を進行方向に向け、ブリッジに通じる梯子を勢いよく駆けあがった。

「会長、〝スニファー〟が、衛星電話機の暗号化されたバースト通信を探知しました」無線でハリ・カシムが報告した。

「了解した」ブリッジの水密戸に達したカブリーヨは、それだけいった。アドレナリンが激しく分泌し、血圧があがっていた。

　カブリーヨは水密戸のハンドルを左手で握り、右手でサブマシンガンの狙いをつけ、引き金に指をかけた。

　水密戸をさっとあけた――それと同時に、カルベラが計器盤のボタンを押すのが見えた。火薬が燃えたにおいが充満していた。頭の傷から血を流している死体がふたつ、カルベラのうしろに横たわっていた。壊れた衛星電話の破片が、足もとにちらばっていた。

「武器を捨てろ」カブリーヨが叫ぶと同時に、カルベラが拳銃を握って向き直った。

カルベラの目に、恐怖が燃えあがった。

カルベラが拳銃を顎の下に押しつけ、引き金を引いた。頭頂が炸裂（さくれつ）し、鋼鉄の天井に血と脳が飛び散った。

カブリーヨが反応する前に、下甲板を引き裂く爆発音が聞こえ、振動が伝わってきて、歯がガチガチ鳴った。

死んだ船長は、船を沈めようとしていたのだ。

最悪なのは、カブリーヨのチームがそのために危険にさらされていることだった。

カブリーヨは水密戸に向けて駆け出し、下船しろと無線で命じた。

手遅れではないことを祈った。

カブリーヨとチームが急いで上甲板に戻ったとき、船体が傾きはじめた。

レイヴンとエディーはその前に、乗組員八人が頭に銃弾を一発撃ち込まれて死んでいるのを発見したことを、無線で伝えていた。

ほかにはだれもいなかった。

カブリーヨは、あとの三人にRHIBに戻るよう命じて、下の甲板に通じる船尾水密戸へ走っていった。

「浸水が早まってる」リンダの声が、通信システムから聞こえた。「その死の罠から脱け出すのに、あと一分しかない」

「了解した」

カブリーヨは水密戸の奥に立ち、奈落の底へ通じている階段を見おろした。下の甲板へ急いで行き、船を一隻沈め、乗組員を虐殺する値打ちのある積荷を見たい気持ちは強かったが、なにかを見つける前に死ぬはめになるのはわかりきっていた。

なにか手がかりはないかと、甲板を見まわした。そのとき、足もとで船体が大きく揺れ、脳の本能を司る部分が働いた。チームが捜しにくる前に、RHIBに戻らなければならない。

カブリーヨは縄梯子のほうへ走っていった。マクドがモラーマイクで呼んでいるのが聞こえた。カブリーヨは舷側に片脚を出し、下りはじめた。あとの三人はすでにRHIBにいて、カブリーヨのほうを見あげた。船が波間に沈む前にRHIBが遠ざからなければならないことを、カブリーヨは知っていた。すぐ近くにいたら、排水量一七〇〇トンのトロール漁船に吸い寄せられてしまう。

縄梯子を半分下ったところで、カブリーヨは下を見た。マクドがすでに船外機を始動していた。あとのふたりが急げと無線で促したとき、トロール漁船の船首が海中に突っ込んで、船尾が持ちあがった。

船体が横転し、縄梯子がカブリーヨの手のなかでピンと張った。カブリーヨの体が、白鯨（モビー・ディック）の体に縛りつけられたエイハブ船長の死体のように高々と持ちあげられた。水面から一八メートルの高さにカブリーヨはいた。跳びおりれば怪我をすることはまちがいない――それに、ＲＨＩＢに落ちたら、乗っている三人といっしょに死ぬおそれがある。

「離れろ！」カブリーヨは、モラーマイクに向かって叫んだ。

「会長――」マクドがいった。

「命令だ！」

マクドがスロットルを思い切り押し込み、ＲＨＩＢがくるりと向きを変えて、加速し、沈没する船の渦に吸い込まれない距離に遠ざかった。ＲＨＩＢの全員が、カブリーヨを見つめていた。

それとも、べつのものを見ているのか？

丸鋸（まるのこ）のような音のほうをカブリーヨが見あげると、頭上でなにかが旋回していた。オレゴン号の新装備、十二ローターのフォールド・ドラゴン貨物ドローン――最大積載重量は四五〇キロ――が目にはいった。結び目をこしらえたロープが、カブリーヨの頭のそばにあった。

「乗りますか?」オレゴン号の主ドローン操縦士のゴメス・アダムズがきいた。「それとも、つぎのタクシーを待ちますか?」

カブリーヨがロープをつかんだとき、〈エル・バリエンテ〉が完全に転覆し、海底に向けて死の螺旋(らせん)を描いて沈んでいった。カブリーヨの頭の三メートル上からドローンの強力なローターの下降気流が叩(たた)きつけ、まるで風洞のなかにいるようだった。ドローンが上昇すると、カブリーヨの体は独楽(こま)のようにまわりはじめた。

「回転してすみません、ボス」ゴメスがいった。「梯子を準備する時間がなかったので」

「だいじょうぶだ。カリフォルニア工科大学(カルテック)の友愛会(フラタニティ)の勧誘合戦を思い出す」カブリーヨはいった。

ちらりと下を見た。視界がぐるぐるまわり、はるか下をカブリーヨとおなじようにオレゴン号目指して高速航走しているRHIBが見えた。

わが家を目指して。

3

南カフカス
ナゴルノ・カラバフ

迷彩塗装のT-72戦車が、山の狭い峠道（とうげみち）でエンジンをアイドリングさせていた。伯父の名前を受け継いだアルメニア陸軍の若い大尉が、十両編成の車両縦隊の先頭部隊を指揮していた。大尉がこの数週間、かなり気に入っていた清涼な山の空気が、オイルくさいディーゼル排気と操縦手の煙草（たばこ）の鼻を刺激するきついにおいのせいで、息苦しくなっていた。流れていた雲にようやく隙間（すきま）ができて、頑丈な鋼鉄の砲塔に腰かけていた大尉の顔を、午前の高い太陽が暖めた。

侵略してきたアゼルバイジャン陸軍が、山脈の向こう側に陣取り、山中にあるアルメニア領の飛び地を縦深攻撃しようとしていた。だが、若い大尉は心配していなかった。彼の小隊のロシア製戦車は、爆発反応装甲（リアクティヴ・アーマー）と大口径砲を備え、現代の戦場でも無敵の兵器で、ことにこの地域では向かうところ敵なしだった。アゼルバイジャンは、前にもアルメニアの領土を奪おうとしたことがあった。アゼルバイジャン軍は、指揮も練度も劣悪だったので、アルメニア陸軍の重装甲、技術の優位、情け容赦のない武勇によって、つねに撃退された。指揮官たちは、勝利はまちがいないと大尉に断言していた。そのとおりだった。

いままでは。

トルコ製のTB2無人戦闘攻撃機(UCAV)が、大尉の位置の一万一〇〇〇フィート上で周回していた。ゆっくり飛行するこの無人機はハイテク航空機器を搭載していたが、動力は芝刈り機のエンジンと大差なく、無鉛ガソリンを使用している。三角形の特殊な尾翼が、機体の安定と制御にかなり役立っている。

一五キロメートルほど離れたアゼルバイジャン航空基地に指揮車がとまっていて、狭い車内にトルコ人の無人機操縦手とセンサー操作員が乗っていた。トプラク大統領の政権のもとで、トルコはイスラム世界のあらたな盟主となり、キリスト教徒のアメリカのような不信心者の略奪からイスラム国家を護ろうとしていた。

トルコの無人機飛行隊と操縦手すべてが、経験豊富な戦士だった。数年前からリビアとシリアで、ロシアの地上軍と防空部隊を相手に数十回の戦闘任務を重ね、勝利を収めている。アルメニアはロシア製の兵器システムにかなり依存しているので、今回の紛争でトルコの無人機飛行隊が投入されたのは当然のことだと、操縦手は思っていた。

ドローンの照準環がアルメニア軍の先頭戦車に重なり、ロックオンした。センサー操作員がつづいてつぎの戦車三両にも照準を合わせた。操縦手はレーザー誘導の〝撃ち放し〟ミサイル四基すべてにターゲットが指定され、操縦手は飛行隊長の合図を待った。

三十秒後に合図が届いた。操縦手が発射ボタンを押し——焦熱地獄が解き放たれた。TB2のレーザー誘導ミサイルが、先頭戦車の装甲が薄い車体上面を貫通した。弾頭がアルメニア軍大尉の体に激突し、即死させた。それと同時に、車内に格納されていた自動装塡（そうてん）式の一二五ミリ砲弾二十四発を爆発させ、T‐72戦車を火だるまにした。数ナノ秒後に、アルメニア軍の車両縦隊のそのほかの戦車も、松明（たいまつ）のように燃えあがり、車体も乗員も燃える鋼鉄の嵐（あらし）のなかで消滅した。

低速で巡航するトルコ製無人機が合計四機、探知されずにアルメニア領空を飛んでいた。アルメニアの防空はそれ以前に、電子偽装（スプーフィング）侵入システムやレーザー誘導弾薬（〝弾薬〟は砲弾・ロケット弾・ミサイル・爆弾などの総称）を搭載したトルコ製無人機によって壊滅していた。アルメニア軍の戦車、砲、防空装備が数百以上、その後数日間の同様の攻撃によって壊滅した。

軍事専門家によれば、アゼルバイジャンはこれによって、歴史上、無人機で戦争に勝った最初の国になった。
そして、アルメニアは無人機によって戦争に負けた最初の国になった。

4

アルメニア、エレヴァン

ダヴィド・ハコビアンは、甥（おい）の墓のそばに立っていた。遥かなアララト山の雪が、雲ひとつない青空の明るい陽光を浴びて輝いていた。

精緻（せいち）な彫刻がほどこされた棺（ひつぎ）は、通夜と葬儀のあいだずっと蓋（ふた）を閉じられたままだった。棺に収められていたのは、戦車がトルコの空爆を受けたあとで回収された焼け焦げた遺体の一部だった。

ハコビアンは、柔らかい手から土を払い落とした。「塵（ちり）は塵に」ひとりごとのようにつぶやいた。

甥の死は不運だった。だが、ハコビアンからすべてのよろこびを奪ったのは、十三カ月前の妻エディトの死だった。エディトはハコビアンのもっとも残虐な性情を制御していた。彼女の死で、ハコビアンは抑制を失った。

いま、七十二歳のハコビアンは、一族の最後の生き残りになった。だいぶ前に亡くなった弟のたったひとりの息子が、いま一族の墓地の冷たい地面に埋められた。欧米風に〝ダヴィト〟を〝ダヴィド〟とあらためたハコビアンは、一族の最後の生き残りだった。

一族の令名はどうなるのか？

遠いカリフォルニアに住むダヴィド・ハコビアンが、葬儀に出席する義務はなかった。高齢ゆえに長旅はこたえるのだ。しかし、アルメニアでの葬儀は、ハコビアンにとってビジネス上の好機だった。

その好機は、あらたに偉大な実績をもたらす。

既製品の黒いスーツ、フェルトの中折れ帽、手袋という地味ないでたちのハコビアンは、掘り起こされたばかりの地面を、フクロウのような大きな目で、まばたきもせずに眼鏡越しに眺めた。

何十年も前に花嫁といっしょにカリフォルニア州グレンデールに移り住んだハコビアンは、いまではアメリカ市民だった。アルメニアの一族の土地や何世代にもわたって耕作されてきたアンズ農場を訪れることはめったになかった。だが、母国ではハコビアンの名声と富が、いまだに重視されている。

けさの教会での葬儀には、アルメニアの有力者や要人が詰めかけていた。ほとんどがなんらかの形で現在か過去にハコビアン家に借りがある。心から敬意を表するために出席した人間も何人かいたが、大半は欠席を侮辱と見なされて報復されるのを恐れて参列していた。

ハコビアンがみずから招いた外国人参列者のアルテム・ペトロシアン博士は、ロシア国籍だがアルメニア人だった。遠いところからひそかに足を運んだ理由は、敬意でも恐怖でもなかった。貪欲に駆られて、ルフトハンザ便でやってきたのだ。

地元の主教がみずから頌徳文を読みあげ、ハコビアンの甥はアルメニアと教会の聖なる大義のために悪魔とイスラムの勢力と戦った勇敢な戦士だったと称えた。

教会から墓地まで弔問のひとびとが霊柩車についていけるように、市長が交通止めまで行なった。いま墓地にはだれもいない。

ハコビアンは、墓のそばでひざまずいていた管理人にうなずいた。管理人がノブをまわして、巨大な墓石の前の永遠の炎に点火した。戦闘服を着て立っているダヴィト・ハコビアン大尉の姿が、御影石の墓石に等身大で彫刻されていた。百年後にここを通りかかった人間は、記念碑のような墓石の下に、偉大な戦争の英雄が埋葬されていると思うにちがいない。それがダヴィド・ハコビアンの狙いだった。

ハコビアンがまたうなずくと、管理人がうやうやしく目を伏せて、そそくさと離れていった。

弱い風でともすれば消えそうになる炎を、ハコビアンは見つめた。さあ、これは片付いたと、心のなかでつぶやいた。

アルメニアに来たほんとうの目的に着手する潮時だ。

ハコビアンはふりかえり、砂利（じゃり）の並木道の向こう側にとまっているメルセデスのリムジンのほうを向いた。

お仕着せ姿の巨漢の運転手が、リアドアをあけた。中年の男が、リアシートから姿を現わした。ロンドンで仕立てたスーツは、長旅で折り目が消えかかっていた。黒い髪にはすこし白髪が交じっている。男はハコビアンのほうへ道路を渡ってきた。手縫いのイタリア製の革靴が、一歩ごとに砂利を踏み鳴らした。

「遠路はるばる来てくれてありがとう、アレクサンドロス」年下の男に手を差し出しながら、ハコビアンはいった。男はギリシャ人で、苗字（みょうじ）はカトラキスだった。いかにもギリシャ人らしい大きくて形のいい尖（とが）った鼻の上で、眼光鋭いグリーンの目が輝き、知性がきわめて高いことを物語っていた。

「あなたの甥御さんの死で、わたしの家族はすべて悲しみに暮れています。すばらしい若者の命が無残にも奪われた」外国の大学で学んで磨きをかけたアレクサンドロス・カトラキスの英語は、きわめて流暢(りゅうちょう)だった。

「わたしのメッセージを受け取ったはずだな」ハコビアンは、アレクサンドロスの肩越しに見た。運転手がレーダーアンテナのように首をゆっくりまわし、あたりを警戒していた。

「もちろん」

「それで、朗報を伝えてくれるのか?」

アレクサンドロスが、身を寄せてささやいた。「車に乗ってくれますか?」

ハコビアンが溜息(ためいき)をつき、鼻から息を吐き出した。この会合のために、遠くからやってきたのだ。

「きみがそういうなら」

ハコビアンとアレクサンドロスは、大型のメルセデスのやわらかい革のシートに埋もれて向き合った。自動ドアロックが、監房のドアの閂(かんぬき)がかかるような音をたてた。

リアキャビンは防音で、最新型の光学・電子監視機器を遮断できる。

元ドイツ遊撃特殊部隊(KSK)隊員の運転手は、リアバンパーの向こう側で身じろぎもせずに立っていた。ハコビアンは知らなかったが、ドアフレームに金属探知機が仕込まれていて、キャビンに乗り込むときにスキャンされていた。その画像が、ドイツ人運転手のスマートフォンに送られた。ハコビアンが身に着けていた金属製のものは、鍵(かぎ)数本だけだった。

アレクサンドロスが、ミニバーの酒とクリスタルのグラスを指差した。「ウィスキー？ それともウーゾ？」

ハコビアンは首をふった。キャビンにはアレクサンドロスの高価なコロンの香りが充満していた。シナモンと煙草のにおいが混じった強い芳香だった。

「わたしはきみの父親とじかに会いたいといった。なにか問題があるのか？」

アレクサンドロスが、シートで居心地悪そうにもぞもぞして、ネクタイをまっすぐに直した。用心深く話をする必要がある。このアルメニア人を怒らせてはならない。

「あなたが父と話をしてから、一年以上たっています」

「何十年も前から、じかに話をするという取り決めだった」ハコビアンは、メルセデスの防弾キャビンを指差した。「わかっているだろうが、盗み聞きされないようにすれば、なんの不利も生じないからだ」

「最後にじかに会ったのは、いつでしたか？」

「きみがうんこで重たいおしめをつけて、床を這(は)っていたときだ」

侮辱されたアレクサンドロスが、険悪な表情になった。ハコビアンの顔をしげしげ見て、策略があるのかどうか見抜こうとした。

ハコビアンが、アレクサンドロスの目つきに気づいた。

「わたしが彼をなんらかの罠にかけるのを心配しているんだな」

「ふとそう思いました」

「彼と私は長年の友人だ。なにも恐れることはない」

「ブルトゥスとカエサルも、長年の友人でした」アレクサンドロスがいった。

「ブルトゥスとカエサルはローマ人だった。きみとわたしの一族は、もっと文明が進んでいた地域から生じた。ちがうかね？」ハコビアンは、なだめるような笑みを浮かべた。

アレクサンドロスが、機嫌を直した。「それは、おたがいにおなじ考えです」

「わたしは彼に、前代未聞のとてつもなく大きいビジネスチャンスを提案するつもりだ」

「もっと具体的に話してくれませんか？」

「だめだ」

「わたしは父のことを心配しているだけです。失礼なことをいうつもりはありません」

「いいかね、きみは決断しなければならない。この会合を実現させるか、それともわたしがなにも提案しなかったと、父親に報告するか。時間の無駄だったと」

ハコビアンは身を乗り出し、アレクサンドロスの目を覗き込んだ。「だが、彼が地面に埋めてある死体を犬が嗅ぎ出すように、嘘を嗅ぎ分けることができるのを、きみは知っている」

アレクサンドロスは目をそらすことができず、顔が紅潮するのを抑えることもできなかった。ハコビアンのいうとおりだった。父親は人間嘘発見機だった。すべての嘘つきを憎悪し、厳しく罰する。

さらに悪いことに、父親は憎い嘘つきよりも金のほうがずっと好きだ。

ハコビアンは、アレクサンドロスを完全に追い込んでいた。

「父はあなたの知らないあらたな生活環境に置かれているんです。わたし以外は、だれも会えません」アレクサンドロスは、腕時計を見た。

決断しなければならない。

「すぐに出発しなければならない。特定の警護手順に従わないといけないんです」

「いいとも」ハコビアンは、恩着せがましくアレクサンドロスの膝を叩いた。「孝行息子は父親をよろこばせるものだ」

アレクサンドロスは、サイドウィンドウをあけて、運転手を呼んだ。

「ヴォルフィ、行くぞ」

黒いメルセデスのリムジンが、タイヤで砂利を踏み鳴らしながら墓地から出て、舗装道路に乗り、私設飛行場を目指した。ハコビアンとアレクサンドロスは、ハコビアンの甥を偲(しの)んでギリシャの強い酒ウーゾをおなじグラスで飲み交わした。長距離からデジタルカメラが録画していることには、まったく気づいていなかった。

5

オレゴン号に戻ったファン・カブリーヨと強襲チームは、急いでシャワーを浴びて、〈エル・バリエンテ〉で起きたことから気を取り直すために数分間休憩した。

運がよかったと、カブリーヨは心のなかでつぶやいた。エディーとレイヴンは、最下甲板まで行っていなかった。そうでなかったら、〈エル・バリエンテ〉を沈没させた爆発によって死んでいたはずだ。下船しろと命じたとき、ふたりはすでに梯子（ラッタル）を登ってひきかえしていた。

そしていま、全員がホワイトハウスの危機管理室を模した会議室に集まっていた。磨き込まれた長いマホガニーのテーブルのまわりに、背もたれの高い革の椅子（いす）が並び、情報の表示や生のビデオ会議に使う大型デジタルモニターが、壁に何台も取り付けてある。

カブリーヨの外見は、オレゴン号とおなじように、ひとを惑わす。背が高く、目が青く、肩幅が広い。冒険好きな若者を彷彿（ほうふつ）させる典型的な南カリフォルニアのサーファーのモデルだ。短く刈った髪も、陽射しで漂白され、くすんだブロンドになっている。しかし、物腰と知性には、ビーチにずっといる男のようなのんびりしたところはひとかけらもない。

それとおなじように、全長一八〇メートルのオレゴン号の錆(さ)びついたおんぼろ不定期貨物船という外見も、ひとを惑わす。それはたんなる偽装だった。オレゴン号はじつは世界でもっとも先進的な戦闘・情報収集艦で、カブリーヨの民間警備会社〈コーポレーション〉の作戦運搬体(プラットフォーム)でもある。カブリーヨとオレゴン号と乗組員は、企業のように機能しているので、カブリーヨは会長と称している。幹部全員にも、それぞれの肩書がある。

きょうの事後報告に、カブリーヨは最高兵器責任者のマーク・〝マーフ〟・マーフィーを呼んでいた。マーフィーはお決まりのスケーター・パンク風の黒い上下を着て、しょぼい顎鬚を生やし、櫛(くし)を通さない髪はもじゃもじゃだった。

オレゴン号の最高操舵責任者のエリック・ストーンも出席していた。ストーンは親友のマーフィーとは対照的だった。海軍士官学校出身で、髪をきちんと整え、チノパンと白いボタンダウンのシャツにはアイロンがかけてある。

カブリーヨは、マックス・ハンリーにも出席するよう頼んだ。マックスはオレゴン号の副長、〈コーポレーション〉社長だった。ベトナム戦争でアメリカ海軍の高速哨戒艇(スウィフト・ボート)を指揮した老兵のマックスは、パンパンに膨(ふく)れた太鼓腹(たいこばら)と太い前腕の持ち主で、剃髪(ていはつ)した戦う修道士のように頭頂にほとんど毛がなく、白髪交じりの赤毛が円光のようにそこを囲んでいる。

リンダ・ロスも出席していた。ヘリウムガスを吸っているような甲高い声、痩(や)せた長身、アーモンドの形のグリーンの目——そういったことすべてで妖精(ようせい)のように見えるが、リンダは〈コーポレーション〉副社長兼オレゴン号作戦部長で、オレゴン号の指揮系統では、カブリーヨとマックスに次ぐナンバー3だった。

オレゴン号通信部長のレバノン系アメリカ人、ハリ・カシムは、リンダの右に座っていた。

「きみたちはみんな、わたしたちの通信を聞いていたから、基本的なことは知っているはずだ」カブリーヨは切り出した。「船長が自分の船を沈め、乗組員を殺したり自殺させたりした理由は、三つしかない。載せていたものがきわめて重要で発見されたくなかったか、捕らえられるのを乗組員が極端に恐れていたか、あるいはその両方だ」

「同意見だ」マックスがいった。「船を沈めれば、最初の問題は解決する。しかし、逮捕されても刑期はきわめて短いはずだから、殺人や自殺は過剰な反応に思える」

「逮捕されるのを恐れていたんじゃないかもしれない」リンダがいった。「捕まったときにボスたちにやられることと比べれば、自殺のほうがましな手立てだったのかもしれない」

「やつらの〝人事部〟は極悪非道なんだろう」マックスはいった。「テロ組織か、組織犯罪のたぐいかもしれない——ひょっとしてどこかの政府か」

「やつらが何者か突き止めるには、なにを運んでいたのかを探り出さないといけない」カブリーヨはいった。通信部長のハリ・カシムを指差した。「ハリ、スニファーが探知した暗号化されたバースト衛星通信は、なにかの手がかりにならないか？」

オレゴン号には国家安全保障局（NSA）なみの電子情報収集機器があり、乗組員はそれをまとめて嗅覚性探知機（スニファー）と呼んでいた。スニファーには、四方の水中・水上すべての電磁データを広い範囲にわたって掃引し、記録し、解読する能力がある。

「クレイ社製のスーパーコンピューターが、数分前に解読しました。単純な数列でした。最初の数字三つはおなじで、つぎの数列は〈エル・バリエンテ〉が沈んだ場所の精確なGPS座標でした」

「座標はわかる。最初の数字三つは、救難を呼んだにちがいない」マーフィーがいった。

「脳みそを天井にぶちまける直前に、どうして救難を呼ぶんだ？」カブリーヨはいった。

「サルベージを呼んだんじゃないか」マックスがいった。

「サルベージを呼んだのではない」カブリーヨはいった。「それなら、貨物ごと船を沈没させ——あるいは目撃者を消そうとするようなことはやらないだろう」

「残念ね。現場にしばらくいて、だれが現われるか見届けることもできたのに」リンダがいってから、ハリにきいた。「送信をだれが受信したのか、わからないの？」

「三つの異なる衛星から電波が反射してた。受信者が何者にせよ、探知されたくないんだ」

「そうすると、ぼくたちはどうすればいいんだ？」エリックがきいた。

「残骸（ざんがい）は水深四五〇メートル以上のところに沈んでる」マックスがいった。「オレゴン号の深海潜水艇〈ノーマド〉の実用潜航深度は三〇〇メートルだった。「あいにく手が届かない」

「センサーは、貨物が危険物だということを示していなかったか？」カブリーヨはきいた。

「探知してないけど」マーフィーがいった。「汚染があったとしても、封じ込められたか、拡散してなんの害もなくなった可能性がある。なんともいえない」

「リンダ、もう一度行かなければならなくなった場合のために、われわれの永久地図に印をつけておいてくれ」

「トロール漁船について、スリナムの官憲に匿名で電話をかけましょうか？　もちろん逆探知されないようにして」ハリがいった。

カブリーヨは首をふった。「水深が深いから、船舶の航行に危険はない。ある程度はっきりするまで、伏せておこう」

「了解しました」

カブリーヨは、テーブルの一同を見まわした。このチーム――とオレゴン号の全乗組員――のことが、このうえなく自慢だった。全員がプロフェッショナルで、カブリーヨが率いていく場所ならどこへでも行く。その信義と責任感を、カブリーヨは大切にしていた。

「ニューオーリンズ行きの針路に戻るの？」リンダがきいた。

「アイ」カブリーヨはいった。架空の〈スング・バラト〉とはちがって、オレゴン号は食料を補給する予定だった。だが、どんな食料でもいいというわけではない。オレゴン号の――ミシュランの星をもらえる腕前の――シェフたちは、最高の食材を要求する。すばらしいメニューは、何カ月も故郷を離れていることが多いオレゴン号の乗組員にとって、数多い特権のひとつだった。

カブリーヨは時計を見た。「数分後に電話に出ないといけない。全員、退席してよ

「アイ、会長」

ろしい」

一同が上機嫌でぞろぞろと出ていき、カブリーヨはいらいらしながら会議室に残った。つぎに自分たちにどういう仕事が割りふられるのか、早く知りたかった。


五分後、ハリの声が船内電話から聞こえた。

「ラングストン・オーヴァーホルトから電話です」

「つないでくれ」

旧友でCIAでは師でもあったオーヴァーホルトがビデオ電話を嫌うのを知っていたので、カブリーヨは腰をおろして音声電話に出て、足を楽にするために、サイズ14のLAドジャーズのカンバスのデッキシューズをマホガニーのテーブルに載せた。

「愛しい若者、元気かね?」オーヴァーホルトがきいた。高齢にもかかわらず、声が力強く、若々しかった。

オーヴァーホルトは、大学生だったカブリーヨを勧誘し、CIAの現場工作員に仕立てあげた。カブリーヨがCIAを辞めたときに、民間警備会社を立ちあげるよう勧めたのは、オーヴァーホルトだった。〈コーポレーション〉は求められればどんな仕事でも引き受けるが、アメリカを危険にさらすようなことは、ぜったいに許容しない。カブリーヨとオーヴァーホルトは、おなじ気質の人間だった。昔ながらのアメリカの愛国者だ。

だからこそ、オーヴァーホルトはしばしばカブリーヨに任務を依頼し——きわめて高い報酬を払う。

「あいかわらずぴんしゃんしているんでしょうね、ラング。あなたのほうも」

「ラケットボールとジンリッキーで若さを保っている。最新情報は？」

「そうきかれるとは不思議ですね」悪党のトロール漁船とのあいだで起きたことと、その漁船の自沈について、カブリーヨは概略を話した。

「なにか見当はつきますか？」カブリーヨはきいた。

「いますぐには浮かばない。密輸船だったことはまちがいない。奇妙だな。貨物は引き揚げられないか？」

「われわれの手の届かない深みにあるし、破壊された可能性が大きいでしょう。危険物質が水中にある兆候は見つかっていません。ないとはいい切れませんが」

「事後報告と詳細なデータを送ってくれ。だれかに見せて調べさせる」

「わかりました」

「いまもニューオーリンズで補給するための針路か？」

「ほかに計画がなければ、ちょっと寄ります」

「食料貯蔵庫を満杯にしたら、小さな仕事のために出張ってもらいたい」

「どこですか?」

「メキシコだ」

「どれくらい小さいんですか?」

長い沈黙が流れた。

「小さいというのは適切な言葉ではないかもしれない。〝限られた〟といったほうが正確だろう」

オーヴァーホルトが、任務の内容を説明した。カブリーヨは、長い口笛を鳴らすのが精いっぱいだった。

とてつもなく困難な任務だった。

6

ギリシャの沖合の島
エーゲ海

ダヴィド・ハコビアンは、座席のハーネスを手の甲が白くなるほど強く握り、真っ蒼な顔で座っていた。となりの座席で汗みずくになっているパイロットと、ユーロコプターの風防の前方に聳える霧に包まれた山を、交互に見ていた。

「見えるのか？」ハコビアンは荒い息をマイクに吹き込みながらきいた。

「計器で操縦しています」

「どうして霧が晴れるまで待たないんだ？」

「この峰は一年中、たいがい霧がかかっているんですよ。こうするしかない」

ハコビアンは、山から遠ざかってひきかえせと、パイロットに叫びたかったが、わざわざここまで来た手間を思えば、それはできなかった。さらに悪いことに、時間が逼迫していた。いまやめるくらいなら、山の中腹に激突して海に落ちたほうがましだった。

数分後、ヘリコプターの着陸用橇が、頂上に接地し、エンジンが切られた。

フードをかぶり、肉付きのいい片手に傘を持っている大柄な修道士が近づいてきた。

修道士がヘリコプターの乗降口をあけた。ハコビアンが降機すると、雨など降っていないのに、修道士がその頭の上に傘を差しかけた。

修道士の寛衣がちょうど拳銃の大きさに膨らんでいた。馬鹿でかい讃美歌集ではないはずだと、ハコビアンは思った。

「必要ない」ハコビアンは傘を指差した。

修道士は聞いたふうもなかった。

修道士は山の岩を人力で掘った古代の修道院へ、ハコビアンを連れていった。

厚い木の扉に近づいた修道士が、節くれだった大きな手で三度ノックした。指にはめた金の指輪に大きなダイヤモンドがはめ込まれているのを、ハコビアンは見た。

蝶番に油を注してあると見えて、扉が音もなくさっとあいた。修道士がなかにはいり、ハコビアンがつづいて、フードをかぶったべつの大柄な修道士のそばを通った。

修道士は、山そのものとおなじようにいかつく、無言だった。

そこは古びた狭い礼拝堂で、手彫りの椅子や教会に特有の調度が備わっていた。

聖画(イコン)が壁にかけられ、じめじめするかび臭い部屋に香の甘いにおいが充満していた。丸天井の上のほうに窓がいくつかあり、蠟燭(ろうそく)の光が瞬(またた)いている暗がりに、反射光が射し込んでいた。礼拝堂の奥に、修道院のほかの部分に通じる扉があった。扉があいた。
死んだ男が、笑みを浮かべて戸口に立っていた。

「ダヴィド」男がいった。目がギラギラ光り、道路の轍(わだち)のような深い皺(しわ)が目尻にあった。ハコビアンよりも十歳上だが、長身で、棒を飲んだようにまっすぐ立っていた。足には粗末なサンダルをはき、修道士たちとおなじ寛衣を着ていたが、フードははぐって顔を出していた。

霜のように真っ白な蓬髪(ほうはつ)と顎鬚も、荒海のようにどす黒いおなじみのグリーンの瞳(ひとみ)を隠すことはできなかった。革のような肌は、何十年も海上で陽に灼(や)かれた甲板なみに硬く、茶色になっていた。

はるか以前に、その老いたギリシャ人は、自分の息がかかっている法執行機関や報道機関から改竄(かいざん)した検死報告書と葬式の写真を手に入れて、偽の証拠を仕組み、死を偽装した。官憲の知る限りでは、ソクラティス・カトラキスはもはやこの世にはいない。

「ソクラティス」ハコビアンはいった。

　ふたりは近づいて抱き合った。ソクラティスがすこし離れて、ハコビアンの両肩をつかみ、全身をしげしげと見た。「元気そうだな、旧い友よ」

「吐き気がする」

　ソクラティスが、ハコビアンをヘリコプターから案内してきた修道士に一本指を向けた。「熱い紅茶をふたり分。砂糖はいらない」

「かしこまりました」修道士が答えて、ソクラティスが通ってきた戸口を足早に抜け、姿を消した。

「飛行機酔いの胃も、それで落ち着くだろう」ソクラティスがいった。扉を護っていたもうひとりの修道士に向かっていった。「心配はいらない。用があれば呼ぶ」

　修道士が出ていき、礼拝堂の厚い木の扉を閉めた。

　ソクラティスが、手彫りのオリーブの木の椅子を、ハコビアンに示した。ふたりは座った。

「遠くから、はるばる来たものだな」ソクラティスがいった。「かなりつらい旅路だったにちがいない」

　ハコビアンは、車数台を乗り換えてひそかに移動し、自家用ジェット機に乗り、最後にヘリコプターに乗った。いずれも格納庫内でひと目につかないように乗降した。それと同時に、替え玉が偽造身分証明書を使ってエレヴァンから民間旅客機に乗り、フランクフルトで乗り換えて、最終目的地のロサンゼルス国際空港(LAX)へ行った。

ハコビアンは、高い窓に目を釘付(くぎづ)けにしていた。「ここはどこだ?」

「あんたがいる場所は、聖なる島修道院共同体だ。メテオラの修道院群に似ているが、もっと規模が小さい」ソクラティスがいうメテオラとは、ギリシャにあるべつの修道院自治地域のことだった。メテオラには修道院が数十院あり、巡礼者の観光地として人気がある。聖なる島には、石造りの小屋や隠者(いんじゃ)が住む洞窟(どうくつ)が数十カ所にあるが、修道院は二院しかない。ふたりがいまいるのは、もっとも古く小さいほうの修道院だった。観光客の立ち入りは許されていない。

「ここに来てから、どれほどたった?」ハコビアンがきいた。

「もう二年近くになる」

ハコビアンは、旧友の姿をしげしげと見た。修道士の寛衣は裂けて擦(す)り切れていた。

「前はもっとましな仕立て屋を使っていたのに」

ソクラティスが笑った。「郷に入ればなんとやらだ……」

フードをかぶっている最初の修道士が、紅茶が湯気をあげているマグカップふたつを持って戻ってきて、ふたりきりにするために出ていった。

ハコビアンは、舌が焼けそうな熱い紅茶を吹いて冷まし、考え込みながらひと口飲んだ。

「修道士のなりをした武装護衛なら、カメラをごまかせるし、だれも知らないような遠陬の地だから、容疑者引き渡しのおそれもない。厚い石の壁と霧に覆われた山が、望ましくない詮索を防ぐ」ハコビアンは、くすりと笑った。「わたしがヘリコプターからおりるときには、スパイ衛星に見られないように傘まで差しかけた。これほど長く死んだままでいられるのも、むべなるかなだな。あんたがここにいるのを、ほかにだれが知っている？」

「もちろん、修道院長は知っている。この島を管理し、共同体への毎年の喜捨の見返りに、わたしに隠れ家を提供してくれている。修道院長は、神による断罪や地獄の永劫の炎のような子供騙しで、わたしを脅そうとした。なんと、喜捨だけではだめで、わたしが修道院の規則に従うことも修道院長は求めている。毎週の断食と、わたしのたましいを救うために、毎月曜日の午後にふたりきりで面談することを」

「ほかには、あんたがここにいるのを、だれも知らないんだな」

「島の人間は、わたしの正体も、どうしてここにいるかも知らない。あのパイロットと護衛を除けば、ここに来た人間は、息子のアレクサンドロスだけだ」

「それは光栄だ」

「われわれは五十年以上の知己だからな。いっしょに金を儲け、女を買った。われわれは、これまでだれも見たことがないようなビジネスを打ち立てた。あんたを信用できなかったら、だれを信用できるというんだ？」

ハコビアンは、旧友の顔を探るように見た。たしかに、犯罪者の世界で羨(うらや)まれるようなビジネスをふたりで打ち立てた。ふたりはそれをたんに〝パイプライン〟と呼んでいる。

ソクラティス・カトラキスが父親から遺贈されたのは小規模な造船会社だったが、それをヨーロッパで最大の海運・陸運会社に発展させた。その合法的なビジネスが、地中海とそれ以外の地域での武器や麻薬の密輸や人身売買の広範なネットワークを運営する手段と隠れ蓑(みの)になった。

ソクラティスが輸送のインフラを提供するいっぽうで、ハコビアンは供給者(サプライヤー)と販売者(セラー)を手配し、警察や政府の詳細な調査からそれをすべて覆い隠す複雑な秘密の資金操作を行なった。単純にいうなら、ソクラティスが船とトラックを動かし、ハコビアンが人脈と金を扱った。

ソクラティスが、マグカップを置いた。「ビジネスの提案があるんだろう」

ハコビアンは、だれも聞いていないことをたしかめるために、がらんとした礼拝堂を見まわした。身を乗り出し、ささやき声でいった。

「カニオン（ロシア語で〝峡谷〟の意味）」

7

「カニオンとはなんだ?」

「NATOがそう呼んでいる。ロシアはポセイドンと呼んでいる。あんたのような無宗教のギリシャ人は、そのほうが気に入るだろう」ハコビアンは笑った。「前には、スタトゥス6(シエスキ)と呼ばれていた」

ソクラティスが座り直し、厳しい表情になった。「謎々(なぞなぞ)が聞きたければ、わけのわからないことをまくしたてる修道院長を呼ぶ。わかりやすく話せ」

「戦争がビジネスに好都合だということを、わたしたちはたいがいの人間よりもよく知っている」ハコビアンが切り出した。「パイプラインは、武器、弾薬、兵士をユーラシア、アフリカ、中東に密輸した。もちろん、麻薬売買のような利益は出ない」

「いま、あちこちで戦争が起きている」ソクラティスがいった。「それでわれわれはかなり稼いでいる」

「大規模な戦争では利益が大きい。小規模な戦争では利益が小さい」

「こんどは愚痴るのか。要点をいえ」

ハコビアンは、侮辱を聞き流した。

「わたしが確保したメタンフェタミンのあらたな供給源で、われわれの金はまもなく倍増する。だが、わたしの計画では、もっと稼ぐ方法はある。もっと莫大な金だ。想像を絶するような富だ」

「説明しろ」

「われわれにとって最大の脅威は、民族国家だった。彼らは生存のために戦っていて、われわれに対処する時間も資源もない」

「それで、このカニオンが、あんたの計画でどういう役割を果たすんだ？」

「イスタンブール」ハコビアンがいった。「トルコ帝国の戴冠用宝玉――もっとも重要な地域」効果を高めるために、間を置いた。「それを破壊するつもりだ」

「トルコ人千六百万人を殺すのか？」

ハコビアンは、肩をすくめた。「薄汚いトルコ人など、どうでもいいだろう？」

多くのアルメニア人とおなじように、ハコビアンはトルコ人の国家を憎悪していた。十二世紀にアルメニア人百五十万人を虐殺したことを、トルコは一度も認めていない。

「あんたもわたしも、長年、トルコ人相手に数多くのビジネスをやってきた」ソクラティスが念を押した。「いまもやっている」

「利益になれば、われわれは悪魔が相手でもビジネスをやる。だからといって、悪魔が炎の湖で永遠に焼かれないほうがいいというわけではない」

「わたしの息子はいま、トルコ向けのLNGタンカー三隻をあらたに建造している。液化天然ガスを輸送して莫大な利益をあげるためだ」

「それなら、なおさら勧善懲悪だな」ハコビアンはいった。「トルコは自分の首を絞めるロープに金を払ったことになる」

「あんたがいうこのカニオンは……なんだ？　船か？　飛行機か？」

「魚雷だ」

ソクラティスが、眉をひそめた。「イスタンブールは船ではない。撃沈できない」

「ふつうの魚雷ではない。原子力推進で、アメリカにも探知されないステルス・テクノロジーを備えている。さらに重要なのは一〇〇メガトンの核弾頭を搭載していることだ」

ソクラティスが、信じられないという顔で腕を組んだ。「そんなものは聞いたこともない。一〇〇メガトン？　たしかか？　すさまじい威力だぞ」

「西側のいわゆる専門家たちは、ロシアの空想上の兵器だといっている。しかし、現実に存在するんだ。地球上にそんな兵器はほかにはない」

「しかし、都市を魚雷で攻撃してもだめだろう？」

「イスタンブールを？　生クリームの小鉢を囲んで鳴いている子猫みたいにボスポラス海峡を囲んでいる広大な都市だ」

ソクラティスの皺だらけの口もとに、うっすらと笑みが浮かんだ。

「津波か？」

ハコビアンが笑い、両手をさっと上に挙げて、指をひろげて爆発を表現した。

「そのとおり。カニオンは巨大な津波を起こすように造られている。汚らしいトルコ人千六百万人が、自分の浴槽の放射能で汚染した湯のなかで溺（おぼ）れる」

「そのカニオン魚雷を、どうやって手に入れる？」

「盗む手配をすでに終えた」

「どうやる？」

「それはわたしの仕事だ。信じてくれ。実現する。だが、そのための時間枠がきわめて短い」

「どれぐらいだ？」

ハコビアンは、〈タイメックス〉の腕時計を見た。「十二時間」修道院に来なければならなかったために、好機の時間枠が大幅に狭まっていた。

「どうして？」

「わたしの連絡相手が、その時間制限を決めた。技術的な理由がいくつかある」

ソクラティスは、内心では怒り狂っていたが、事情はわかっているというような笑みで、それを隠した。

「あんたの秘密の人間関係だな?」

「わたしの計画の美点は、知っている人間がきわめてすくないことだ。詳しいことをすべて知っているのは、わたし、連絡相手、あんただけだ。知っている人間がすくなければすくないほど、秘密漏洩(リーク)の可能性が小さくなる」

「それで、あんたは連絡相手を、命を懸けてまで信じているんだな?」

「完全に」

「つまり、そいつを殺すつもりだな」

「当然だ」

「あんたがカニオンを盗んで、計画どおりに起爆し、さらにイスタンブールを壊滅することができたとして……どういう利益があるのか、教えてくれ」

「イスタンブールを破壊するのに使われたカニオンがロシア製の兵器だということが、知れ渡るようにする。それにより、トルコがロシアに宣戦布告する」

「トルコがロシアを非難する理由がどこにある? イワノフ大統領は、攻撃を承認していないと否定するはずだ」

「クレムリン内に情報源がいる。先ごろ、トルコの戦闘機がシリアでロシアのジェット機を撃墜した。イワノフは内輪で〝トルコを叩き潰す〟と脅し、その会議が録音されている。その発言を適切なときに公表する。ほかにも、ロシアが非難されるようにする手段を講じてある。トルコが宣戦布告したら、NATOは介入せざるをえなくなる。その結果、第三次世界大戦が起きる」

「NATOが行動せざるをえなくなる理由は？　数年前にロシアがクリミアを強奪したときに、NATOはなにもできなかった」

「あんたは近ごろ新聞を読まないのか？　NATO三十カ国の国防相がイスタンブールで合同会議を行なう日に、攻撃が行なわれる――アメリカとトルコの大統領も含めた首脳会談のテレビ中継がある。絶好の舞台じゃないか」

ソクラティスは、顎鬚をしごいて考えていた。

「あんたのいうとおりだ。これは第三次世界大戦の原因になる」

ハコビアンは、笑みを浮かべた。「戦争の規模が大きければ大きいほど、わたしたちが得る利益も大きい」

「核戦争になったらどうする？」

「トルコは核兵器を保有していないし、NATOもアメリカ政府も、イスラム教国の都市が壊滅したことへの報復に核兵器を使って自滅するようなことは避けるだろう。なによりも肝心なのは、どちらが勝っても関係ないということだ。まあ、わたしはN

ＡＴＯ側が勝つほうに賭けるがね。再興は国家建設とおなじくらい、わたしたちにとって大きな儲けになるだろう」

ソクラティスが、椅子にもたれた。体重でオリーブの木の椅子がきしんだ。ソクラティスはまだ納得していなかった。グリーンの目で、ハコビアンを貫くように見つめた。

「あんたの甥が死んだ……この一件では、儲けと復讐のどっちが重要なんだ？」

「儲けだと断言する。この計画は去年から練っていた。甥が死んだのは不運だったが、彼はわたしの弟よりも野蛮で頭が悪かった。わたしは甥の葬儀をエレヴァンへ行く口実に使っただけだ」

ハコビアンとさまざまな犯罪組織や犯罪行為との結び付きを、ＦＢＩが長年必死で結び付けようとしていたが、不利な証拠はなにひとつ見つかっていない。それでも、ハコビアンが重要参考人であることに変わりはなかった。

「あんたの計画……何百万人もが死ぬ。あんたらしくない」

「前にも生暖かい血をこの手に感じたことはある」

「ひとりの血だ。都市全体ではない。なにがあんたを変えた？」

「わたしはもう人生の終わりに近い。相続人もいない」

ソクラティスは、昔からの相棒を値踏みしながら、怪しむように片方の眉をあげた。

「あんたは真実の半分しか打ち明けていない」

「わたしのことはよく知っているはずだ」ハコビアンがもじもじして、告解室にいるどうしようもない罪人のように両手を落ち着きなく動かした。

「エディトはわたしが人生で犯したさまざまなことに目をつぶってくれたが、無辜の民を虐殺することだけは許さなかった。エディトが生きているあいだにこれをやったら、彼女がどういう目で見るか、考えたくもない」

「彼女はいまでもあんたを見ている」

「彼女はミミズの餌になった。もう跡形もないだろう」

「神はどうだ？　天国は？　あんたが提案しているこの犯罪で裁かれるのが、恐ろしくないのか？」

「わたしが信じているのは金だけだ」

「では、あんたの計画でわたしたちが築く莫大な富を、どうするつもりだ？」

「戦争のせいでアルメニアには多数の寡婦や孤児がいる。わたしが死後も名前を称えられるように、彼らに莫大な財産を遺す」

「この計画でのわたしの役割は？」

「いたって小さい。だが、これまでどおり、利益は二等分する」

「ずいぶん気前がいいな」

「わたしたちは昔からの友人じゃないか？」

「それで、なにをわたしに求めるんだ？」

「わたしの連絡相手は、一億二千五百万ユーロ相当のビットコインを秘密ウェブの口座にふり込むよう要求している。その代金を、わたしとあんたが半分ずつ負担する。カニオンが特定の場所に現われるよう、その男が手配してある。それを回収できる船と、最終目的地へ運ぶのに信頼できる乗組員を用意してくれ」

それだけではないと、ソクラティスは見抜いていた。

「ほかには？」

ハコビアンが肩をすくめた。「単純だ。金を十二時間以内に送金しなければならない。さもないと計画は消滅する」

ソクラティスは、鼻から息を吐き、旧友のハコビアンの顔を探るように見ながら、顎鬚をなでた。ハコビアンは失敗を恐れる。彼がこれほど勇み立っているのを、ソクラティスは見たことがなかった。常軌を逸した陰謀だし、危険な賭けでもある。

それに、復讐の好機でもある。

ソクラティスは、古い鉄条網のように汚れ、曲がっている、並びの悪い歯を剝き出して笑った。

「同意した」

草地のヘリパッドから、ヘリコプターが離昇した。ローターの風で渦巻いている霧のなかで、発見されるのを避けるためにフードをかぶっていたソクラティス・カトラキスは、革のような手を持ちあげて、ダヴィド・ハコビアンがつつがなく旅をできることを願った。強風のなかでヘリコプターがよろめき、偏揺れした。

ソクラティスは、にやりと笑った。もうじきハコビアンはフェルト帽のなかにゲロを吐くにちがいない。

ひっそりした礼拝堂に戻ったソクラティスは、フードをまくって、私室へ行った。頭のなかで、さまざまな可能性を思い描いていた。

ハコビアンが帰っていく前に、カニオン回収に使用する船の性能諸元を含めて、ふたりは計画の詳細を話し合った。難しいが、不可能ではなかった。ソクラティスは、ヨーロッパで最高の造船所を所有している。

ハコビアンの計画は、たしかにすばらしかった。ロシアとトルコが壮烈な戦争をはじめれば、非合法と合法の両方の事業の財源が膨張するはずだった。

それに、警察と情報機関がすべて戦争遂行にふり向けられるだろうというハコビアンの読みも的確だった。

ロシアが非難されるように仕向けるハコビアンの計画も完璧だった。イワノフ大統領は冷酷な人物だし、ＮＡＴＯには高価な攻撃兵器が多数ある。対決は避けられないだろう。ロシアの核魚雷でイスタンブールが壊滅したら、ヨーロッパを燃えあがらせる導火線に点火することになる。

ハコビアンがトルコ人を激しく憎んでいることが、ソクラティスには納得できた。ギリシャもオスマン帝国の軍靴に踏みつけられて苦しんだ。凌辱、殺人、国外退去が長期間、残虐につづけられ、ギリシャは踏みにじられた。ソクラティスの一族も含めて、ギリシャ人は四千年にわたりアナトリア（現在のトルコの西側の大部分を占める地域）を占領していた。いま、そこでギリシャ人は異邦人にすぎない。

たしかにソクラティスは、ハコビアンとおなじようにトルコ人を激しく憎んでいた。いや、もっと激しく憎悪していた。ハコビアンとは異なる数々の理由による。トルコ人数百万人を殺すことに、なんの痛痒も感じていない。それどころか、その発想について考えれば考えるほど愉快になった――ただし、自分と一族が非難を浴びなければの話だった。

長い歳月、ソクラティスとハコビアンは共同で事業を行なってきた。ソクラティスは、ふたりがともに若かったころから、ハコビアンの非凡な才能に気づいていた。ハコビアンのような鋭い頭脳の持ち主には、一度も会ったことがなかった。ハコビアンとソクラティスは、協力してそれぞれの組織から自分を切り離して共同で事業を行ない、自分たちが仕えていたマフィアと互角になり、やがて彼らをしのぐようになった。だが、ハコビアンがあっというまに同格の共同経営者(パートナー)になったことを、ソクラティスは心の底では恨んでいた。ずる賢い小柄なアルメニア人の事務職に、本来ならすべて自分のものである富の半分を吸い取られている。

ソクラティスは、ハコビアンをお払い箱にする方法をずっと前から模索していたが、ハコビアンは毎年、あらたな契約、あらたな生産ライン、より多くの収入をもたらし――ふたりの敵がそれらの権益に手をつけられないように画策した。瘦せこけたアルメニア人のハコビアンが秘密を厳守したことで、ふたりとも刑務所に送り込まれずに生き延びている――そして、ソクラティスは途方もない夢想をも超える大金持ちになった。

ふたりの事業全体でいま重要なのは、あらたなメキシコ人のメタンフェタミン供給者(サプライヤー)だった。その中毒性がある強力な麻薬が、ふたりの組織(マシーン)を動かす燃料になっていた。

ハコビアンは気づいていないが、ソクラティスはそのメキシコ人を見つけ出して、取引を結んでいた。数日後にソクラティスは、旧友のハコビアンを暗殺するよう命じる予定だった。

うまくすると、ハコビアンが殺される直前にカニオン計画が実行される。何十年にもわたってハコビアンがソクラティスから盗んだ富が、それによってすべて賠償される。

ソクラティスは、ハコビアンを裏切るつもりだったので、ロシアが非難されるという筋書きが失敗した場合には、かならずハコビアンが罪をかぶるようにする必要があった。

ソクラティスには、あらゆる可能性が見えていた。ふたたび女を抱こうとしているかのように、老いた心臓が高鳴った。

ソクラティスは、石壁に埋め込まれた金庫のほうへすたすたと歩いていった。その金庫は電子的な盗聴を防ぐファラデーケージでもある。ソクラティスは、暗号化された携帯電話を出して、息子のアレクサンドロスに電話をかけた。

「いますぐこっちへ来い。話し合うことがある」

8

ファン・カブリーヨは、ふたたび会議室の上座で立ちあがった。集まっているチームが、真剣なやる気満々の顔で、命令を待っていた。〈コーポレーション〉会長のカブリーヨは、指揮をとる立場であってもうぬぼれておらず、自分が選んだこの稼業で最高の戦闘員たちがいなかったら、なにもできないことを承知していた。

傭兵(ようへい)という稼業。

オレゴン号の下甲板で回転している磁気流体力学機関(ＭＨＤ)四基の低い音が、遠くから聞こえる。それがオレゴン号の脈動する心臓だった。ＭＨＤは地球上でもっとも先進的なテクノロジーを使用する船舶推進システムだった。液体水素で冷却した超電導電磁石で海水から自由電子を除去し、ほとんど無尽蔵の電力を得ることができる。回転するヴェンチュリ管を通過する電力駆動のアクアパルスジェットにより、オレゴン号は物理の法則に反しているとしか思われない動きで、まるで水中翼船のように高速航走する。この機関が供給する電力がなかったら、ぼろぼろの甲板の上と下にあるハイテクの指揮統制・通信・兵器システムは機能しない。

カブリーヨは、正規の軍隊に属したことはないが、指揮官としての存在感を発揮していた。変装と潜入工作の名人で、乗組員の男女すべてとおなじように、小火器の扱いと近接戦闘に長けている。

だが、オレゴン号の面々にいい意味での刺激をあたえているのは、カブリーヨのとてつもない自信だった。元兵士がほとんどの乗組員は、カブリーヨに導かれるままにどこへでも戦いに赴く――それも、しばしば勝算の乏しい戦いに。

それに、カブリーヨはハチドリを誘う花の蜜のように、女性を惹きつける。

カブリーヨの目が、奥の壁のほうを向き、黄金の鷲の戦旗を見た。以前、〈コーポレーション〉は、古代ローマ軍団の旗印だった黄金の鷲を発見して、イタリア政府に返還した。それに報いるために、イタリア政府からレプリカが贈られた。カブリーヨは、その黄金の鷲をあしらった旗を作らせ、それをオレゴン号のあらたな戦旗として、ここに飾っている。黄金の鷲は、カブリーヨの乗組員の勇気と犠牲を象徴している。

その横には、斃れた同志の名前を刻んだ写真入りの楯板がある。その壁の装飾品は、またしても善良な男や女を率いて危険地帯へ行こうとしていることを忘れないようにするためのものだった。

オーヴァーホルトに依頼されてオレゴン号が引き受けた任務は、いたって単純だった――さらにいえば、ほとんど不可能に近かった。メキシコでもっとも狂暴なカルテルの頭目（とうもく）、ウーゴ・エレーラを生け捕りにするというのが、任務の内容だった。エレーラはメス（メタンフェタミン）王を自称している。そう名乗るのも当然の人物だった。その悪質な化学物質に、エレーラはさらに中国製の合成麻薬フェンタニルを混入させ、メキシコ人とアメリカ人数万人を中毒にして死なせている。だが、エレーラが確立した密売網には、攻め入る隙がなかった。アメリカ政府は、エレーラを捕らえて拘束し、訊問（じんもん）して、組織を撲滅することを望んでいた。あいにく、それにはエレーラを生かしておかなければならない。暗殺には満足感があるし、正当化できるかもしれないが、より大きな問題の解決にはつながらない。

　アメリカ側は、行動を起こすようにとメキシコ政府に何度も要求したが、なんの対応もなされなかった。エレーラの汚れた金で信念を曲げていないメキシコの高官や法執行機関の人間は、行動するのを恐れているか、あるいは行動しようとして殺されていた。

　どういう性質のものであろうと、軍や法執行機関の部隊をアメリカ政府がメキシコ領内に侵入させることはできないし、そうする意図もなかった。そのような行動は戦争行為と見なされ、それでなくても緊張しているアメリカと南の重要な隣国メキシコとの関係を悪化させるおそれがある。

困難で、なおかつ危険で、アメリカ政府が関与を否定できるようにしなければならないような事案が勃発したときには、つねにファン・カブリーヨと〈コーポレーション〉が行動を求められる。傭兵組織は、金のために働く——莫大な金のために。カブリーヨは、〈コーポレーション〉発足時から、乗組員全員がいずれ裕福になるように利益を配分することにこだわってきた。

巨額の報酬が得られるのは、危険要因が大きいからだった。ことに今回の任務はそうだった。エレーラの身辺に近づくのは、きわめて困難だった。

地上の作戦チームが二十四時間態勢で監視を行ない、カブリーヨがもっとも恐れていたことが確認された。エレーラは莫大な富で世界でも一流の警備会社を雇っていた。最新鋭の電子機器やカメラを備え、さらに重大なのはヨーロッパとロシアの戦闘経験が豊富な元兵士の警護員を雇っていることだった——金メッキのＡＫ‐47を持っているありふれた麻薬組織の無鉄砲な暗殺班ではない。

装甲車両や暗号化された通信にくわえ、エレーラの隠れ家すべてに射撃準備が整っている携帯型地対空ミサイル発射器まであるので、エレーラのきわめて練度の高い警護チームを打倒するには、小規模な軍隊が必要とされる。

任務にはもうひとつ制約があり、事態をいっそう複雑にしていた。「無用の注意を惹くことなく、静かにやらなければならない」とオーヴァーホルトがいった。

ひとつだけたしかなことがある。全面的な強襲を静かに実行できることはまれだし、たいがい関係する当事者の一部が命を落とす。

しかし、ひとつだけ勝機があった。

カブリーヨがリモコンのボタンを押し、聳え立つ高層ビルの生動画が表示された。カブリーヨは会議室の一同のほうを向いて、最後にもう一度、計画全体の概要を説明し、エレーラの警護チームがほぼ完全に近いことを強調した。

ほぼ完全――完璧ではない。

エレーラが傲慢(ごうまん)であるために、そうでなかったら蟻(あり)の這い出る隙間もなかったはずの防御に小さな穴があいていた。毎木曜日、エレーラはモンテレイで週に一度の女遊びにふけるために、三〇〇キロメートル離れた防御の厳重な根城(コンパウンド)からヘリコプターでやってくる。エレーラはその高層ビルを――洗浄した金で買って――丸ごと所有している。そして、自分のペントハウスをオフィス兼売春窟として使っている。自分の高層ビルの最上階にいるとき、メタンフェタミン王エレーラは、この世の王の気分を味わって――自分は無敵だと思っているにちがいない。歓楽を邪魔されずに味わうために、ペントハウスにいるとき、エレーラは警護の人間を下の階にいさせる。カブリーヨとそのチームがエレーラを生け捕りにするには、そこでやるしかない。

「今夜、決行する」

「賛成」マックス・ハンリーがそういって、火をつけていないパイプを嚙(か)んだ。マックスは、年功と分別を買われて、カブリーヨよりもさらにオレゴン号を愛しているといえる。マックスも、驚異的なテクノロジーを司る機関長であることに熱意を燃やしている。断じてイエスマンではない。不適切なことを見つければ、だれよりも早くカブリーヨを呼び出す。

しかし、エディー・センは、今回の任務にはマックスほど乗り気ではなかった。陸上作戦部長のエディーは、すべての戦闘任務を立案し、いつもならカブリーヨの戦闘員(ガンドッグズ)とともに最初に突入して、悪党どもと戦う。

だが、今夜はカブリーヨがこの任務を指揮し、エディーはオレゴン号に残る。

「出撃してもいいか、エディー?」カブリーヨはきいた。

「アイ、会長。いつでもどうぞ」

「三人のチームで潜入する。わたしが先鋒(せんぽう)だ」カブリーヨはいった。「マクドとトムが2(ツー)と3(スリー)——訓練したとおりだ。ゴメスが、ティルトローター機でそこまでわれわれを運ぶ」

マクドが、口が裂けそうな笑みを浮かべた。

「おれっちの新しいおもちゃを、早くためしてみたい」〈アーント・サリーのクリオール・プラリネ〉のようになめらかでとろけそうなルイジアナなまりで、マクドがいった。新しいおもちゃとは、射程一〇〇ヤードで直径二・五センチの金的を射抜くことができるSUB-1XRクロスボウのことだった。メルボルン港である船が沈んだために、レイヴンが前のクロスボウ〝ディアナ〟をなくしたあとで、カブリーヨが新しいクロスボウをマクドに買いあたえたのだ。

「トム、なにか質問は？」

トム・レイズが一瞬笑みを浮かべ、一見恐ろし気な顔が明るくなった。髪と目が黒く、引き締まった体つきで、鼻が尖っているトムは、外見と動きの両方から、アメリカ陸軍空挺学校で隼(ファルコン)――高速で飛ぶ猛禽(もうきん)――という綽名(あだな)をつけられていた。

「すべて準備よし、アミーゴ」トムは先ごろ現役からおりたばかりの古株だが、最後の一イニング(ゲーム)をプレイする必要があると決意していた。

トムはロサンゼルス東部の典型的な貧困層の不良で、ギャングになろうとしていたのを、善良な警官だった厳しい聖職者が立ち直らせた。陸軍で六度の出征を終えたあと、〈コーポレーション〉に参加してみごとに役目を果たした。数年前に〈コーポレーション〉を辞めて、潤沢(じゅんたく)な利益配分を使いロサンゼルスで民間警備会社を立ちあげた。いまふたたび〈コーポレーション〉に参加し、しばらくつづける予定だった。

　エレーラを見つける任務を引き受けたとき、カブリーヨは新しい戦闘員を捜していた。南カリフォルニアの麻薬売買の謎に包まれた暗黒街に伝手（つて）があって、即動可能情報を聞き出すことができるトムに、カブリーヨは連絡した。

　拉致（らち）作戦に参加できるのであればよろこんで手助けするというのが、トムの返事だった。数年前に弟がエレーラのメタンフェタミンの過剰摂取で死んでいたので、正義が行なわれるのを見たいし、できれば自分の手でそれをやりたいと、トムは考えていた。

　トムは戦闘員としての技倆（ぎりょう）を実証しているし、スペイン語ができるので、カブリーヨはエレーラ拉致任務の準備訓練に参加させた。トムはひとつのミスも犯さなかった。何年ものあいだ最高の体調を維持し、デスクワークを減らして戦闘員の技倆を磨いていたからだ。トムが作戦に参加することに、カブリーヨは同意した。正義——あるいは決着をつけること——が必要だというのを、カブリーヨは理解していた。だが、トムを呼び寄せたのは自分なので、事態がちがう方向に進んだときに、エディーにこの作戦の責任を負わせたくはなかった。

「ゴメス？」カブリーヨはきいた。かつてアメリカ陸軍第160特殊作戦航空連隊〝夜の獲物追跡者（ナイト・ストーカーズ）〟に属していたゴメスは、オレゴン号のヘリコプターとドローンの操縦主任だった。美男の悪ガキのような顔に、口を馬蹄形（ばていけい）に囲む鬚を生やし、パイロットらしく自信満々なので、当然ながらオレゴン号きっての女たらしだった。ゴメスという綽名は、以前、昔のテレビ番組〈アダムス・ファミリー〉の登場人物モーティシアによく似ている麻薬王の愛人と〝ディープ・スロート〟な関係にあったからだ。

「あすの午前七時まで、天候は晴れ。地表近くでは弱い風が吹いていますが、限度内です。あとは、ガソリン満タン、タイヤの空気圧はよし、わたしの心には愛。楽な飛行のはずです」

「マックス、発進地点への到着予定時刻（ＥＴＡ）は？」カブリーヨはきいた。

「作戦指令室（オプ・センター）によれば、現在の速力で約二時間後に位置に着く」

カブリーヨは、オレゴン号の監視ドローン一機の生デジタル画像を、もう一度ちらりと見た。なにも変化はない。モンテレイの地上戦闘員ふたり——元海軍ＳＥＡＬのフランクリン・〝リンク〟・リンカーンと、元アメリカ陸軍憲兵のレイヴン・マロイ——は、自分たちがどう動き、どうドローンを使うかを心得ている。

「よし、それならやろう。われわれは任務、ターゲット、計画、役割を知っている。獲物から目を離さず、周囲に注意を怠るな」カブリーヨは腕時計を見た。「装備点検のために、一時間後に格納庫で乗機する。質問は？」

だれにも質問はなかった。カブリーヨは解散を命じ、一同は冗談をいい、笑いながら、それぞれの持ち場に向かった。トム・レイズが最後に出ていくときに、追悼（ついとう）の壁の前でちょっと立ちどまり、カブリーヨには聞こえない声で、何事かささやいた。

カブリーヨには、聞くまでもなくわかっていた。自分も思い出せないくらいの回数、おなじことをやってきたからだ。

9

インド洋
ロシア連邦海軍潜水艦〈ペンザ〉

ヤーシン海軍少尉は、潜水艦の発令所で、初の哨戒長(しょうかいちょう)としての当直をつとめていた。三番目の当直すなわち夜半直（午前零時から四時まで）で、将校もそのほかの乗組員も、ベッドにはいっていた。ヤーシンは事実上、眠っている潜水艦の艦長だった。〈ペンザ〉は深度三〇〇メートルを三〇ノットで潜航していた。水温躍層のずっと下で、まじろぎもせずに監視しているアメリカのソナーや衛星には見つからない。

とはいえ、心配する必要はなかった。アメリカの追跡を混乱させるために、潜水艦五隻とともに極寒のセヴェロドヴィンスク基地から出航したあと、〈ペンザ〉は北極の海氷の下を通過して姿を消した。ロシアの探知不能の潜水艦部隊には、戦時でも打倒しがたい戦略的優位があることを、この歴史的任務がまもなくＮＡＴＯと中国に対して実証する。この任務の成功には、ロシア人数千万人の命を救うのにひとしい価値がある。

　そしていま、任務の成功はヤーシンの双肩に懸かっていた。当直のあいだずっと、それを思って誇りと重責を肌で感じていた。

　ヤーシンはこれまでずっと、ロシア海軍大佐として叙勲された有名な父親とおなじように、実戦部隊の潜水艦に乗り組む将校になることを夢見ていた。ヤーシンは父親の足跡をたどって、ロシアの名門大学、ピョートル大帝海軍兵学校を最優等で卒業した。それにより、ロシアの最先端テクノロジーが盛り込まれた最新鋭潜水艦の〈ペンザ〉に配属された。

　下級将校の多くとおなじように、七カ月前にはじめて乗艦したとき、ヤーシンは誇りと野心に満ち溢れていたが、実地の経験は皆無だった。アメリカの潜水艦乗りがNUB——使えないやつ——と呼ぶ人間だった。先任の下士官や乗組員が、しきたりと実習によって指導し、実力が立証されていない兵学校を出たばかりの若い将校から鋭い突起を削り落として、狭い戦闘機械の艦内で要求されるリズムと正確な動きにぴったり合うように仕立てあげた。

　作業と学習、そしてまた作業の厳しい日課がくりかえされ、ヤーシンはさまざまな科を経験して、艦内のすべての区画で、あらゆる電気回路、空気濾過装置、非常時の手順を暗記した。通信、航海、兵器システム、原子炉――あるいは傷病の手当て――について新米少尉よりもずっと詳しい下士官によって、段階ごとに試され、いやがらせをされた。

練度が低く、装備は故障しがちで、傷んだ食糧を食べさせられる、父親の時代の海軍とは、まったくちがっていた。ロシア連邦の潜水艦部隊は、アメリカ海軍の同様の部隊とまったく同等の将校と乗組員を輩出していた。

数カ月の過酷な勤務を経たヤーシン少尉は、いかなる非常時でも艦内のどこでも役に立つだけの知識があることを、ようやく実証していた。艦長から資格認定を受け、潜水艦乗組員徽章を授与された。だが、もっとも重要なのは、乗組員の信頼を勝ち得たことだった。

艦長に最終的に認められ、あらたに会得した知識と技倆を信頼されると、ヤーシンは素直に自信を深め、ようやく父親の非の打ちどころのない水準に到達しつつあると感じるようになった。

そうだ。いつの日か自分の潜水艦を指揮するようになろう、と自分にいい聞かせた。

大きな耳にヘッドホンをかけてソナーステーションに詰めていた下級水測兵曹が、接近する脅威はないかと、真剣に耳を澄ましていた。ソナー用コンピューターがおなじ作業を行なうようプログラミングされているが、電子回路やソフトウェアのアルゴリズムは、ソナーステーションに詰めている水測員の創造力と魔法のような能力をいまだにしのぐことができない。

突然、水測兵曹が大きなあくびをした。

「サカロフ！」ヤーシンはいった。

恥ずかしさで顔を真っ赤にしたサカロフが、座ったまま体をまわした。「すみません、少尉。自分でもどうしたのかわかりません」

ヤーシンはとっさにサカロフを叱ろうかと思った。最初の当直で――どの当直でもおなじだが――乗組員が眠り込むのを許すわけにはいかない。艦長が現われたらどうする？　いまここで自分の軍歴は台無しになる。

だが、ヤーシンは我慢した。「コーヒーを飲みたいか？」

「いいえ、少尉。だいじょうぶです」サカロフが、ソナーのほうに向き直った。あくびをこらえようとしているのは明らかだった。

じつは、ヤーシンもあくびをしたくなるのをこらえていた。疲れを感じ、意識が冬の霧のようにかすんでいた。

操舵手ふたり（潜水艦には潜横舵を操作するプレーンズマンと縦舵を操作するヘルムズマンのふたりがいる）のうちのひとりが、口を覆うためにジョイスティックから片手を離すのを、ヤーシンは見た。

あくびが伝染しやすいことは、だれでも知っている。ヤーシン自身もこらえきれなくなっていた。顎の筋肉がひきつれるほど、歯を食いしばった。いまここであくびをするわけにはいかない。部下たちの前では。

目に涙が浮かんだ。手の甲でそれを拭(ぬぐ)ったとき、水測員がステーションに突っ伏して眠っているのが目にはいった。

ヤーシンの背骨をパニックが駆けあがった。空気に異常があるのか？　環境制御ステーションへ走っていった。急な動きが、潜航指揮官のグラコフ上級兵曹の注意を惹いた。

「なにか起きているんですか、少尉？」グラコフ自身もあくびをしながらきいた。

ヤーシンは、計器のデジタル表示をひとしきり見た。空気清浄機は一〇〇パーセント能力を発揮していた。酸素は二〇・九パーセント。水素と二酸化炭素のレベルも正常だった。計器によれば、空気にはまったく問題がなかった。

突然、ガタンという音が聞こえ、ヤーシンはふりむいた。サカロフが手足をひろげて甲板に倒れていた。剃(そ)りあげた頭にヘッドホンが斜めに乗っかり、あいたままの口が紫色になっていた。そのほかの乗組員も倒れ、それぞれのステーションに突っ伏すか、甲板に転げ落ちた。

ヤーシンは頭がくらくらしていた。呼吸が速く、浅くなっていた。手摺につかまって体を支えたが、脚がふるえていた。

向きを変え、非常事態を艦長に報告するために、よろめきながら艦内通信コンソールを目指した。

マイクに手をのばしたが、つかむことができなかった。

酸素が欠乏すると、三分以内に脳に損傷が生じ、意識を失う。十五分後に死ぬ。だが、いま潜水艦を制御している自動化されたソフトウェアは、〈ペンザ〉の将校と下士官と水兵八十六人の体調が万全だという前提で、作戦のつぎの段階が妨げられないように全員を確実に殺すために、酸素が欠乏した状態を二十分維持するようにプログラミングされていた。環境制御ステーションの計器は、いまも空気が正常であることを示していた。

それは欺瞞（ぎまん）だった。

〈ペンザ〉はロシア海軍の水上艦と潜水艦のなかで、もっとも最先端のテクノロジーが盛り込まれている最新鋭軍艦で、各種の水中・水上・空中移動体（ヴィークル）を搭載している。〈ペンザ〉を設計したエンジニアたちは、きわめて高度なソフトウェアが大部分の機能を実行する仕組みに依存していた。国民がロシア連邦の冬に対処しなければならないという現実を思えば、それも納得がいく。すべての潜水艦にじゅうぶんな数の健康な男を乗り組ませるには人数が足りないし、女性はまだ潜水艦勤務を許されていない。

自動化されたテクノロジーに頼れば、人間がミスを犯すおそれは小さくなる。どんな潜水艦でも、人為的なミスが唯一にして最大の危険要因なのだ。

だが、最後の二十分に起きたことが物語っていたように、ソフトウェアに過度に依存すると、予想外の脆弱(ぜいじゃく)な要素が多発する。

つぎの自動化されていた指示により、〈ペンザ〉は急降下し、最大潜航深度の六〇〇メートルまで死んだ乗組員をひきずり込んでから、ほとんど静止に近い速力に減速した。〈ペンザ〉のメインコンピューターが、自動魚雷発射システムに作動を命じ、〝カニオン〟ドローン魚雷一基が巨大な発射管に装填された。

数分後、発射管前部扉があき、カニオンがゆるゆると出ていった。

安全な距離に遠ざかったところで、カニオンの原子力機関が出力をあげ、全長二四メートルの魚雷を実用深度の一〇〇〇メートルまで進ませた。そして、最大雷速の七〇ノットで、プログラミングされた最初の経由点を目指した。この深度と雷速、ソナーによる聴音を妨害するさまざまな装置——次世代の疎水性被覆も含まれている——によって、カニオンを探知することは不可能だった。

巨大な魚雷の発射に成功すると、〈ペンザ〉の自動化アルゴリズムは、あらたな針路と速力をプログラミングした。〈ペンザ〉はカニオンとおなじように、あらかじめ入力されている水中地図の座標とソナーを使用する衝突回避・航法システムを使用している。十八時間以内には、圧壊深度のわずかに手前の一二〇〇メートルに降下し、水中の岩棚に着底して、必要な場合にはふたたび運用できるように無傷のままそこに停止しているはずだった。

電力節約のために照明は切られ、電子機器を護るために氷点よりも下がらない程度に暖房を弱める。

ヤーシン少尉は、海中の冷たい鋼鉄の墓で、最初のたった一度の指揮を、永遠にとりつづける。ヤーシンと乗組員たちの死体は、闇(やみ)のなかでじわじわと腐敗することになる。

10

メキシコ、モンテレイ

ファン・カブリーヨは、パラシュートと武器を体にしっかり固定して、モンテレイの上空、高度一万三〇〇〇フィートでホヴァリングしているティルトローター機の乗降口に立っていた。

アグスタウェストランド６０９は、海兵隊のオスプレイの民間型だった。固定翼機のような形に造られ、左右の主翼の端に巨大なターボシャフト・エンジンを搭載している。だが、すさまじい爆音を轟(とどろ)かせるエンジンの傾きを変えてヘリコプターのように飛ぶ――いまの場合はホヴァリングする――こともできる。

今夜の降下は、はじめての高高度降下でも、はじめての夜間降下でもない。

だが、とてつもなく危険になるはずだった。崖(がけ)から跳びおりるようなものだ。

カブリーヨは、拡張現実(AR)ヘルメットの眼鏡のＶＩＺスクリーンに注意を戻した。ビキニを着た若い女三人が、底がガラス張りのプールで、揺らめく光を浴びながら、水をはねかしていた。プールは、ビルの最上階の端から三メートル突き出している。遠い側に浮かんでいる男ふたりは、それを見て楽しんでいるようだった。ひとりはゾウアザラシのような巨漢だった。

「きみ好みのお相手が見えるだろう、ゴメス?」カブリーヨはきいた。

「女の子のことですよね」ゴメスがいった。「コンテストの審査はやりませんが」

凄腕(すごうで)のゴメスが操縦しているとはいえ、今夜の作戦ではここを飛ぶこと自体に危険が伴っていた。そのひとつは、大都市の上空を飛ぶあいだ、注意を惹きたくないのに、それが無理なことだった。地元の航空交通管制が、すでにAW609を無線で呼び出そうとしていた。

「最長でも五分たったら、航空交通管制が軍に連絡し、ジェット機を緊急発進(スクランブル)して調べるように頼むでしょうね」ゴメスがいった。

カブリーヨは、デジタル画像を最後にもう一度見て確認した。女三人に興味があったわけではない。今夜の拉致のターゲットは、プールでくつろいでいる肥満体の麻薬王ウーゴ・エレーラだった。本好きの息子ビクトルは脅威にはなりそうにないし、乏しい情報源によれば、組織では微々たる役割しかあたえられていない。事業を牛耳(ぎゅうじ)っているのは、おやじのウーゴだった。

こういう作戦は、どんな段階でもまずい方向に進みかねない。外国の大都市で夜間に実行することで、事態がいっそう厄介になっている。カブリーヨは、外交関係に悪影響をあたえずにエレーラを生け捕りにするよう命じられていた。

AW609のエンジンに携帯式対戦車擲弾が命中することのほうが、外交関係よりも心配だったので、レーダーに発見される危険を冒して、こうして高高度を飛んでいる。

降下も高高度から行なう。

リンクとレイヴンが先ほどドローンで行なった偵察によって、エレーラと息子は武器を持っておらず、部屋の外のプール近くにボディガードがふたりしかいないことがわかっていた。以前と変わりがない。

計画は馬鹿々々しいくらい単純だと、カブリーヨは自分にいい聞かせた。計画を信じろ。

任務どおりにやるためには、ペントハウスの階に降下した三人が、特殊閃光音響弾でそこにいる全員を無力化し、動いているものがいたら、鎮静剤で眠らせなければならない。ことにウーゴ・エレーラを身動きできないようにする必要がある。殺傷性のある武器――亜音速の弾丸を発射するサプレッサー付きのグロック19――は、最後の手段としてだけ用いる。その第一段階の直後に、ゴメスが操縦するAW609が到着する。肥った麻薬カルテルの頭目を、ホヴァリングしているAW609にハーネスでくくりつけ、エレーラの警護班が反応する前にずらかる。

　花火がはじまって、AW609の巨大なローターの轟音が響いたら、下の階から警護班が到着するまで、せいぜい三十秒の余裕しか見込めないはずだ。

　ゴメスとカブリーヨたち三人は、作戦全体――ティルトローター機からのパラシュート降下から脱出に至るまで――の予行演習を行なった。なにか狂いが生じなければ、三分弱でなんとかやれる。

　そして、もちろんなにかが狂う。マーフィーの法則はつねに変わらない。だから、不測の事態の計画と予備の案を考えておき、予想外の出来事に対して可能な限りの備えを用意していた。銃火を浴びながら当意即妙に行動する能力が、最後の切り札だった。カブリーヨはなんとかなると思っていた。

　カブリーヨは、うしろのマクドのほうをちらりと見た。新品の〝おもちゃ〟のクロスボウを、特製の脚ハーネスに収めている。

「吊られる気分は、マック？」カブリーヨは、モラーマイクにささやいた。

「おれっちのクロスボウのことっすね。それなら、準備万端っす。ブラザー・トムもね」マクドとトム・レイズは、最後の装備点検を行なっていた。

「会長、オレゴン号が、メキシコ空軍（フェルサ・アエレア・メヒカナ）の緊急発進（スクランブル）命令を探知しました」ゴメスが通信網で報告した。「F‐5迎撃機二機が、こっちへ向かっています」

ノースロップF‐5は、ベトナム戦争時代の遺物だが、それでもカブリーヨたちを空から吹っ飛ばすことができる。カブリーヨはVIZスクリーンをもう一度見た。エレーラはまだ遊んでいる。いまやらなかったら、二度とチャンスはない。

カブリーヨは、トムとマクドをちらりと見た。顔はバイザーに隠れている。姿勢から、用意ができていることがわかる。

闘犬二頭が、意気込んでリードをひっぱっている。

「諸君、ついてこい」

カブリーヨは向き直り、乗降口の把手(とって)をつかんで、虚空(こくう)に跳び込んだ。

11

「あのくそ野郎を見ろ」ラド・サスエタは、屋上のプールにいるウーゴ・エレーラのデジタル画像を指差した。「いまにも心臓発作を起こしそうだ」

トルコ製のカルグ2ドローンが、ノートパソコンに生動画を送っていた。内蔵のAI顔認識ソフトウェアが、ウーゴ・エレーラ、ビクトル・エレーラ、警護員ふたり、若い女三人を識別し、ターゲットに選択できるように、スクリーンのサイドバーにそれぞれの写真を自動的に表示していた。

顎鬚のないドローン操縦士が、スクリーンでドローンのバッテリー残量を確認した。

「呼び戻さなければならなくなるまで、あと十八分です」操縦士は、メキシコシティにあるメキシコ国立自治大学(ウニベルシダード・ナシヨナル・アウトノマ・デ・メヒコ)のロボット工学科を中退し、父親のギャンブルの借金を帳消しにしてもらうために、サスエタに雇われていた。

「落ち着け。時間はまだたっぷりある」

サスエタは、静かな落ち着いた声でいった。その声に似つかわしく、ふつうの身長で、目立たない顔立ちだったが、ゆったりした服の下の体は見るからに強健だった。横から見ると、政府の重要ではない部局で小さなデスクに向かっている人物のような、眠そうな退屈した顔をしている。だれでも、目をそらしたとたんに、どんなふうだったか忘れているような顔だ――そもそもその顔に目を向ける人間などいないかもしれない。

その顔は、数多い人間が死ぬ前に最後に見る顔でもあった。何人かは、ミントの甘い香りがするサスエタの息を吸い込んだ瞬間に、おぞましい死を迎えた。

その顔の主、サスエタは、エレーラの組織でもっとも大きな成功を収めてきた刺客で、これまではエレーラのもっとも信頼する構成員だった。それどころか、〝でぶ（エル・ゴルド）〟が権力を握ることができたのは、サスエタのおかげだった。サスエタは、エレーラの命令によって敵対する麻薬王たちを殺して一掃するための道具だった。

長年のあいだにサスエタは数多くの名前や身許を手に入れたが、目的に役立ったあとで、蛇が脱皮するようにそれを捨てた。エレーラはサスエタをたんに〝Z〟と呼んだ（アメリカ人とおなじように〝ジー〟と発音した）。エレーラはサスエタの本名を知らなかったので、イニシャルと一致したのはまったくの偶然だった。〝Z〟は〝最（エル）強の男（セタ）〟の略で、サスエタが何年も前に最高の殺し屋（シカーリョ）だったから、エレーラはそう呼んだのだ。

サスエタとドローン操縦士は、エレーラのビルに面している近くのホテルのペントハウスに陣取っていた。サスエタは軍仕様のドイツ製双眼鏡を持ってバルコニーに出て、ホテルよりも高い高層ビルを見た。屋上は見えなかったが、エレーラの巨大な尻がガラスの上でひろがっているのが目にはいった。

サスエタはスイートに戻り、スクリーンを見おろした。

ウーゴの息子ビクトルが水からあがり、タオルで体を拭いて、ペントハウスに向かうのを、サスエタとドローン操縦士は見ていた。女のうちのふたりが、あとをついていった。

「準備はいいか？」

「命令を待っています」

サスエタは、操縦士のひどく細い首に手を置き、引き寄せた。「予定どおりうまくいくと確信しているだろうな？」

操縦士は、サスエタのまばたきしない目に恐怖が宿るのを見たような気がした。

「はい。確信しています」

ウーゴ・エレーラは、超一流の警護員を集めて、手入れの行き届いた組織を動かしていた——金で買える最高の人間を雇って。元軍人の武装警護員の威張り腐った堂々とした態度が、肥満したエレーラのエゴをくすぐるのだ。そのうちにサスエタは、エレーラが根城にしている防御の厳重な牧場に呼ばれることがまれになり、エレーラの好意を満喫できなくなった。

しかし、サスエタの天才的な技倆を高く評価する人間は、ほかにもいた。

サスエタにとって厄介だったのは、エレーラの警護組織にほとんど欠点がないことだった。エレーラに接近して殺してから逃げるのは、不可能だとわかっていた。だが、トルコ製の〝カミカゼ〟ドローンによって、エレーラを殺しても生き延びられる見込みがはじめて生じた。

だが、サスエタは詩人エマソンの言葉を知っていた。王を襲うときには、かならず殺さなければならない。この襲撃に失敗すれば命はない。それに、想像を絶するひどいやりかたで殺されるだろう。ドローンが命中しなかった場合には、ショットガンの銃口を自分の口に突っ込むほうがましだ。

サスエタは、ドローン操縦士の首を握っている手に力をこめた。

「やれ……いまだ！」

「はい、やります」

ドローン操縦士が、ウーゴ・エレーラの巨大な体にスクリーンの照準環を重ね、攻撃開始ボタンをクリックした。

つぎの瞬間、カミカゼ・ドローンが、ペントハウスのプールに向けて突進した。

「いまの高度から、どれくらいかかる？」サスエタがきいた。

「六十秒です」

カブリーヨは、ホヴァリングしているティルトローター機から闇のなかに跳び出し、チームのふたりがすぐあとにつづいた。

漆黒の闇を落下するあいだ、ＶＩＺスクリーンのデジタル高度計がルーレットなみの速さで回転していた。高度一〇〇〇フィートが表示されたとき、カブリーヨは体に力をこめた。

パラシュートがひろがり、吊索がぴんと張って、ストラップが胸と太腿を締めつけた。

カブリーヨは、二連式の特殊閃光音響弾発射器をハーネスから取り、眼下のターゲットに狙いをつけた。四〇ミリ特殊閃光音響弾二発が発射され、甲高い雷鳴に似た鼓膜が破れそうな音が響いた。

警護員ふたりが、衝撃で気を失って最初に倒れた。武器が人造大理石の床にガタンという音をたてて落ちた。

気絶したときにプールから上がりかけていたウーゴ・エレーラは、うしろ向きに落ちて、シャチなみの水飛沫があがった。プール内でそばにいた女が、血が出ている耳を押さえて悲鳴をあげた。

ビクトル・エレーラは、ペントハウスのスイートのあいているスライド式ガラス戸の内側に立ち、女ふたりが左右の肩にしなだれかかっていた。警護員を倒した最初の一発でビクトルは目がくらんだだけだった。だが、二発目がそばに落ちて、ガラスを数千個の細かい破片に変え、ビクトルと女ふたりは床に倒れて、痛む耳を押さえた。

カブリーヨの足が、ペントハウスの床に最初に着地した。すぐうしろで着地したトムとマクドが見ている光景が、VIZスクリーンに表示された。マクドのターゲットは、気絶している武装警護員ふたりだった。カブリーヨは、この任務を是が非でもやりたがっていたトムにウーゴ・エレーラを任せた——それに、トムが三人のなかでもっとも安全な位置にいた。

「時計の針は動いているぞ」カブリーヨはいった。「あと六十秒だ」

カブリーヨはパラシュートをはずし、拳銃二挺を抜いた——サプレッサー付きのグロックを片手で、麻酔銃をもういっぽうの手で握った。もっとも遠いターゲット、ビクトル・エレーラと女ふたりのほうへ突進した。マクドは、身動きしはじめていた警護員ふたりのほうへ走っていった。トムはプールに向けて疾走し、跳び込んだ。

マクドが警護員ふたりのそばへ行き、麻酔を仕込んだ矢をそれぞれに撃ち込んだ。

「ゆっくり眠ってろ」いいながら、プラスティック製の手錠をふた組出して、料理する前に鶏の肢（あし）と羽根をくくるように手足を縛った。

カブリーヨはペントハウスに駆け込んで、麻酔銃を構えた。ビクトル・エレーラと女ふたりに、それぞれ一発ずつ撃ち込んだ。三人がぐったりして、数秒後に意識を失った。カブリーヨは拳銃二挺をホルスターに収めて、トムが輸送用ハーネスを取り付けるために肥った麻薬カルテルの頭目をプールのなかで転がしているのを、ＶＩＺスクリーンで見た。もうひとりの女は気絶し、手錠をかけられていた。

うまく逃げられるかもしれないと、カブリーヨは思った。ビクトル・エレーラのそばでしゃがみ、手錠を出そうとした。

ペントハウスのエレベーターの到着音が鳴った。

六十秒という予想ははずれた。

「お客さんだ」カブリーヨは、モラーマイクに向かって叫んだ。

「到着予定時刻（ＥＴＡ）、三十秒後」ゴメスがいった。

「十五秒にしてくれ」カブリーヨはぱっと立ちあがり、身を起こしながらグロックを抜いた。エレベーターのドアがあくまで待たなかった。やつらがパンタロンのなかにうんこを漏らすように脅したほうがいいかもしれないと思い、発砲を開始して、磨き込まれた鋼鉄のドアに九ミリ弾を浴びせた。

「トム？」

「カバをチュチュに押し込もうとしています」トム・レイズが答えた。

「そいつの口にリンゴを押し込んで、ここから逃げ出そう」

マクドがカブリーヨのそばに走ってきて、クロスボウを構えたとき、エレベーターのドアがあいた。カブリーヨが一本目の弾倉(ま)を撃ち尽くしたとき、自動小銃の銃口炎がなかで閃(ひらめ)き、でたらめな方向へ銃弾が撒き散らされた。

エレベーターに乗っていたエレーラの武装警護員ふたりが、アウトドア用のヘルメットにレベルⅣの厚い防弾プレート入り抗弾ベスト——大口径の小銃弾の射撃も防げる——という格好で、突進してきた。

マクドの放った矢が、先頭の警護員を斃(たお)した。人間の剝き出しの喉は、秒速一二五メートルで発射された重さ二八グラムの矢で射られたらひとたまりもない。

カブリーヨがたてつづけに発射した九ミリ口径ホローポイント弾が、もうひとりの顔に命中し、贅沢(ぜいたく)なカーペットに倒れる前にその男は死んだ。

カブリーヨとマクドは、プールに向けて駆け出した。AW609のローターのすさまじい連打が、雷を伴う嵐のように近づいてくる。

カブリーヨは、プールの浅い側に立っているトムに視線を据えた。三〇メートル上からおりてくるロープの鉤(かぎ)にD環をひっかけるために、トムはエレーラのハーネスを片手でしっかり握っていた。太腿の周囲をローターの吹きおろし(ダウンウォッシュ)がかき混ぜている。

「よくやった、トム――」

プールが爆発し、残骸とプレキシガラスの破片が、弾子のように飛び散った。

衝撃でカブリーヨは横倒しになったが、どうにか姿勢を立て直した。アウトドア用家具の残骸のなかを通り、一歩ごとに水をはねかして進むとき、爆薬のにおいが鼻を刺激した。

プールの残骸の縁で、カブリーヨは滑りながらとまった。鮫の歯のように突き出したギザギザの縁が残っているだけで、残っている水が横からこぼれ落ちていた。リンクの声が、通信装置から聞こえた。

「会長、現況は?」

「こっちはいささか狂いが生じた。きみとレイヴンは、予定どおり脱出しろ」

「応援は必要ですか?」

「必要ない。早く移動しろ」これ以上、死傷者を出したくないと、カブリーヨは思った。

「アイ」

カブリーヨは、爆発でひびがはいっているガラスのガードレールへ走っていった。血が混じっている水で、足が滑った。そこから覗くと、最後の滝のような水と残骸が、はるか下の舗装道路に落ちるのが見えた。ブレーキが悲鳴をあげ、車同士が衝突するか、落ちる残骸がぶつかったために車体が潰れる金属音が聞こえた。

カブリーヨは、躍起になって探した。

トム・レイズは、はるか下のどこかにいる。

死んで。

「会長！」マクドがどなり、カブリーヨの肩をつかんで引き戻した。

大柄な元レインジャー隊員のマクドが、茫然自失から醒めたカブリーヨを、ホヴァリングしているティルトローター機のほうへひっぱっていった。ふたりがカラビナをロープにひっかけたとき、うしろでガードレールの残骸のガラスを銃弾が撃ち砕いた。プールサイドの壊れた家具を、ローターのハリケーンなみの吹きおろしがあちこちに飛ばした。

一分後、ふたりを吊ったティルトローター機が空に向けて上昇し、機体を傾けたときにロープがよじれた。ゴメスがスロットルレバーをめいっぱい押し込んだ。

ティルトローター機が夜空へ向けて急上昇したとき、カブリーヨの胃はブーツまで下がりそうな感じだった。眼下の屋上で、空に向けて連射しているライフルの銃口炎が瞬いていた。

カブリーヨは、無駄と知りつつ、遠ざかる街路に視線を走らせて、トムを探した。

いったいなにが起きたのか？

12

インド洋

その男は、電子機器や光学機器から姿を隠していた。

アルキタス・カトラキスは、灯火を消した自分の船の船橋(ブリッジ)に立っていた。赤い非常灯の暗い輝きだけが、そこを照らしていた。何者かが監視していた場合に探知を避けるために、上甲板よりも高いところにある白熱灯は、すべて消してある。二時間前にアルキタスは、自動船舶識別装置(AIS)の発信を停止した。その識別信号は、船舶の速力と方位のような動的情報だけではなく、それよりも重要な位置を把握(はあく)するのに使用されている。AISの搭載を義務付けられている船舶が発信をやめるのは法令違反だが、今夜は生存が懸かっている。

生存は、アルキタスが使用している第六世代のロシア製電子迎撃装置にも依存している。アルキタスの部下の技術者が、敵のシステムに侵入して制御できるこのシステムを使い、発見して追跡しようとする敵のレーダーのデータを改竄して、探知を回避し、必要とあれば、スプーフィングで現実にはない物体が敵のレーダーに映るようにする。

アルキタスの全長一二〇メートルのばら積貨物船の上で、広大な空一面に星が瞬いていた。新月のほうが望ましかったが、予定を決められる立場ではなかった。それに、細い月の光は、高い雲でぼやけていた。

暗闇がほしかった。ことにいまは。

ダイバーが危険な作業を終えるあいだ、船体下で、ダイビングライトの光が水中に沈んでいる星のように輝いた。ミスがひとつでもあれば、全員が命を落とすかもしれない。

事故に巻き込まれたら、全員が死ぬ。

これだけはいえる。ロシア人が殺してきたのは敵だけだったのに、敵でもない自分たちが、このために全滅する。

アルテム・ペトロシアン博士――謎のロシア人売国奴(ばいこくど)――が選んだ回収のためのGPS座標は、じつによく考えられていた。貨物船やタンカーがペルシャ湾と紅海を行き来しているインドとアフリカ沿岸の混み合った航路から、遠く離れている。それらの水域にひしめいている大型漁船も、ここまでは来ない。絶え間ない捕獲によって数が激減している海洋生物もひと息つけるというものだ。

それでも、まったくだれもいないわけではなかった。インド海軍のフリゲートが一隻いる。遠いので、上部構造の輪郭がどうにか見えるだけだった。

「距離は？」

「五キロメートル、接近してきます」聴音（パッシヴ）ソナーのスコープのそばに立っていた一等航海士が答えた。音波を発射する反響測距（アクティヴ）ソナーとはちがい、受動的なシステムでは接近する物標（ターゲット）の音を聞くだけだ。水測員――退役したＮＡＴＯの潜水艦乗組員で、アルキタスの異母弟でもある――が、二軸のスクリュー音から、インド海軍が運用しているロシア製の剣（タルワール）級フリゲートだと断定した。

運といえば不運しかないというのが、アルキタスの信念だった。だから、どんな任務でも準備に絶大な努力を注ぎ込む。ことに今回の任務はそうしていた。高性能の暗視装置を使っているかなり鋭い観察眼のインド人の見張員に発見されたにちがいない。

「未詳の船舶、こちらはインド海軍艦〈斧（タバル）〉。くりかえす、こちらはインド海軍艦〈タバル〉」男の声にはかなりなまりがあったが、英語は完璧だった。呼びかけはこれで二度目だった。

アルキタスは、インド海軍の艦長の船乗り意識の高さに感心した。なんらかの重要な軍事任務についているのであれば、国際水域で停止している船を回避しても責められはしない。だが、灯火が消えている船は海上交通にとって危険だと見なしたのだろう。ひょっとして、乗組員が危険にさらされていると心配したのかもしれない。

アルキタスは、船内電話のマイクを持ち、下甲板の機関長にギリシャ語で指示した。

「そっちの状況は？」

「ダイバーたちが、いま装置を移動しています」

約束どおり、カニオンはペトロシアンが伝えた座標どおりの位置にあった。深度五〇〇メートルでその位置に到着し、暗号化された探信音がアルキタスの船から発信されると、カニオンはバラストタンクを排水して、ギリシャ人ダイバーたちが特殊設計のハーネスを取り付けられるように、深度一〇メートルまで上昇した。船体下の両開きの扉から引き揚げられたあと、カニオンは改造された船艙に固定され、つぎの投下に備える。カニオンの原子炉と弾頭が探知されないように、船艙の扉には鉛が張ってある。

「カニオンを固定して、移動する準備ができるまで、どれくらいかかる？」

「最長でも二時間です」

「一時間でやれ」

アルキタスは船内電話を切り、無線のマイクを持った。オクスフォード大学在学中に磨きをかけた英語でいった。

「インド海軍艦〈タバル〉、こちらは商船〈マウンテン・スター〉。そちらの送信を受信した。どうぞ」

「〈マウンテン・スター〉、貴船の状況は？」

「機関を修繕している。まもなく航行できるようになる」

「支援は必要か？　優秀な機関員が本艦には何人もいる」

「必要ではない。だが、提案に感謝する」

「どうしてAISを発信していないのか？　義務に反する」

「電気系統にも不具合があるんだ。それも解決しているところだ」

それなのに無線で交信しているのを不審に思われているのだと、アルキタスは不意に気づいた。「無線機はバッテリーを使っている」

「貨物の種類は？」

「鋼管だ。油田建設用の」

「目的地は？」

アルキタスは、マイクのスイッチを切って悪態をついた。この艦長が怪しんでいるのは明らかだった。インド海軍は、脅威だと見なせば国際水域で海賊を殺すという評判だった。安全保障にとって危険だと見なしたら、インド人たちは臨検しようとするかもしれないと、アルキタスは思った。

暗い赤い光のなかで、一等航海士の目が鋭くなるのを、アルキタスは見た。やはり心配になっているのだ。〈タバル〉は依然として近づいてくる。

「本船の目的地はオマーンのマスカットだ」嘘だった。アルキタスが使っている改竄したAIS船籍には、〈マウンテン・スター〉という架空の船名が含まれていた。アルキタスがAISの発信を再開すると、インド艦の艦長に見えるのはその船名になる。〈タバル〉のレーダー覆域を出たらただちに、べつの偽の船名に切り換え――ほんとうの目的地を表示する。

「本艦は貴船の位置に接近し、修理が終わるまで待つ」インド海軍フリゲートの艦長がいった。「そこで立ち往生しているのを置いていくことはできない」

「たいへんありがたい提案に感謝するが、補給物資はじゅうぶんにあるし、技術的問題はじきに解決される」

「一〇〇〇メートルまで接近したら、また連絡する――」艦長がいきなり交信を切った。

アルキタスは、ふたたび悪態をついた。

もっと接近してから〈タバル〉がどういう電子機器や光学機器を使うか、見当がつかない。カニオンはまだ改造された船艙に収まっていない。カニオンの弾頭から放射能が漏れることはないと聞いていたが、動力源の原子炉はまたべつの問題だった。インド艦がこれ以上近づくのはまずい。アルキタスの船にある武器は、小火器、RPG六挺、ロシア製のイグラー地対空ミサイル二基だけだった。インド海軍のフリゲートを奇襲攻撃しても、たいした損害はあたえられない。いっぽう、〈タバル〉は一〇〇ミリ速射砲の一連射で、アルキタスの貨物船を撃沈できる。

まさに不運としかいいようがない。

「われわれの最後のドローンはどこだ?」アルキタスは、一等航海士にきいた。

「最後のわかっている位置は、ここから約二四〇キロメートルです」

アルキタスは、すばやく計算した。フリゲートがドローンの位置に到着するまで、五時間以上かかる。カニオンを積み込み、AISの船籍を変更して出発するのに、じゅうぶんな時間がある。

アルキタスは、暗号化された衛星携帯電話を取り、プリセットされた番号を打ち込んだ。

二四〇キロメートル離れたところで漂流物のように海に浮かんでいた小さなドローンが、暗号化された衛星信号を受信した。ソーラーパネルを取り付けたスケートボードのような形状のドローンは、インドネシアの石油タンカーを装っているAIS送信機と、緊急無線発信機を備えていた。

アルキタスからの衛星信号を受信したドローンが、ただちに反応して、救難信号を発信し、爆発と火災が起きて、まもなく何人もが死ぬだろうと報告した。

「インド艦が回頭しています」アルキタスの異母弟が、笑みを浮かべていった。両手でヘッドホンを押さえていた。「かなりの高速で」

「沈みかけている船をレーダーで探知できなかったらどうなる？」一等航海士がきいた。「フリゲートは、われわれがスプーフィングできない距離に行ってしまう」

　アルキタスは、水測員のとなりのステーションに座っていた電子迎撃技術員にうなずいてみせた。

「おまえの意見は、ステファノス？」

　技術員のすばやく動く指の下で、キーボードがカタカタ音をたてた。技術員が座ったまま体をまわした。癖のある濃い黒い髪を肩までのばし、もじゃもじゃの顎鬚をたくわえて、古代のアンフォラ（両把手付きの壺）に描かれたスパルタの戦士そのものの姿だった。足りないのは兜と槍だけだった。

「インド人は、われわれがスクリーンに映らなかったので、レーダーに問題があると思ってるでしょう。どのみちそこまで行きますよ——なにしろ救難信号ですからね。燃えてる船体が見つからなくても、念のためその水域で生存者を捜すはずです。それに、フリゲートのメインフレームがレーダーと通信装置を完全に停止させるようなワームウイルスを仕込みました」——技術員はアップル・ウォッチを見た——「五時間三十分後に起動します。修理のために、フリゲートはあわてて基地に戻るでしょう」

「納得したか？」アルキタスはきいた。

一等航海士が、船長のアルキタスに笑みを向けた。「船長がいれば、運なんかいらないですね」

アルキタスは、誉め言葉を受け入れてうなずいた。こういう非常事態に備えて、同様のドローン三機を、途中で配置したのだ。あいにく、つぎの正念場で待ち構えているものを克服する手立ては、もう残されていない。できるだけ早くそこへ行くほうがいい。

アルキタスは、操舵手のほうを向いた。

「イスタンブールへの針路を作図しろ。カニオンを固定したら、ただちに出発する」

13

メキシコ湾

オレゴン号は、速力二〇ノットで朝陽に向けて航行していた。最大速力の三分の一にも達していない。無益な注意を惹きたくないからだ。

カブリーヨは扇形船尾に立ち、物思いにふけっていた。オレゴン号の後方で、くすんだグリーンの海水が波立ち、濁って、水平線まで航跡（ウエーキ）がのびていた。カブリーヨはドミニカ製の〈コイーバ〉を長々と吸った。ウッド系の濃厚な香りをしばらく口に残してから、自然に流れだすのにまかせ、逃げていく幽霊のようにそれが弱い風のなかを漂って離れていった。カブリーヨは、トム・レイズがオレゴン号に来た日に、一本の葉巻をともに吸ったことがあった。事後聴取前のいま、トムに敬意を表して葉巻を吸うのがふさわしいように思えた。

トム・レイズの死に、カブリーヨは動揺していた。トム自身にとっての勝利かと思えた瞬間が、とりかえしのつかない悲劇に変わった。プールの内か下に爆弾を仕掛けたのが何者であるにせよ、カブリーヨのチームはターゲットではなかった。だが、トムがエレーラ暗殺の犠牲になった。だから、だれがトムを殺したにせよ、その報いを受けさせなければならない。徹底的に。

カブリーヨは激怒していた。だが、自分を責めてはいなかった。自分の決断がまちがっていたとは、断じて思わなかった――人生ではどんな結果も保証できないし、殺傷が行なわれるような環境ではことにそうだ。

カブリーヨたちは、任務前の監視を行なっていた。ペントハウスだけが、麻薬王を拉致できる唯一の場所で、そこのプールサイドにいるときだけが唯一の機会だった。エレーラが厳重な戸締りができるペントハウス内にはいったら、爆破しない限り手出しできなくなるし、エレーラが爆死するおそれもあった。

チームはさまざまな想定で演習し、べつのメンバーの役割を担(にな)えるように交差訓練も行なった。人間に可能な精いっぱいの準備をした。

たしかに危険な計画だったことはいなめないが、これまでにカブリーヨが実行して成功した百件以上の計画ほど危なっかしくはなかった。だが、運命には運命の魂胆(こんたん)があった。

そして、運命はたいがい勝利を収める。

それでも、カブリーヨは事後聴取を命じた。どんな作戦でも事後の詳細な分析は有意義だし、ことに失敗した作戦にはそれがあてはまる。失敗はつねにもっとも重要な教訓をあたえてくれる。

トムの遺体を回収できた――じっさいには盗んだ――のは、せめてもの慰めだった。オーヴァーホルトの回収チームが、検死官の救急車に乗り込み、トムの遺体を載せて走り去った。もうカリフォルニアへ運ばれているころだった。カブリーヨが費用を手配したらすぐに、遺族の願いどおり尊厳のある葬儀が執り行なわれるはずだった。

トムの家族には、あまり慰めにならないとわかっていたが、すこしは悲しみが和らぐはずだ。

オレゴン号に戻るとき、エンジンの咆哮(ほうこう)が響くティルトローター機の機内で、カブリーヨは任務の結果をオーヴァーホルトに報告した。カブリーヨは、友人のトム・レイズが死んだことに、復讐したくてたまらなかった。だが、ただちに当地を離れなければならないと、オーヴァーホルトがきっぱりと命じた。メキシコ政府がすでに、攻撃はアメリカによるものだと非難している。外交関係の悪化がはじまっていた。

カブリーヨは、トムを殺した犯人を突き止めることと、連絡担当のオーヴァーホルトの指示のどちらかを選ばなければならなかった――比喩(ひゆ)的な意味でも、文字どおりの意味でも、目立たないようにして、メキシコ政府のレーダーをかいくぐらなければならない。屋上にいたカルテルの殺し屋たちは、ティルトローター機を目撃していたが、監視カメラはすべて使用不能にしてあった。AW690は最新型で、彼らには識別できないはずだった——それに、標章を帯びていない。アメリカが非難されているのは、めずらしいハイブリッド型の航空機が使用されていたからにちがいない。

カブリーヨは結局、遁走することにした。作戦を休止して事態がどうなるかを見守るのが、戦術として賢明だというオーヴァーホルトの忠告に従ったからでもある。エレーラは敵対するカルテルに殺されたにちがいなく、このあとはエレーラの組織が吸収されるか、殲滅される可能性が高い。

「何者が黒幕であるにせよ、やがて姿を現わす」オーヴァーホルトはいった。「約束する。それがわかったときには、最初にきみたちに知らせる」

カブリーヨは納得した。オーヴァーホルトは、〝目には目を〟が行動規範だった時代の昔気質の現場工作員だった。経験豊富な師でもあるオーヴァーホルトは、復讐の機会をあたえるとカブリーヨに約束した——アメリカの国益のためにそれは延期されるが、斃れた同志のためにやるのを却下されたわけではなかった。

それに、必要とあれば、カブリーヨは辛抱強くなれる。

カブリーヨは腕時計を見て、最後にもう一度吸ってから、葉巻を海に投げ込んだ。

事後聴取の時間だ。

腰の携帯電話のさえずるような着信音が鳴った。オーヴァーホルトからだった。

「ラング、なにが起きたんですか？」

「ファン、わが息子よ。無理をいっているのはわかっているが、きみや乗組員に取り組む準備ができているようなら、まもなく重大事が起きようとしている」

カブリーヨの脈が速くなった。遠くから銃声が聞こえたときには、引退した警察犬よりも荒々しくなる。

「いってください」

「イスタンブールに来てくれ。話がある」

14

メキシコ

モンテレイの約四〇キロメートル北西に聳えるサンミゲル山脈の蔭に、大牧場がひろがっている。先ごろ建設されたコンクリートブロックの塀が、母屋を含む住居用の建物群を囲んでいる。なだらかな丘陵が点々とある一〇〇〇エーカーの土地を囲む塀の奥で、灼熱の太陽を浴びながら、牛が草を食んでいた。

黒い装甲SUVが、ゲート前で停止した。運転していた男がサイドウィンドウをあけて、警衛に身分証明書を見せた。大柄なロシア人傭兵の警衛は、抗弾ベストを付け、手袋をはめた片手でウジ・プロ・サブマシンガンを握り、ワイヤレス・タブレットを反対の手に持っていた。ふたりは顔見知りだったが、それが必要な予防措置だった——頭目のウーゴ・エレーラが殺されたあと、エレーラの根城の大牧場は厳戒態勢をとっていた。監視カメラがすべてを録画している。作戦規定に従わないと、厳しく罰せられる。

警衛が、黒いスモークが貼ってあるリアシートのサイドウィンドウを、顎で示した。サイドウィンドウがあき、ロシア人警衛がタブレットで確認した。顔が一致した。警衛が手をふり、SUVがゲートを通った。

また監視カメラのまばたきもしない凝視を浴びながら、SUVは円形の邸内路を通り、鮮やかな色のタイルを敷いた車寄せでとまった。装備を身につけて武装した警護員四人が、戸口に立っていた。

ひとりがタブレットを持って、助手席側のリアドアに近づいた。ふたり目が金属探知機を持ってつづいた。三人目が車体下に爆弾がないかどうかを、鏡で調べた。

リアドアのサイドウィンドウが、ふたたびあいた。ひとり目が顔認証で識別し、ドアをあけた。

「セニョール・エレーラがお待ちです」ドイツなまりのスペイン語で、その警護員がいった。

刺客のサスエタが、SUVからおりた。

「ありがとう」

ふたり目が金属探知機を当ててるあいだ、サスエタは両腕を挙げていた。その警護員が探知機をホルスターに収め、サスエタの足首から鎖骨まで、素手で荒っぽくボディチェックした。満足がいくと、警護員がイギリスなまりの甲高いスペイン語で、客が武装していないことを指揮官に報告した。

ひとり目の警護員が、サスエタをじろじろ眺めた。この年配の男は、駅の窓口係とおなじように無害に見えると思った。だが、命令には従わなければならない。

「ついてこい」

サスエタは慇懃(いんぎん)にうなずいて、いわれたとおりにした。


警護員は、サスエタの先に立って、日干し煉瓦(れんが)の厚い壁のおかげで涼しい大牧場の母屋の奥へ進み、手織りのフラシ天のカーペットとブルーのレース模様のセビリアのタイルの上を歩いて、広い書斎へ案内した。ヴァイオリンとオルガンの『アルビノーニのアダージョ ト単調』の悲しげな調べが、両開きの厚い木のドアの奥からかすかに聞こえていた。

書斎の外にいた警護員は、オーストリア人だった。くっきりした灰色の目で、サスエタに神経過敏や欺瞞の気配がないかどうかを吟味(ぎんみ)した。なにも見られなかったので、案内の警護員とふたことみこと交わした。サスエタのドイツ語は錆びついていたが、エレーラの組織の新しい頭目に会うことを許可されたのだということはわかった。オーストリア人がドアをあけると、弦楽器の演奏がクレッシェンドで盛りあがり、オーストリア人警護員が先に立ってサスエタを書斎に入れた。

手彫りの本棚がすべての壁に並び、ヨーロッパから輸入したどっしりしたアンティークの家具が隙間もないくらいに配置され、厚いカーテンのせいで暗かった。ビクトル・エレーラが、ふかふかのウィングバックチェアに座り、両手を組み合わせて顔を覆い、物思いにふけっていた。ドアがあいたときも、顔をあげなかった。

「失礼します。セニョール・サスエタが見えました」警護員が伝えた。

ビクトルが、暗い悲しげな目をあげた。昨夜の出来事のあと、一睡もしていなかった。二十三年物のバーボンウィスキー、〈パピーヴァンウィンクル〉が、ビクトルの前の低いテーブルに、クリスタルのローボールグラス二客とともに置いてあった。ビクトルがうなずき、溜息をついて立ちあがった。父親の旧い友人だったサスエタに向かって、無理に笑みを浮かべてみせた。

「ラド、よく来てくれた」

「ドン・ビクトル、このたびはたいへんご愁傷さまです」サスエタはいった。「お父上は偉大な人物、偉大な指導者でした」ビクトルに近づこうとしたが、警護員が肩をつかんでとめた。

ビクトルが、やめろというように手をふった。警護員が肩から手を離した。

サスエタが近づいた。

ビクトルとサスエタが抱き合った。

「わたしでお役に立てるようなことがありますか？」サスエタはいった。「なんなりと、お申しつけください」

「父が殺されたことで、きみはわたしとおなじくらい傷ついているにちがいない」

「もっと深く傷ついているかもしれません」サスエタはいった。「お父上はわたしにとって、兄であり、父親でもありました」

それを聞いて、ビクトルはかすかに本物の笑みを浮かべた。

「父を殺したやつを見つけなければならない」ビクトルはいった。警護員のほうを向いた。「聞こえたか？　そいつを見つけろ！」

オーストリア人がうなずいた。「捜索中ですが、時間がかかります」

ビクトルが、もういいというようになった。「席をはずせ」

「はい？」警護員たちは、なんとしても新しいボスを護れと、厳しく命じられていた。中年男のほうをもう一度見た。サスエタは愛想よく笑みを浮かべていた。だが、その気だるい感じの凝視に、警護員はなんとなく不安をおぼえた。

ビクトルが、サスエタの肩に分厚い手を置いて、話しかけた。「この御仁(ごじん)は、父のもっとも旧い友人だ。わたしは彼の知恵と忠誠を高く買っているし、父とおなじように友人だと見なしている。わかるだろう？(フェルステーフェン・ジー)」

オーストリア人はうなずいた。「わかりました」背を向けて出ていき、ドアを閉めた。

ビクトルが、テーブルに置いてある一本六千ドルのバーボンウィスキーを指差した。

「いっしょにどうだ？」

「よろこんで」サスエタがいった。

ベートーヴェンのピアノソナタ『月光』の第一楽章のなめらかで美しいピアノの音色が、隠されているスピーカーから、やさしく流れてきた。ビクトルはリモコンを取って、ボリュームをあげてから、サスエタのグラスにバーボンを注ぎ、自分のグラスにも注ぎ足した。

ビクトルが年上のサスエタにグラスを渡し、ふたりは乾杯する構えをした。

サスエタが、あたりを見まわした。

「一時間前にわたしが自分で、盗聴器があるかどうか調べた。話は外には漏れない」

「たいへん結構です」サスエタは、グラスを掲げた。「お父上に」

ビクトルもグラスを掲げた。「王は死んだ」にっこり笑った。「千カ所の地獄で焼かれるがよい」

「一カ所でじゅうぶんでしょう。新しい王よ、寿しくあれ」

ふたりのグラスが触れ合った。

それぞれ、バーボンをひと口飲んだ。

ビクトルが、座りながら、べつのふかふかのウィングチェアをサスエタに示した。

ふたりは満足げに座り、高価なウィスキーをすこしずつ飲みながら、その瞬間を堪能した。ビクトル・エレーラは、サスエタの仕業（しわざ）のおかげで、父親の帝国の手綱（たづな）を握ることができた。

ビクトル・エレーラは、だいぶ前からサスエタの技倆を高く評価し、父親が愚かにもそれを有効に使っていないことに気づいていた。サスエタのつのる恨みをせっせとつのらせて、一族に長年仕えてきたことに対して数々の褒章（ほうしょう）をあたえることで、忠誠をものにした。

そうやってチェス盤にルーク（城、戦車を表わしているといわれている駒）を置き、いつでも父親にチェックメイトをかけられるようになった。パイプラインでヨーロッパに供給し、麻薬ビジネスを四倍に増大しようというハコビアンの提案をウーゴ・エレーラが拒絶したことが、絶好の機会だった。

それがすばらしい駒の動かしかただというのがわからないほど愚かなら、父親には生きている資格はないと、ビクトル・エレーラは考えた。

ビクトルの考えを読んだかのように、サスエタがいった。「ハコビアンのドローンは完璧に働いた。あなたはすばらしいパートナーを得た」

「被害妄想のアルメニア人に、最初の貨物の輸送準備ができていると伝えよう」ビクトルは、またバーボンを飲んだ。「暗号化された電話を使わないというのは、馬鹿げている。じかに会うのは時間の無駄だ」

「今夜、グレンデールへ行く。よろこんで会ってくれるだろう」長い歳月のあいだに、サスエタはハコビアンと友情に近い関係を結んでいた。今回また朗報を伝えれば、絆(きずな)が強まる——疑念が和らぐ——はずだった。

「約束どおり、もっとドローンをよこすよう念を押してくれ。使いかたについて、いろいろ思いついたことがある」

「もう輸送中だろう」

「きのうの襲撃について、新しい情報はあるか?」麻酔薬入りの矢を受けてから何時間もたって目を醒ましたあとで、ビクトルは警護員から乏しい情報を聞いていた。

「警護員のひとりがクロスボウで射殺されたというのは、たしかだろうな?」

「ああ。隠密行動のとき、クロスボウはすこぶる効果的な武器だ」

「中世のようだ。いいじゃないか」ビクトルはグラスに向かって笑い、またひと口飲んだ。「襲撃者たちについて、ほかにわかっていることは?」

「あんたの警護チームが、飛行機はまだ知られていない型のティルトローター機だったと見分けた。地上の目撃者は、ヘリコプターとその爆音を聞いたといっている。あいにく、われわれのデジタルカメラはすべてだめになってた——襲撃者が電波妨害をかけたんだろう。付近の防犯カメラもすべて使えなくされていたにちがいない」

「アメリカ人だな。明らかに」

「その可能性が高い。しかし、アメリカのインテリジェンス・コミュニティの情報源を使ってたしかめているところだ。われわれは運がよかった。地元警察は、犯人の見当がついていない。組織内のこちらの手の者が爆弾だと吹き込んだので、警察は爆弾事件と呼んでいる」

ビクトルが、満足げに笑みを浮かべ、ふんぞりかえった。「完璧だ。殺したのはわれわれなのに、アメリカ人が万事について非難されている」サスエタの顔を、探るように見た。「あまりにもうまくいったから、きみがそういうふうに計画したのかと思いそうになる」

サスエタは首をふった。「そこまで巧緻に長けていればいいんだがね。ほんとうだ。戦闘員がパラシュートで突然、降下してきたときには、親分とおなじくらい肝を潰した」

「確認されるまで待つのはやめよう。メディアの友人たちに連絡して、まちがいなくアメリカの攻撃――いや、メキシコの領土への侵攻だと告げよう」

サスエタが、間を置いて考えた。「コルテス・シンジケートを非難するほうがいいかもしれない」

「なぜ？」

「アメリカ人を怒らせたら、やつらはわれわれの事業にもっと興味を持つかもしれない。仮にあんたの父親がアメリカのターゲットだったとすれば、それが始末されたいま、やつらはちがう方面に矛先(ほこさき)を向けるだろう——あのくそったれのコルテス兄弟を含めた連中に」

「だめだ。アメリカを非難するほうがいい。アメリカ人(グリンゴ)に敵対的な世論を掻き立てるのは簡単だ。そうなったら、大統領(エル・プレジデンテ)も巻き込まれ、アメリカの介入に待ったをかけるだろう」

サスエタは、ビクトルの論理の鋭さに感心してうなずいた。

「フェイズ2はいつ開始されるんだ？」ビクトルがきいた。後援者のハコビアンを殺すことだった。

数週間前に、ソクラティス・カトラキスがビクトルに連絡し、きわめて魅力的なビジネスチャンスを提案した。〝ハコビアンを殺し、わたしとじかに取引すれば、そっちの利益を倍にする〟というのだ。

ビクトルにとって、ハコビアンは捨ててもいい存在だった。より大きな獲物を手に入れるための仲介者だと見なしていた。卵がいっぱいある巣をうかつにも飢えた蛇に教えてしまった母鳥のようなものだ。

「積荷のドローンが到着したらすぐに手配する」

「詳細はすべてきみに教えよう」

「あのギリシャ人は、あんたをあっというまにもっと大金持ちにするだろう」

「きみも含めてという意味だな」ビクトルは、半分空のグラスを持ちあげた。「きみとわたしはパートナーだ、ラド」

サスエタはグラスを持ちあげた。「感謝しています、ドン・ビクトル」

ビクトル・エレーラが笑みを浮かべた。ドン・ビクトル。その響きが気に入っていた。

ビクトルはバーボンを飲み干し、ふたりのグラスをふたたび満たした。

王よ、壽しくあれ!

15

イスタンブール

　メリハ・オズテュルクは、あらゆる意味で現代的な女性だった。

　それなのに、イスタンブールで最低の貧民街をたった独りで通り抜けていた。シンナーでハイになり、いらついているティーンエイジャーの不良の群れが、ナイフをちらつかせてハンドバッグをひったくる機会をうかがっているような、柄の悪い地域だった。ゴミの悪臭、レストランの料理の脂（あぶら）、排気ガスのにおいが漂っている。混雑した狭い通りで車のクラクションが荒々しく鳴らされ、近くの広いボスポラス海峡を横断する船のわびしい霧笛が聞こえてくる。

　イスタンブールは、世界でもっとも美しい都市のひとつだった。ミナレット（モスクに付随している礼拝を呼びかけるための塔）や輝く摩天楼（まてんろう）が聳え、戸外の市場は繁盛し、文化、宗教、民族が千年にわたって混淆（こんこう）したおかげで、世界最高の料理が食べられる。そこはまた信じられないような対比が見られる場所でもある――古びた大理石のモスクとミラーガラスのビル、礼拝用の数珠と携帯電話、串焼きのラム肉と寿司。メリハはどこよりもこの街を愛していた。

この界隈だけはべつだった。惚れ惚れするくらい美しいファッションショーのモデルでも、隠したい欠点はあるものだ。

メリハはこの場所を恐れてはいなかった。ただ用心しているだけだった。軍服あるいは私服の殺し屋に追われながら取材したり、シリア、リビア、イラクの激戦地で、鋭い音をたてて頭上を飛ぶ銃弾をかいくぐって這い進んだりしたこともある。

メリハは、抜け目なくすることで――さらに、できるだけ目につかないようにすることで――それらすべてで生き延びてきた。容易ではなかった。メリハは美しい若い女だった。それに、いまは港近くの危険な界隈の狭い通りを歩いている。つややかな茶色の髪をヘッドスカーフで隠し、力強い運動選手のような体は、顔と手以外はすべてゆったりした服で覆っていた。だれとも目を合わせないようにして、ことに戸口の暗がりで煙草を吸って時間を潰し、いやらしい目つきで見ている男たちの視線を避けた。肩をそびやかし、顎を突き出して、目当ての住所を探しながら、尾行しているかもしれないトルコの情報機関、国家情報機構（MIT）の工作員はいないかと、用心深く目配りした。

父親に教わったとおり、監視探知ルートをたどっていた。自宅から市内を通り、貧困と絶望が渦巻くこのわびしくみじめな飛び地に達した。くっきりしたグリーンの目で、店のウィンドウや車のミラーを探るように見て、自分のように歩いたり立ちどまったりをくりかえしている人間がいるかどうかをたしかめた。混雑した通りで九〇度向きを変えて横断することで視野を変え、ときには果物や靴を見るふりをしてひきかえして、脅威があった場合にはふり切ろうとした。メリハは異常なことを見つけるために観察していた。自分のように場違いなところにいるよそ者が、予想外のぎこちない動きをすれば、怪しいとわかる。

尾行されていないと、メリハはほぼ確信した。だが、MITの工作員は監視の専門家だから、監視探知のやりかたもそれをごまかす方法も知っている。

それでもかまわない。自分の命は、自分ではなくアッラーのものなのだ。

メリハは、とくに荒廃していて傷みの激しい通りを進んでいった。窓に板が打ち付けられ、壁はいたずら書きで汚されていた。アメリカ人がここで会いたいといったとき、メリハはびっくりした。まちがってちがう住所を伝えてきたのではないかと思いはじめた。

だれにも見られていないことをたしかめてから、メリハはドアが施錠されている奥行きのある戸口にはいり、GPSの地図で確認した。かなり近い。

つぎの狭い通りに折れると、昔は立派だったかもしれない三階建てのすすけた壁にもたれて、アラブ系らしい物乞いが座っていた。古い木の松葉杖が、ぼろ布の包みとともに、そばの舗道に置いてあった。遠くからでも、脚の一部を失っているのが見えた。

メリハは、目を向けないようにしてそちらに近づいたが、物乞いはつぎに曲がることになっている角に座っていた。黒いズボンは汚れ、不自由な右脚のズボンの裾は、膝のあたりで縛ってある。ぼろぼろのシャツは、巨大な太鼓腹の上ではちきれそうになっていた。膨れあがったかさぶたが顔を覆い、異様なまでに大きい鼻は血管が浮きあがって、固まった鼻汁がこびりついていた。脂ぎった長い黒髪が、広い肩にかかっていた。大きな片手をあげて、物乞いが発泡スチロールのカップを持ちあげ、数枚の小銭をじゃらじゃら鳴らした。アラビア語でほどこしと慈悲を求める言葉をつぶやき、白く濁ってなにも見えない目を無情な空に向けた。

角をまわって湾曲した狭い袋小路にはいるときに物乞いを見たメリハは、身ぶるいした。三歩進んだところで立ちどまった。服の襞の下に手を入れて路地をひきかえし、最後の重い硬貨数枚を物乞いのカップに落とし込んだ。物乞いが満面に笑みを浮かべ、汚れて欠けている歯がちらりと見えた。向き直って足早に立ち去るメリハに、物乞いが祝福の言葉をふんだんに浴びせた。

メリハは、蠅がブンブンうなりながらたかっている凹みが激しいゴミ容器のそばを通り、散らばっているガラスの破片を踏みしだいた。スプレーで赤く7番地――教えられた住所――と描かれている錆びた鋼鉄のドアが、前方に見えた。メリハは足を速め、ドアに近づいた。呼び鈴もノッカーもなかったので、拳の端で叩いた。

反応がない。

メリハはうしろを見た。通りかかった男のほうへ物乞いがカップをふったが、無視された。

ドアの奥で頑丈な錠前がドスンと音をたて、ドアがあいた。

だが、そこにはだれもいなかった。

メリハはなかにはいった。

目にしたものに、メリハは衝撃を受けた。

荒廃した貸間か、ホームレスが雨風をしのいでいるだけの場所だと予想していた。ところが、そこは鏡板張りのリビングで、調度で美しく仕上げられ、頭の上には格間で飾られた天井があった。イスタンブールの銀行家の自宅だといってもおかしくないほどだった。シナモンの香が焚かれ、床には高品質の手織りの絨毯が敷いてあった。

「お嬢さん、ようやくたどり着いたね。心配になりかけていたんだよ」

路地から見えないように、そのアメリカ人はドアの蔭に立っていた。マニキュアをほどこした手でメリハに奥へ行くよう促し、ガタンという音とともにドアが閉ざされた。

完璧な仕立てのリネンのスーツを着ているその男は、長身で、痩せていて、オクスフォードシューズは磨きあげてあった。純白の髪をきちんと整え、暖かい笑みを浮かべて、両眼は明るく輝いていた。肌が羊皮紙のように薄く繊細で、きれいに髭（ひげ）を剃った顔に細かい皺があることだけが、高齢であるしるしだった。

「ようやくお目にかかることができて、ほっとしています、オーヴァーホルトさん」

「顔を合わせるのが礼儀にかなっているし、わたしはＺｏｏｍが大嫌いなんだ。まあ、そんなふうに古めかしい人間なんだよ。どうぞ、かけてください」

オーヴァーホルトはメリハに、大きな房飾りがあるシルクのソファを勧めた。

「コーヒー？　紅茶？　それとももっと元気がつく飲み物は？」

「コーヒーを。ありがとうございます」

「だれにも跟（つ）けられていなかっただろうね」

「だれにも。ただ、物乞いが表に――」

気にするなというように、オーヴァーホルトが片手をふった。「街のこのあたりには、いつでも物乞いがいる」凝（こ）った作りの大きな陶器の湯沸かし器（サモワール）のそばに立ち、ふたり分のトルココーヒーをいれた。

「オーヴァーホルトさん、話し合うことが山ほどあります」

「そのようだね」

鋼鉄のドアが、肉の厚い拳で叩かれ、その重圧で鳴り響いた。オーヴァーホルトが、自分のカップを置いた。

「ちょっと失礼するよ」オーヴァーホルトが、そちらに行ってドアをあけた。

目が見えない物乞いが、松葉杖をついてよろけながら戸口に立っていた。

オーヴァーホルトがかすかにお辞儀して、右手を胸に当ててから、額に当てて――平安(サラーム)を意味する仕草だ――脇(わき)にどいた。

物乞いがぎこちなく挨拶(あいさつ)を返してから、よたよたとオーヴァーホルトの横を通って進んだ。ぼろ包みは背中にくりつけてあった。物乞いが奥のドアを通って姿を消し、オーヴァーホルトが正面ドアを閉めた。

メリハは、まったくわけがわからないまま、立ちあがった。

「あれが、わたしがさっきいった物乞いです」

オーヴァーホルトは笑みを浮かべた。「そうかね？」

16

グレンデール

サスエタは、ハコビアンが膝に乗せている小さな犬への嫌悪を押し隠した。そのヨークシャーテリアは、目やにがつき、白内障で濁っている目で、サスエタを見つめていた。歯のない口から舌がだらりと垂れている。犬が座り心地をよくしようと動くたびに、小さなおむつに皺が寄った。

服装に細心の注意を払うハコビアンが、こんな犬を飼っていることに、サスエタは驚いた。ハコビアンの小ぢんまりとした牧場の母屋風の家は、寝室が三部屋あり、汚れひとつなかった。模様がはいっている白いカーペットには染みがなく、ハウスクリーニングのグアテマラ人の女性が〈パインソル〉をふんだんに使うので、鼻を刺激するそのにおいが充満していた。サスエタが座っている金襴のソファには、透明なビニールまでかけてあった。磨き込まれた桜材のデスク同様、ふたりがいるホームオフィスは、完璧に整頓（せいとん）されていた。

　ハコビアンが、サスエタの考えを読んだ。

「ジョジョは家内の犬だった」毛がもつれている犬の頭をなでながら、ハコビアンがいった。「メトシェラよりも高齢だ。この犬は、家内を思い出させる最後の縁（よすが）なんだよ。いつまでいっしょにいてくれるかわからないし、ジョジョがいなくなったらどうすればいいのかわからない」

「犬はたいがいの人間よりずっとましです」サスエタはいった。「いい相棒でもある」

「犬を嫌いな人間は信用しない」

「まったく同感です」犬のよだれがハコビアンの手に垂れるのを見て、サスエタの喉に胃液がこみあげた。

　サスエタは、ハコビアンのうしろの大きなガラス窓に目を向けた。家の裏手に、アンズの木が半エーカーにわたり、きちんと列をなして植わっていた。

　ハコビアンが、サスエタの視線を追った。顔を戻して、またサスエタと向き合い、笑みを浮かべた。「アンズの原産地を知っているかね？」

　サスエタは肩をすくめた。「いや。まったく知りません」

「学名はプルヌス・アルメニアカ。〝アルメニアのスモモ〟。わたしたちは三千年にわたって、アンズを栽培してきた。伝説によれば、アララト山に着いたノアが、方舟（はこぶね）から持ってきたのだという。家内が大好きだった。彼女のためにここを買ったのは、アンズの木があるからだ」

「すばらしい女性だったんでしょうね」

「わたしの人生の光だった……」ハコビアンの声がとぎれた。

「死は終わりではありません」

「きみは信心深いのかね、ラド？」

「とくに信心深いわけではありません。どちらかというと、楽天家です」

「そうか、もっといい話をしよう。きょうは祝うことがいっぱいあるし」

「ええ、そうですね」

サスエタが、ハコビアンのデスクのうしろにある棚のIBMセレクトリック・タイプライターに目を向けた。一九七〇年代の型だが、工場から届いた箱から出したばかりのように見える。サスエタはそのタイプライターに関するあらゆることを知っていた。政府の事務職だった父親が、おなじタイプライターを使って、長年あくせく働いていたからだ。サスエタとハコビアンは、その話をしたこともあった。いまも調子がいいと、ハコビアンはいった。雑用や食料品のリストを書き留めるのに使っているのだという。「もちろんアルメニア語で」

ハコビアンは、根っから技術革新が大嫌いなのだ。だが、ずば抜けて頭がいい。

ハコビアンと知り合って以来、そのコンピューターのような頭脳にサスエタは絶大な敬意を抱くようになった。ハコビアンは利益の大きい事業を、コンピューター、携帯電話、書類さえ使わずに動かしている。ハコビアンは完璧な映像記憶の持ち主だった。だから、FBIやDEAの法廷会計学者に、電子的もしくは書類によって追跡されることはぜったいにありえず、したがって逮捕されるおそれはない。ハコビアンは、すべての日付や会合、細かい端数に至るまですべての取引を暗記している。侮辱も含めて、なにひとつ忘れない。彼個人や家族に対する罪を犯したものは、つながりがつかめないような人間を使ってかならず容赦なく罰する。ハコビアンはずば抜けて頭がいいだけではなく、冷酷非情だった。

「デザートをお持ちしました」

オフィスの戸口から、低い耳障りな声が聞こえた。ハコビアンの運転手で、ボディガードも兼ねているゲヴォルグだった。ゲヴォルグは、八〇年代からそういう役割を果たしている。七十歳に近いが、山のような大男だった。もっとも、盛りあがっていた筋肉の大部分は、長い歳月のあいだに脂肪に変わっていた。注文仕立てのシャツとシルクのネクタイを汚さないようにエプロンをかけ、手描きのデミタスカップと同柄の皿に置いた焼き菓子を載せた銀のトレイを持っていた。

ハコビアンが笑みを浮かべた。「よし、美味(うま)いアルメニアのスールジ(コーヒー)とバクラヴァ（クルミなどのナッツ類を挟んで焼き、濃いシロップをかけた菓子）を味わおう」
サスエタは身を乗り出した。カップにはどろどろの黒いコーヒーがはいっていた。トルココーヒーとほとんどおなじだが、それをいうわけにはいかない。ゲヴォルグがサスエタの前に小さな折り畳み式テーブルを用意し、ナプキンとフォーク類をならべた。

「この料理のことはよく知りません」

「ギリシャ人はまちがってムパクラヴァスと呼んでいる。作りかたもわたしたちより下手だ」

「よだれが出てきました」

「スールジとバクラヴァを出すのは、祝うことがあるときなんだ」

ゲヴォルグがアルメニアコーヒーのカップとバクラヴァの皿を、サスエタの前に置いた。

ハコビアンがバクラヴァのかけらを指でつまんで潰し、洟（はな）が垂れているジョジョの鼻に、べたべたの甘い菓子をなすりつけた。

サスエタは、何年もビジネスをともにやるあいだに、ハコビアンの決まりきった日課を観察していた。おなじように予想しやすいゲヴォルグの日課にも目を留めていた。大男の用心棒ゲヴォルグは、仕立てたスーツを毎日着ているが、家のなかではジャケットを脱ぐ。オイルでよく手入れされた〈ガルコ〉のショルダーホルスターに鋼鉄の重いコルト45を収めて、いまも携帯している。週に一度、無線周波数探知機を持って、関節炎で痛む膝で邸内を歩き、盗聴器がないかどうかをくまなく調べる。必要とあれば雑用もやり、おもに母国の品物やハコビアンが好きな焼き立ての食べ物を置いている地元のアルメニア人の市場へ行く。

そして、毎日午後二時に、予備の寝室で三十分、仮眠をとる。

診療を予約している街のあちこちの医師のところへハコビアンを連れていくとき、ゲヴォルグは走行距離が三〇万マイル（四八万キロメートル）に及ぶ一九八六年型のメルセデス２４０Ｄを運転する。ゲヴォルグは毎朝九時ちょうどにハコビアンの屋敷にやってきて、午後五時ぴったりに、清掃、燃料の補給、整備をするために、メルセデスに乗って帰る。ハコビアンは飛びぬけて頭がいいのに、運転は習わなかった。

ボディガードのゲヴォルグが齢とともに鋭さを失っていることは、だれにでもわかる。だが、サスエタは凄腕の殺し屋を見分けられる。ゲヴォルグが奮起して行動したら、膝が関節炎だろうが、危険な存在になるだろう。

「さあ、どうぞ。コーヒーが熱いうちに飲みなさい」

サスエタは、ひと口飲んだ。黒く、煙くさく、甘かった。

「すばらしい」

「気に入ったかね？」

「こんな美味いコーヒーは、飲んだことがありません」

ハコビアンがにやりと笑った。喜んでいるのは明らかだった。

サスエタは、部屋の奥の隅で聳え立っているゲヴォルグの巨体を、目の隅で見た。馬鹿でかい腹の上で両手を組み、睨みつけていた。

サスエタは、焼き菓子をひと口食べた。甘い蜂蜜と炒ったナッツを加えてフィロと呼ばれる生地でこしらえるバクラヴァが、口のなかで溶けた。

ハコビアンを殺すというやりがいのある仕事が、これとおなじように甘美であることを、サスエタは願った。

17

十五分後、ファン・ロドリゲス・カブリーヨが、ドアの奥から姿を現わした。かさぶただらけで松葉杖をついている通りの汚らしい物乞いの姿ではなかった。熱いシャワーをざっと浴びて、ブラシで義肢(ぎし)を洗い、接着剤を落とした。ボロボロの服をたたみ、鬘(かつら)などの小道具をバスルームのベンチに置いて、白内障に見せかけるコンタクトレンズと入れ歯をケースにしまった。

オレゴン号のマジックショップの天才的な特殊効果アーチスト、ケヴィン・ニクソンが、今回もカブリーヨを識別不能な人物に仕立てあげた。だが、小道具だけが変装に役立ったわけではなかった。カブリーヨは、べつの人生を歩んでいたとしたら、俳優になっていたかもしれない。どんな悲劇役者よりもこの偽装の役柄に打ち込んだのは、自分の命と任務がしばしばそういう演技に左右されることがあるからだった。

運動選手のように軽やかな足どりで、カブリーヨはリビングにはいっていった。そこでメリハとオーヴァーホルトが、熱いトルココーヒーを飲んでいた。カブリーヨは四十代だが、いまだに体調は最高だった。オレゴン号の長大なバラストタンクの一本にあるオリンピックサイズのプールで毎日泳いでいるので、肩幅が広く、腰が細く、脚は筋肉質で引き締まっていた。ぴっちりしたアスレジャー（普段着に着るスポーツウェア）シャツとズボンが、強靭（きょうじん）な体つきを引き立てていた。カブリーヨの体には、数多くの戦闘で負った傷の痕（あと）があるが、自分の人生が大好きで、毎日を目いっぱい生きるのが好きなので、どんな困難に出遭っても、つねにそういう窮状にそぐわない笑みを浮かべている。

　メリハが驚いて目を丸くするのを、カブリーヨは見た。それに、興味を感じていることも。

　たちまち、おたがいに好意を抱いた。

　オーヴァーホルトが立ちあがった。メリハはソファに座ったままだった。

　カブリーヨは近づいて、メリハのほうに手を差し出した。メリハが、力強く握手した。

　カブリーヨは、力のこもった握手が好きだった。

「ファン・カブリーヨ、われわれの新しい友人、メリハ・オズテュルクをきみに引き合わせたい」

「うれしい限りです、ミズ・オズテュルク」カブリーヨは、前ポケットに手を入れて、発泡スチロールのカップに気前よく投げ込まれたひと握りの硬貨を出した。「これはあなたのお金だね」

メリハはにっこり笑いながら首をふった。「取っておいてください。あの演技に見合うお金よ。あんなにみじめなひとは見たことがないと思った」カブリーヨの脚のほうに顔を向けた。「さっき数えたときには、一本しかなかった」

カブリーヨは、ズボンの裾を見おろしてからめくり、膝から下の義肢を見せた。カーボンファイバーとチタン製で、カブリーヨが使っているいくつかの型のうちのひとつだった。やはりケヴィン・ニクソンが設計していた。

「これを包みに隠していたんだ。ストリートキッドに盗まれそうになった」

「あんなお芝居が、ほんとうに必要だったの？」メリハはきいた。

「ラングストンとわたしは、きみが安全なように、できるだけ用心したいと考えた」

「二年前から、わたしはＭＩＴの監視リストに載っているのよ。自分の身は自分で護れる」

「やはりそうか」だれだろうと、悪名高いトルコの情報機関に睨まれるのはまずい。カブリーヨは指を鳴らした。「待てよ……オズテュルク。きみはケマル・オズテュルクの親類なのか？」

「父よ。ご存じなの？」

「逮捕されたことが、国際的なニュースになった。まだ獄中にあるのは残念だ」

「そうなのよ」

「それがここに来た理由のひとつでもある」オーヴァーホルトはいった。カブリーヨをソファのほうへいざなって、コーヒーを注いだ。「かけてくれ」

カブリーヨは腰をおろし、オーヴァーホルトからカップを受け取った。好きなコーヒーは、オレゴン号のシェフがドリップ式でいれるキューバのコーヒーだったが、角砂糖の上に注ぐカルダモンの香りのトルココーヒーは、それに次ぐ第二位に近かった。

「トルコに来たことがあるんですか、カブリーヨさん？」メリハはきいた。

「何度も来ているよ。美しい国だし、国民は温かく歓迎してくれる」

その賛辞は事実だった。だが、前にイスタンブールに来たときに、ここから六ブロック離れた安酒場でジェリー・プラスキーといっしょにさんざん酔っぱらったことはいわなかった。ジェリーはだいぶ前に、アルゼンチンの僻地（へきち）のジャングルで、任務中に撃たれて死んだ。

カブリーヨは笑みを浮かべた。「この街のことはよく憶えている」

オーヴァーホルトが、自分のコーヒーをお代わりして、腰をおろした。

「ふたりとも、どうしてきょうここに呼ばれたのだろうと不思議に思っているにちがいないが、わたしの異様なやりかたにれっきとした理由があることが、まもなくわかる」

オーヴァーホルトは、メリハのほうを向いた。「まず、ファンをもっとくわしく紹介しよう。彼とわたしは、以前、同僚だった。ファンは頭がすこぶる鋭敏で、わたしがともに働いた相手のなかでも最高の現場工作員だった」

カブリーヨは驚いた。内輪の秘密を他人に打ち明けるのは、以前のボスのオーヴァーホルトらしくない。老いぼれて軟弱になったのか、それともこの女性をほんとうに信頼しているからだろう。それとも……彼女の信頼を勝ち取ろうとしているのだろうか。カブリーヨは、オーヴァーホルトの導きどおりに話をすることにした。

「わたしが成功したというなら、それはあなたに訓練されたからですよ、ラング」

「詳細には触れないが、カブリーヨ君はもうアメリカ政府の人間ではないとだけいっておこう。いまでは〈コーポレーション〉という組織を運営し、独立した業者として、政府の仕事を請け負っている」

メリハが、カブリーヨのほうを向いた。「べつのいいかたをすれば、あなたは傭兵なのね」その言葉に皮肉がこめられていた。

「〝私掠船(しりゃく)の船長〟と呼んでもらいたいが、そういう仕組みだ」

「カブリーヨ君とわたしには長年の信頼関係がある。だから、彼とアメリカ政府の相互の利益になるような数多くの計画を、わたしたちは何年ものあいだいっしょに行なってきた。彼と勇敢な乗組員を、わたしはだれよりも信頼している」

「つまり、アメリカ政府が責めを負いたくないような汚れ仕事を、カブリーヨさんがやっているということですね」メリハがいった。

「わたしにもそれ以上うまいいいかたはできないね」カブリーヨはくすくす笑った。

メリハの強気が気に入っていた。「報酬もいいんだよ」

「遠慮なしにいうのを許してもらいたいんですが、カブリーヨさん。危険が伴う仕事ですね」

「どうか、ファンと呼んでくれ。きみの職業は、調査と関係があると思う――ジャーナリストにちがいない」

「おっしゃるとおりです。父はギリシャ、東欧、ドイツに駐在したことがある外交官で――」

「ミズ・オズテュルクは、五カ国語を流暢に話すことができる」オーヴァーホルトが口を挟んだ。「たいしたものだ」

メリハ・オズテュルクは、その賛辞には応じなかった。「そういう生まれ育ちなので、ジャーナリズムに惹かれました。しばらくドイツの《ディー・ツァイト》紙につとめていましたが、いまは独立して《サブスタック》に書いています」

「辞めたのか、それとも解雇されたのかな？」カブリーヨはきいた。

「NATO加盟国の政府に影響がある厄介な問題を、数多く提起しました。編集者はわたしをかばおうとしたんですが、結局、社とわたしのどちらをとるかということになったので、辞めたんです」

「たとえばどういう問題？」

「ほとんどは汚職ですが、犯罪的な事業についても。もちろん、そのふたつは結び付いています」

「《サブスタック》は、うしろから肩越しに覗き込まないで、きみになんでも書かせてくれるんだね？」

カブリーヨは、個人がニュースレターを配信する仕組みのサブスクリプション形式オンラインプラットフォーム《サブスタック》のことをよく知っていた。世界の一流レポーターやエディターが何人か、そこを発信の本拠地にしている。

「そうです。とにかく、パブリッシャーに肩越しに覗かれることはありません。ほかの人間にそういうことをやられていますが」

「MITのことだね」カブリーヨはいった。「残忍なやつらだ」

「この一年間、父は毎日ひどい仕打ちを受けています」メリハは、目を曇らせる涙をこらえようとした。

「気の毒に」カブリーヨはいった。「逮捕された理由を思い出せないんだが」

メリハが、苦い笑みを浮かべた。「真実を語ったために逮捕されたんです。大統領府の名誉を傷つけ、軍を誹謗したという容疑で、トプラク大統領の仲間が父を告発しました。証拠を集めるためだとして、父はいまも公判を待っているような状態です」

「具体的に、どういうことをいったのかな?」

「トルコの周辺国でトプラクが違法な戦争を行なっていることに反対したんです。具体的にいうと、トルコの指示でISISの傭兵が何度も一般市民を虐殺したことについて、父は報告しました。もちろん政府は全面的に否定し、父が発言したときに逮捕しました」

オーヴァーホルトがコーヒーを飲み干し、磨き込まれたクルミ材のテーブルにカップを置いた。「オズテュルク博士は、トルコの民主主義運動の指導者だ。ミズ・オズテュルクは博士の足跡をたどっている調査報道ジャーナリストで人権運動家だ。アメリカ政府は、おふたりのことを懸念している――トルコのひとびとのことも」

「〝アメリカ政府〟というのは、CIAのことですか?」カブリーヨはきいた。

「もっと上のほうだ。グレインジャー大統領ご本人が、トルコの現状について個人的に深く憂慮している。トルコが民主化すれば、危険な国ではなくなると、大統領は確信している。オズテュルク博士の運命と――さらにいえばトルコの先行きを――国家の利益にとって重要な問題だと見なしている」

カブリーヨは、空のカップをテーブルのオーヴァーホルトのカップの横に置いた。

座り直して、厚い胸の前で腕を組んだ。「トプラク大統領に会うために、来週、アメリカ合衆国大統領（POTUS）がイスタンブールに来るのは、そのためですね」

「NATOの国防相サミットにね」メリハがつけくわえた。「大手の国際ソーシャルメディアプラットホームすべてで、ライブストリーミングされる。世界中で見られる」

「グレインジャー大統領がトプラク大統領と会見するのは、わたしがイスタンブールに来ている理由の一部ではある」オーヴァーホルトはいった。「状況を偵察する先乗り要員のようなものだ。しかし、こういう会合を行なうためでもある」

「グレインジャー大統領に会ったことはありません。ものすごく優秀だという評判ですが」

「たしかに、わたしがあったなかでもっとも並はずれた女性だ」

「モンタナで牧場を経営しているというのは事実ですか？」メリハがきいた。「それとも、ただの選挙運動用の宣伝ですか？」

オーヴァーホルトはにやりと笑った。「彼女は生中継のテレビ放送で子牛に烙印（らくいん）を捺（お）すところを映され、そのあとすぐに、上院選挙に打って出た。〝ワシントンDCへ行くためにわたしがなにをやるか想像して〟というのが、運動のスローガンだった」

オーヴァーホルトはくすくす笑った。「地滑り的勝利だった」

「会いたいですね」

オーヴァーホルトはうなずいた。「会えるように手配する。紹介するのがほんとうに楽しみだ」

「さて、紹介は終わりましたよ」カブリーヨはいった。「コーヒーも飲みました。この会合がなんのためなのか、そろそろ教えてください」

18

「ミズ・オズテュルクは、パイプラインと呼ばれる犯罪事業の調査で、際立った役割を果たしてきたんだ。聞いたことはあるかね？」

カブリーヨは首をふった。「いいえ」

「ほとんどだれも知らない。インテリジェンス・コミュニティが知っていることも、ほんのわずかだ。しかし、ミズ・オズテュルクによれば――」

「どうか、おふたりとも、メリハと呼んでください」

「ああ、そうしよう。かまわなければ、きみの専門家としての意見をファンに教えてくれないか？」

「ええ、よろこんで」メリハは、カブリーヨのほうを向いた。「手短にいうと、パイプラインは、ヨーロッパ、中央アジア、中東で禁制品を輸送している密輸組織です。最近ではラテンアメリカでもやっています。大部分は船による密輸ですが、ほかの手段も使います」

「海上輸送だと立入検査を避けるのが容易だし、重量物を運ぶ費用も安い」カブリーヨはいった。「どんな禁制品？」

「一例を挙げれば、NATOや国連が兵器の持ち込みを禁止している戦域に、兵器と傭兵の戦闘員を密輸しています。カフカス、シリア、イラク、レバノン——さらに重大なことに、リビアにも」

カブリーヨは、長い溜息をついた。いまにはじまったことではなかった。地球上のあらゆる場所で、カブリーヨたちは武器密売業者とずっと戦ってきた。汚いドルのために、数多くの無辜のひとびとの命が失われてきた。血で汚れた金にたかるゴキブリどもを踏み潰す機会があれば、カブリーヨはいつでもよろこび勇んで飛びつく。

メリハが話をつづけた。「わたしの情報源は、最新型のサーブ・レーザー誘導対空ミサイルの積荷が大量に盗まれたといっています。現在製造されているなかでもっとも有効な短距離離地対空ミサイルだということは、説明するまでもないでしょう」

「赤外線画像センサー、自動目標追尾、射程八キロメートル、飛行高度五〇〇〇メートル——そう、どんなパイロットにとっても、二十四時間、休みなしの頭痛の種だ。積荷はどこに向かっていたんだ？」

「NATOの同盟国向けに輸送中に奪われたそうです。盗まれたミサイルは船でベネズエラに運ばれたという噂があるの」

カブリーヨは、顎を掻いた。「われわれがスリナム沖で海上阻止(インターセプト)を行なったトロール漁船がそれじゃないかと思っているんだ」

オーヴァーホルトがうなずいた。「わたしもおなじことを考えた」

「なんの話か、きいてもいいかしら?」メリハが口を挟んだ。

「数日前に、悪事を働いていると思われるトロール漁船を、海上で停船させた。われわれが乗り込むと、乗組員が自殺し、船を爆破して沈めた」

メリハはうなずいた。「パイプラインの作戦のような感じだわ。やつらは証拠や目撃者を残さない」

「パイプラインは、兵器以外になにを運んでいるんだ?」

「最悪なのは人身売買。ほとんどが女性よ。子供まで含まれている。性の奴隷産業は、活発で、繁栄している。何年間もの強制労働も」メリハはいった。「兵器、戦士、奴隷、お金――莫大なお金と交換される麻薬が、そういったことすべてを促進している」

「パイプラインを動かしているのは、何者だ?」

「だれも知らない。この地域のあちこちのマフィアは、ゆるいつながりがあるけれど、下働きをやっているだけよ。この犯罪者たちは、警察や情報機関が大がかりに活動している国で作戦を行なっているのに、なぜかパイプラインが発見されたり、阻止されたりすることは一度もなかった」

「政治家は金で買収できる」カブリーヨはいった。「莫大な金であれば、大物を買収できる」カブリーヨは当然の推理をはじめていた。「トプラク大統領が、パイプラインとつながっていると思っているんだね？」

「いまのところ、そうだという証拠はなにも見つかっていません。でも、わたしの国には〝灰色狼〟と呼ばれる組織があります。トプラクの新オスマン帝国政策を支援している過激なナショナリスト集団で、リビアのような国にまで軍事力を拡大するよう、トプラクに圧力をかけています。トルコの軍と政府の高官多数が、ひそかに灰色狼に参加しています。でも、大物の犯罪者も参加しているんです」

「パイプラインとトルコ政府は、それによって結び付いていると考えているんだね」

「それがわたしの仮説です。それに基づいて動いています」

カブリーヨはすべてを考えあわせ、オーヴァーホルトに向かっていった。「パイプラインを発見できれば、トプラク政権を倒すか――トプラクを動かしているかもしれない灰色狼を打倒できます。そうなれば、トルコはまた行儀がよくなり、ＮＡＴＯの分裂も避けられる」

オーヴァーホルトが、笑みを浮かべた。「そうなるまで、半分くらい前進したな」

メリハが、眉をひそめた。「おわかりでしょうが、トプラクを後押ししている灰色狼と軍国主義者たちは、トルコのひとびとが民主主義を実現するのに、もっとも大きな障害になっています」

「つまり、政権交代が必要だということだ」

オーヴァーホルトはうなずいた。「大統領は〝改革〟という言葉のほうが好きだろう。いずれにせよ、この話し合いはすべてオフレコだ。アメリカはNATO同盟国の国内問題に干渉していると見られたくはない」

カブリーヨは、メリハのほうを向いた。「きみの政府は、こういう話をしただけで、きみを反逆者とみなすだろう」

メリハは、カブリーヨの強い視線を受けとめた。「嘘の帝国では、真実が反逆罪になるのよ」

カブリーヨはうなずき、笑みを浮かべた。メリハのことがいっそう好きになっていた。「ジョージ・オーウェルの言葉だね」

「ひとりのジャーナリストとしての言葉」メリハはいった。「ひとりの預言者としての言葉」

カブリーヨは、オーヴァーホルトに目を戻した。

「わたしになにができますか？」

「グレインジャー大統領が、メリハと博士のことを憂慮している理由がわかったはずだ」オーヴァーホルトは切り出した。「わたしの視座からは、トルコの未来は輝いている」

「ありがとうございます、オーヴァーホルトさん。でも、その輝く未来はまだはるか彼方（かなた）です」

「まったくそのとおりだ。きょうの会合が、それに近づく一歩だと確信している」

オーヴァーホルトは、両手を合わせて指でテントの形をこしらえ、カブリーヨに視線を据えた。

「パイプラインの特徴は、両端があることだ。いっぽうは入口、もういっぽうは出口だ。要するに、その両端を見つけ、埋もれているパイプを見つけてくれ。メリハは、入口があるかもしれない場所を知っているというんだ。きみとオレゴン号の乗組員はそこへ行き、それを証明してくれ」

「どこですか？」カブリーヨはきいた。

「リビア」メリハがいった。

「リビアは広いし、十年つづいている内戦の真っ最中だ」カブリーヨはいった。十年前にNATOがムアンマル・カダフィを斃（たお）したのが、内戦のきっかけになった。カダフィが死んだとき、リビアはアフリカでひとり当たりの年収がもっとも多い国だった。カダフィ政権転覆がもたらしたのは、荒廃と混乱だけだった。先ごろの停戦も瓦解（がかい）した。「もっと明確な情報はないのか？」

「どこだかは、わたしにはわからないけれど、なにがそこへ運ばれているかはわかる。フェンタニルを混ぜたメタンフェタミンという新型の合成麻薬よ。俗語ではディアマンテ・アスール——青いダイヤモンド。この麻薬は、何千人も殺し、何万人もの生活を荒廃させている。メタンフェタミン問題は、これまでもひどかったけれど、これからはとてつもなく悪化するでしょうね」

「これはメキシコ製のメタンフェタミンなんだよ」オーヴァーホルトは、カブリーヨを釣るための餌を投げた。

カブリーヨが身を乗り出した。

オーヴァーホルトは、釣り糸をたぐり寄せた。「ビクトル・エレーラの仕業だと、わたしたちは疑っている」

カブリーヨの顎の筋肉が膨れるのを、オーヴァーホルトは見た。その言葉が肯綮(こうけい)に中(あた)ったのだ。

「ビクトル・エレーラ？　ウーゴの息子？　要注意人物ではないと、わたしは思っていた」

「ビクトルが父親の殺害に関わっていたのではないかという噂がある。いまはビクトルが事業全体を牛耳っていると思われる」

「それなら、ビクトル・エレーラがトム・レイズを殺したことになる」

「そのようだな」

カブリーヨは座り直した。冷酷な怒りが、青い目のなかで膨れあがった。「その貨物はいつ届くんだ？」

「もうじきよ」メリハがいった。「あるいは、もう到着しているかもしれない。たしかじゃないのよ」

「それがエレーラのメタンフェタミンだというのを立証できれば、やつを斃すのにもっと資源を注ぎ込むことができる」オーヴァーホルトがいった。「いまエレーラは根城にいて手出しできない。メキシコ政府はやつのいいなりだし、グレインジャー大統領はまだ行動に踏み切る用意がない——エレーラを斃すには、リビアから手をつけるのが最善の策だ」

「それなら、全力をあげてやります」カブリーヨはいった。「まあ、それはわかっているでしょうが」

オーヴァーホルトが、にやりと笑った。「それから、そいつを見つけたら、化学分析用にサンプルを手に入れてくれ。メタンフェタミン合成物の分子署名は、指紋とおなじようにふたつとないんだ」

「ということは、エレーラのメタンフェタミンの分子署名が、ファイルにあるんですね」

「そうだ」

「オレゴン号はガスクロマトグラフを装備しています。ファイルを送ってもらえれば、研究室の技術者に渡します」

「それは手配済みだよ、きみ。もうひとつ。リビアがパイプラインのいっぽうの端だとしたら、どこに通じているかたどりながら、途中で組織を可能な限り殲滅してくれ。組織を解体できないような地域は、あとで……分解できるように、位置と関係者を記録してくれ」

「いうまでもありませんよ」カブリーヨは、鼻の横に触れた。言葉に出さずに、報酬についてはあとで話し合いましょうとオーヴァーホルトに伝える合図だった。オーヴァーホルトが小さくうなずいて、了解したことを伝えた。

「ありがとう、カブリーヨさん」メリハがいった。「あなたとあなたのチームがこの仕事では最強だと、オーヴァーホルトさんがいったのを、信じられるような気がする」

「それで、きみもリビアへ行くんだろう?」カブリーヨはきいた。

「ええ」

「オレゴン号と乗組員に早く紹介したいね」

「わたしはリビアへ行くけれど、あなたたちといっしょには行かない。わたし自身の計画があるのよ」

カブリーヨは、困惑してオーヴァーホルトのほうを見た。ここで話したような情報は、すべて電話でも伝えられる。メリハといっしょに活動しないのであれば、どうして会う必要があったのか？

「よくわからないんだが」

メリハが説明した。「最近、灰色狼の指揮官が率いる傭兵によって、数々の村で集団虐殺が行なわれたという噂があるの。沿岸のそういう村のひとつ、ワーハト・アルバフルに案内してくれるリビア人ガイドがいる。証拠を集めれば、父の無実を証明できる」

「わたしがそこで護衛してもいい」

「きみにはメタンフェタミンを追ってもらいたい」オーヴァーホルトはいった。「メリハは腕が立つ」

カブリーヨは、リビアがどれほど危険かいおうとしたが、メリハが性根(しょうね)の座った目つきで見返してきたので、いうのを控えた。

メリハが、カブリーヨの考えを読んだ。

「父と――わたしの国を――救うためなら、なんでもやるわ」

「殺戮地帯へ行くんだ。怖くないのか？」カブリーヨはきいた。

「もちろん怖い。でも、死よりも最悪のことがあると、父に教わった。あなたもそう思うでしょう？」

カブリーヨはうなずいた。そのとおりだった。

オーヴァーホルトが、カブリーヨに鋭い視線を投げた。それはさきほどカブリーヨの胸に浮かんだ疑問への答だった。どうしてメリハに会わせたかったか、わかったはずだと、その視線が語っていた。

メリハがオレゴン号に来てくれたら、すばらしい戦力になると、カブリーヨは思った。

オーヴァーホルトが、身を乗り出した。「メリハがきみに支援を求めたときには、支援しなければならない――それがどんなことであろうと」

オーヴァーホルトがカブリーヨに向けてそういう命令にひとしい言葉を発するのは、めったにないことだった。厳密にいえば、カブリーヨもオレゴン号の乗組員も、オーヴァーホルトやアメリカ政府の配下として働いているのではない。〈コーポレーション〉は、自分たちが敵と見なす悪党どもに対して行動している。どういう利益があるかが基準になっているが、無辜のひとびとやアメリカの重要な国益に損害をあたえるようなことはやらない。

　だが、カブリーヨはオーヴァーホルトに大きな借りがあるし、師であるオーヴァーホルトの判断を全面的に信じていた。アメリカを脅かすようなことでない限り、オーヴァーホルトがオレゴン号になにをやれと具体的に命令することはない。だが、カブリーヨと乗組員は、オーヴァーホルトの望むことをすべて実現する。

　カブリーヨはうなずいた。「わかりました」

　オーヴァーホルトが笑みを浮かべて、感謝していることを示してから、メリハに向かっていった。「手助けが必要なときは、ファンに連絡しなさい。ファンはきみにとって最高の友だちになるだろう」

「おふたりに感謝します。これが終わったらまた会えると確信しています。ご豊猟（グッド）を祈ります（ハンティング）、カブリーヨさん」

「こちらもおなじように祈っている、ミズ・オズテュルク」

　メリハはものすごく勇敢だと、カブリーヨは思った。それに、ずば抜けて頭がいい。だが、何年ものあいだにカブリーヨが失った友人たちもそうだった。

　メリハが、勇気と知恵だけではなく、運にも恵まれることを祈った。

19

リビア

「ロシア人はやりかたを心得てる」セドヴェト・バユールがいった。「だが、おれもだ」四十一歳のトルコ人のバユールは、双眼鏡を目から離して、副長に渡した。浅黒く整った顔の左半分が、溶けたプラスティックのようになめらかで艶のある、五本指をひろげた形の火傷痕で損なわれていた。

ワーハト・アルバフルという海辺の小さな村は、リビアの果てしない内戦の犠牲になっていた。まともな時代には、曲がりくねった海岸沿いの道路を挟んで日干し煉瓦やコンクリートブロックの小屋が立ち並び、三百人以上の村人が定住していた。だが、栄えていた村は、一カ月前に一般市民に見捨てられた。

いま、そこはリビアの東半分を支配する反乱軍に占領されている。トリポリの正統な政府を打倒するために、反乱軍はロシア人傭兵とともに戦っている。

それに対して、トリポリの政府はトルコの支援を受けていた。トルコが送り込んだセドヴェト・バユールのような指揮官たちが、トルコが供給する武器を使い、ISISの傭兵を率いて、反乱軍と戦っていた。

自動小銃とRPGで武装した反乱軍兵士は、T字形の周辺防御沿いの建物に配置され、防壁の蔭に隠れていた。築城（防御能力を向上させるとともに戦闘力を強化するための土木工事や構造物の総称）された周辺防御内に、汎用（はんよう）機関銃を備えたロシア製のGAZ-2330ティーグル——アメリカの高軌道多用途装輪車（ハンヴィー）に相当する——二両がとまっていた。

なにが待ち構えているかを、バユールは熟知していた。バユールは元トルコ陸軍情報将校で、シリアではISISの戦士を指揮して、アサド政権を支援するロシア軍部隊と戦った。戦場における戦術を指導しただけではなく、ロシア軍とシリア軍の陣地に対して、通常の作戦にドローンを組み合わせた調整攻撃を行なう先駆者になった。リビアでの作業はそれとほぼおなじだが、いまではバユールが全部隊を指揮している。

バユールはワーハト・アルバフル村を観察し、反乱軍の戦闘員が六十人以上いて、ロシア人傭兵が三人いることを知った。反乱軍がその兵力を三等分して三個小隊を編成し、ロシア人がひとりずつ、その旧来の戦力組成を指揮していることは明らかだった。三人のうちのひとりが筆頭の指揮官のはずだ。双眼鏡を持って、村の西端に面している二階建ての家の屋上に立っている男が筆頭の指揮官にちがいないと、バユールは勘付いた。

バユールが受けている命令は、単純明快だった。村を奪回し、そこにいた人間を皆殺しにしろ。

バユールが抱えていた大きな問題は、上空支援がないことだった。たとえあったとしても、ロシア人は肩撃ち式の地対空ミサイルを用意している。兵力でも一対二で劣勢だった。バユールの戦域の司令官が用意したのは、T‐72戦車一両だけだった。破壊力はあるが、崩壊したカダフィ政権が保有していた遺物で、あまりにも旧式だった。一二五ミリ戦車砲で日干し煉瓦の家を土埃（つちぼこり）に変え、鋼鉄のキャタピラで反乱軍兵士を踏み潰すことができる。しかし、見通し線でしか発砲できないので、姿をさらけ出してしまう。T‐72は、一発目を放った直後にロシア製の対戦車擲弾（てきだん）によって破壊されるだろう。

バユールの指揮下のISIS戦士――シリア人とチェチェン人にくわえて、イギリス生まれのパキスタン人も三人いた――は、バユールが村に向けて突撃しろというような馬鹿な命令を下しても、アッラーの大義のために犠牲になるのをいとわないはずだった。

反乱軍の防御陣地がたくみに構築され、威力のある武器を備えていることを考えると、バユールが命令を実行するのは不可能のように思えた。しかし、悪名高いトルコの情報機関の幹部として――さらに、灰色狼組織の一員として――ここやリビアの他の場所でこの任務を達成できなかったら、村を直接攻撃するのとおなじ致命的な結果を招くことを、バユールは承知していた。

じつは、バユールが血気にはやっているのは、恐怖のためではなく、一族の名誉がかかっているからだった。バユールの父親は職業軍人のトルコ陸軍将校で、一九七四年のキプロス侵攻ではパラシュート降下した。曾祖父はアタテュルク政権のもとで、イギリス軍に対して勝利を収めたガリポリの戦いに加わった。無数の勲章、昇級、傷痕が、その証拠だった――バユールもいくつかものにしている。

だから、一族ではじめて祖国の期待を裏切った男には、なりたくなかった。しかし、こんな地の涯でそのために命を落とすことは望んでいなかった。

ひとつだけ方策がある。

きょうの任務は、新テクノロジーを使用する初の作戦だった。それに失敗したら、みずから突撃を指揮し、リビア人の僕をロシア人がどれほど先導できるかを見届ける。不名誉よりは死のほうがずっといい。

あとは、母国の父親のもとに遺体が送られ、祖先とともに葬られるのを祈るだけだ。

反乱軍側では、ロシア人の傭兵指揮官のチェレンコフが、双眼鏡をおろし、アメリカ煙草に火をつけた。

チェレンコフは、西に面している二階建ての家で、屋上の平らなテラスに立っていた。チェレンコフの敵、トルコ人が指揮するISIS戦士たちの大部分はいま、瓦礫(がれき)、岩、小さな砂山の蔭に隠れていた。一時間前に敵の馬鹿なスナイパーひとりが椰子(やし)の木に登り、ろくに狙いもせずに一発放った。特殊任務部隊(スペツナズ)で訓練を受けていたチェレンコフのスナイパーが、ココナッツでも撃つように、狙撃の基礎もできていないそのISISのスナイパーを一発で仕留めた。そのあと、敵はずっと首をひっこめている。この季近くの地中海から吹く潮気の混じった涼しい風が汗を乾かすのがわかった。節はわりあい気候が穏やかだが、太陽が昇りつつあった。

トルコ人はそれを待っているのか?

チェレンコフは、シリアでトルコ人と干戈(かんか)を交(まじ)えたことがある。もちろん、ロシア人とトルコ人は、何百年も前から戦ってきた。戦争好きの祖先がサーベルやマスケット銃で戦った遠い戦場を、チェレンコフは想像した。武器も戦場も、長い歳月のあいだに変わった。殺戮――と栄光――は、いまも変わらない。

トルコもシリアに派兵していたが、ロシア軍部隊には太刀打ちできなかった。しかし、トルコはやがて新型無人機(ドローン)(UAV)のテクノロジーを導入した。トルコ軍は、ロシア軍の兵器と兵力の優位を先進的な無人機攻撃と群飛(スウォーム)（多数の無人機を同時に自律的に使用すること）で圧倒し、ロシア人が面目を失うような戦勝を何度かものにした。だが、戦場での損耗はすべて教訓につながる。チェレンコフは部下を訓練し、高速で飛行する兵器すべてを携帯式地対空ミサイルで撃墜できるようにした。

チェレンコフは、通訳を介して反乱軍兵士に状況を説明した。休戦は長つづきせず、そのあいだに敵も味方もつかの間の休息を利用して、装備を補給し、陣容を整えたことを教えた。そしていま、戦争が再開され、沿岸道路と六〇キロメートルの範囲で唯一の真水源である涸川（ワージー）（雨季以外は涸れている川）を扼（やく）する村を堅持することが、チェレンコフの任務になった。

チェレンコフとロシア人同志ふたりは、ほとんどが貧しい労働者階級のリビア人たちを精いっぱい訓練した。しかし、なかには商店主、整備工、歯医者まで交じっていた。戦場での技倆が足りない分は、怒りで補っていた。共通しているのは、それぞれが苦しみを味わっていることだった。妻や娘をレイプされ、子供を殺され、家を打ち壊された。すべてトルコが支援するトリポリの政府の仕業だった。

もちろん、リビア側も相手に対しておなじことをやってきたのだと、チェレンコフはあらためて思った。終わりが見えない残酷な戦争なのだ。リビアの人民は、各国の大規模なゲームの駒にすぎない。戦争も休戦も、民主主義と人権という言葉の衣をかぶっている。だが、どの当事者も関心があるのは、自分たちがほしがっているリビアの膨大な石油・天然ガス資源だけだ。勝者が戦利品を手に入れるのだ。どうでもいい。チェレンコフは、道徳はもとより、政治にも関心がなかった。報酬はいいし、自分にできる最善のやりかたで祖国に尽くしている。チェレンコフは、煙草を最後まで長く吸って、くすぶっている吸い殻を、ブーツの踵（かかと）で踏みつぶした。

トルコ人はなにを待っているのか？

チェレンコフは、野球帽を脱ぎ、どんなときでも待つのは最悪だと思いながら、剃りあげた頭をこすった。先ほど無線で応援を要請したが、南のほうでべつのトルコ人傭兵が前進していた。応援が到着するまで、二十四時間以上かかるだろう。

チェレンコフは唾（つば）を吐いた。どうでもいい。弾薬、食糧、水はたっぷり補給されている。トルコ人野郎に一所懸命やらせてやろう。

ヘッドセットから、不安のにじむ声が聞こえた。グダノフのようだったが、空電雑音がひどかった。チェレンコフは応答し、グダノフの名を呼んだが、聞こえていないのは明らかだった。チェレンコフは腰の無線機に手をのばし、チャンネルを切り替えてグダノフの名を呼んだが、どの周波数でも電子的な騒音がうなっていた。

トルコ人が電波妨害（ジャミング）テクノロジーを使っている。

突然、大音声（だいおんじょう）のアラビア語が、チェレンコフの頭蓋のなかで銃声のように轟いた。

怒りに満ちた言葉の意味はわからなかったが、脅しつけているのははっきりしていた。子供なら、それで怯(おび)えるかもしれない。

　チェレンコフは、屋上の胸壁の上から身を乗り出し、騒音にリビア人たちがどう反応しているかを見ようとした。何個分隊もが不意に立ちあがって、武器を投げ捨てていたので、チェレンコフは驚愕(きょうがく)した。武器を捨てているリビア人の数は、増えるいっぽうだった。もっとも信頼していた反乱軍戦士までもが、携帯式地対空ミサイル発射器を地面にほうり出していた。

「グダノフ！　タルコフスキー！　部下を戦列に戻すか、さもなければ射殺しろ――いますぐに！」部下たちには聞こえないだろうとわかっていたが、頭のなかで鳴り響いているアラビア語の大音声よりも甲高い声で、チェレンコフは命令を叫んだ。

　建物の下に集まっていたリビア人に向かって、チェレンコフは叫んだ。「臆病者(おくびょうもの)！銃を持ってしっかり護れ！」大男のロシア人のチェレンコフは、拳銃を抜き、脅して奮起させようとして、リビア人たちの足もとに向けて撃った。

　リビア人たちは、動こうとしなかった。

　チェレンコフの目のなかで、光が不意に炸裂した。特殊閃光音響弾だと、チェレンコフは思った。だが、衝撃は感じず、鼓膜が破れそうな爆発音も聞こえなかった。

　チェレンコフは、拳銃を握ったままで、手袋をはめた手を挙げて目をこすった。リビア人たちが恐怖のあまり悲鳴をあげるのが、下から聞こえた。

チェレンコフは、手を目から離した。

なにも見えない。

遠くで銃撃が湧き起こった。銃弾が日干し煉瓦の壁を砕き、肉に突き刺さる音が、はっきり聞こえた。部下たちの悲鳴が耳朶を打ち、アラビア語の大音声が頭のなかで鳴り響くなかで、チェレンコフは屋上で伏せて身を隠そうとした。目が見えないので距離がわからず、倒れたときに胸を打って息が詰まった。握っていた拳銃が、どこかへ飛んでいった。

銃撃が近づくと、チェレンコフはパニックを起こしそうになったが、なんとか我慢した。拳銃を見つけようとして、あたふたと動いた。ふるえる手でようやく拾い、持ちあげて、戸口があると思われる方向に向けた。戦わずに死ぬつもりはない。

そのとき、建物そのものが揺れはじめるのを感じた。それと同時に、高回転のディーゼルエンジンの轟音と、高速走行中のキャタピラの金属音が、チェレンコフの位置に近づいてくるのがわかった。

チェレンコフの勇気は、夕暮れどきの影のように消え失せた。

チェレンコフは、生き延びられないことを知りつつ、頭のなかで鳴り響いている声に向かって怒声を発した。

20

地中海

カブリーヨは、冷たい海の微風に向けて航走しているオレゴン号の、偽物の右舷張り出し甲板に立っていた。くすんだピンクの日の出が、あたりを明るく染めはじめていた。

髪に風を受け、水平線に視線を据えて、新しい冒険のために海に乗り出すことほど、気分を高揚させるものはない。任務はすべて異なっていても、わくわくする感じはおなじだ。

カブリーヨは最初から、海を基地にする組織として〈コーポレーション〉を構想した。おんぼろの不定期貨物船に偽装したハイテク戦闘艦オレゴン号は、目立たないように世界中を移動するのにうってつけの乗り物で、戦術的に優れた発想だった。カブリーヨ自身が設計に携わった。オレゴン号はこれまで建造されたなかでもっとも先進的な秘密作戦用艦船のうちの一隻だと、胸を張っていうことができる。

だが、じっさいは、カプリーヨの大海原への愛が、この伝説的な船を生み出したのだ。カブリーヨはオレゴン号――前の型のオレゴン号――で、好天のときも悪天候のときも、地球上のあらゆる海を航海してきた。その果てしない旅に飽きたことは一度もない。これからもぜったいに飽きないだろう。どこまでもひろがっている大洋がまるで危険な女のように呼びかけ、水平線が望みをかなえるとささやき、カブリーヨの胸は高鳴るばかりだった。

それに、それは海の精セイレンの招きでもあり、死で終わるかもしれない。足の下でうねっている海が底知れない墓場だということを、カブリーヨはじゅうぶん承知していた。

自分の死を考えてカブリーヨが二の足を踏むことはなかった。そういう人生の悩み事はいずれ払いのけられる。たいがい銃撃の嵐のなかでそうなる。

それがカブリーヨの仕事だった。

リビアでの任務に乗り越えることができない数多くの危険要因があるのはまちがいないと、カブリーヨは思っていた。だが、パイプラインが毎日のようにもたらしている死と破壊を阻止できるのであれば、危険を冒す甲斐はある。それに、ビクトル・エレーラを斃す機会でもあるから、なおさらそうだった。

アパッチ攻撃ヘリコプター一個飛行隊か、叫喚する鷲（スクリーミング・イーグルズ）と名乗る第101空挺師団の荒々しい降下員一個連隊で、パイプライン問題を解決できるのであれば、オーヴァーホルトは即座にそうしていたはずだ。だが、カブリーヨの任務には、秘匿（ひとく）性が要求される。

いちばん手っ取り早い手段は、高速の飛翔体——できればレーザー誘導兵器——だろう。

とはいえ、現地の政治を考慮すると、カブリーヨとそのチームは、できるだけ隠密に行動しなければならない。それも契約の一部で、だからこそオーヴァーホルトは莫大な報酬を約束している。

オーヴァーホルトはその見返りに、トム・レイズのために正義を行なうことを許可した。ビクトル・エレーラがトムを殺したことが判明したので、カブリーヨのターゲットは明確になった。

だが、カブリーヨはしびれを切らしかけていた。正義を行なうのを延期されたのは、正義を否定されたのとおなじことだ。行動したいという衝動が、電撃のようにカブリーヨを貫いた。

それでも、カブリーヨはオーヴァーホルトの流儀に従うことにした。いまのところは。これはただの傭兵の仕事ではないと、カブリーヨは思っていた。個人的な恨みがある。

　そして、時は刻々と過ぎている。

「きっとここにいると思ったの」

　カブリーヨはふりかえり、笑みを浮かべた。

「やあ、ハックス。医師の指示どおりにね」

　オレゴン号の最高医務責任者のジュリア・ハックスリー博士は、左手に金属製の保温容器を持ち、人差し指に陶器のマグカップふたつの柄をひっかけていた。身長は一六〇センチ、黒い髪は気取らずポニーテイルに結んでいる。

　ジュリアは優秀な医師で、〈コーポレーション〉に参加する前は、サンディエゴのアメリカ海軍病院で主任医官をつとめていた。戦闘による外傷の治療が専門で、オレゴン号の民間病院なみの外傷センターと手術室を運営している。ジュリアが、〝グリース〟と書かれ、錆びた五〇ガロン・ドラム缶に見せかけてあるものの上に、マグカップを置いた。甲板のあちこちにカムフラージュされた武器が十数挺配され、そのうちの一挺がそこに収められている。そのドラム缶には、乗り込みを撃退し、航空攻撃から防御するための、自動化された五〇口径機関銃が隠されていた。

　ジュリアが、湯気のたつブラックコーヒーをマグカップに注ぎ、ひとつをカブリーヨに渡した。

「けさはすこし肌寒いわね。あなた、ずっとここにいたんでしょう」

満足げにコーヒーをひと口飲みながら、カブリーヨは手摺のほうへふりむいた。

「ちょうどわたしの好みだ」

「コーヒー？　それとも天気？」

「両方とも」

背中に当たる温かい陽光と、潮気をふくんだ爽（さわ）やかな微風を味わいながら、ふたりはしばし黙って立っていた。

「〝高い檣（マスト）がある船と舵（かじ）をとるための星がひとつ。それだけがわたしの望みだ〟。知っているかな？」カブリーヨは好きな詩（ジョン・メイスフィールドのSea Feverより）を唱えてからきいた。

「わたしが海軍にいたのを知っているでしょう。じつは、もっといいのがある」

「聞かせてくれ」

「絶食後の血液サンプルと採尿のカップ。それだけがわたしの望みよ」ジュリアはにやにや笑った。「あす、診察室、午前八時ちょうどに」

「嘘だろう？」

「あなたは年に一度の健康診断を五カ月前に受けないといけなかったのよ、会長。リビア到着は数日後だから、受けてもらうのにちょうどいいと思ったの」

たいがいの男とおなじように、カブリーヨは、健康診断はおろか、医者が好きではなかった。人生十数回分の負傷や怪我による痛みがいろいろ残っている。カブリーヨはそれをすべて切り抜けてきた――この稼業の代償だと思っていた。しかし、検診はどこからともなく悪い報せを呼び寄せるようなものだし、人間がいつかは死ぬことを思い出させる。走り終えていない競走に、終わりがあることを告げられるようなものだ。

「わたしは健康だよ」

「もちろんそうでしょうね。検査でそれを確認しましょう」

カブリーヨは、コーヒーをまたひと口飲んだ。下半身を精査されたりいじられたりするのは嫌だった。膝の下に感じる幻肢痛と戦うことも含めて、毎日自分の体を自分で確認している。

「ほとんどきちんとした食事をしているし、発癌物質だとわかっているものは摂取しない……だいたいにおいて。検査結果がベストでなくても、なにも変えるつもりはない」

ほほえんでいたジュリア・ハックスリー博士の顔が厳しくなった。手術室や診察室の外では、ジュリアはのんびりした態度だが、〝ハックス〟が、〝ハックスリー博士〟に変わったとたんに、骨を切る鋸なみにユーモアがなくなってしまう。

カブリーヨが強情なせいで、ジュリアは、日常と非常時の大半の医療処置ができる設備があるオレゴン号のハイテク医務室に連れていくことができない。けさのおしゃべりがはからずも健診の話になったので、ジュリアの妥協を許さない医師モードのスイッチがはいったのだ。

「よく聞いて、ミスター。ファイルを読みちがえていればべつだけど、あなたはどんな分野でも医学的意見を述べるような資格は得ていない。それに、わたしの経験では、自己診断をするのは、愚かな患者だけよ」

「まいったね」

「あなたには自分に対する義務がある――もっと重要なのは、この船の乗組員に対する義務よ――最高の状態でなければならない」

「状態はすごくいい。毎日筋トレをやっている」

「悪いけど、バーピー（筋トレのエクササイズの一種）で結腸癌に打ち勝つことはできない」

カブリーヨが渋々認めようとしたとき、スケートシューズがうしろの鋼鉄の階段でやかましい音をたてた。カブリーヨはふりむいた。

「マーフ。どうしてここに来たんだ？」

〝マーフ〟ことマーク・マーフィーは、背が高く、ひょろりと痩せている。櫛を通していないもじゃもじゃの髪が、風のなかで綿毛がついたタンポポの花茎のように揺れていた。黒いTシャツには最近気に入っているロックバンド、アパンカリプスの派手なロゴと、レオナルド・ダ・ヴィンチのウィトルウィウス的人体図が描かれている。人体図は円のなかではなく、イチゴシロップをかけて粉砂糖をまぶしたドーナツのなかにあった。

マーフィーの中学生なみのファッションセンスをカブリーヨが大目に見ているのは、〈コーポレーション〉に雇われる前のマーフィーが、民間軍事産業で世界最高レベルの兵器設計者で、天才的な才能が実証されていたからだ。マーフィーはオレゴン号のハイテク兵器システムすべてを操るだけではなく、たえずそれらの兵器を改善し、新兵器を開発している。

「電磁パルス・システムを取り付け、完全に作動してます」だいぶ薄れているが、テキサス西部ののんびりしたしゃべりかたで、マーフィーがいった。「テストを開始する用意ができたら教えてくれって、いってましたよね」

カブリーヨはうなずいて、許可したことを伝えた。マーフィーはなんでも記録的な速さで設置してきた。電磁パルス（EMP）を利用する攻撃・防御両用の戦術兵器は、兵器開発における最先端テクノロジーだった。防護されていない電子機器――携帯電話、コンピューター、航空電子機器など――を、電磁パルスの力で妨害もしくは破壊できることは、科学・軍事関係者のあいだではよく知られていた。太陽フレアのような自然現象でもEMPは発生する。だが、核兵器のような装置でも人工的に発生させることができる。太平洋上空で行なわれた一九六二年のスターフィッシュ・プライム高高度核実験で、アメリカ政府はその概念を立証した。

アメリカの戦略防衛構想を勘案していた関係者は、アメリカ上空で核弾頭が爆発するという最悪の事案想定(シナリオ)を思い描いた。アメリカは生活のほとんどの分野――食糧、水、エネルギー、通信、交通、法執行、医療――で、電気に完全に依存しているので、EMPの嵐が起きれば無数の死者が出て、壊滅的な打撃を受ける。

現代の海、陸、空の戦争の戦術システムも、おなじように脆弱なので、小型の戦術用EMPは、最新の戦闘テクノロジーだった。マーフィーは国防高等研究計画局(DARPA)に伝手があり、オーヴァーホルトがインテリジェンス・コミュニティ内で大きな影響力を持っているので、試験結果を記録してDARPAにデータを教えるという条件で、カブリーヨは実地試験用に先ごろそういう戦術EMPシステム二基を入手していた。リビアに向かいながらカブリーヨは、DARPAは予想よりもずっと早く、そのデータを得ることになるかもしれないと思った。

「いつはじめたい?」カブリーヨはきいた。

「いま」マーフィーが答えた。

カブリーヨは、にやにや笑いそうになるのを必死でこらえながら、ジュリアのほうを向いた。

「悪いね、ドクター。仕事ができた」

カブリーヨは、筋肉が盛りあがっている腕をマーフィーの首に巻きつけて、下甲板の制御室へ連れていこうとした。ジュリアがどなった。「あしたの早朝に、医務室に来てちょうだい」カブリーヨが片手をふってそれに応じた。アポイントメントが確認されたのか、それとも提案を却下されたのか、ジュリアにはわからなかった。

21

リビア

その港には、カブリーヨがこれまでに停泊した主な港すべてとおなじように、有毒な船舶燃料(バンカーオイル)のにおいと腐った魚の悪臭が漂っていた。遠くで港湾労働者たちが、機関音の咆哮や鋼鉄がぶつかる音がやかましいなかでも聞こえるようにどなっていた。

カブリーヨは、正午のまぶしい陽射しから目を護るために片手をかざし、桟橋(さんばし)の上に高く吊られた強化型地上調査車(PIG)を見つめた。マックス・ハンリーが、近視の外科医のように注意を集中し、汗だくになって、オレゴン号のデリックの一台を操作していた。

カブリーヨはPIGが大好きだったので、それが落下しないことを願った。しかし、高機動多目的装輪車(ハンヴィー)をもっと大きく、角張った形にしたようなPIGを設計したマックスの愛情にはかなわなかった。メルセデス・ウニモグのシャシーを原型として建造されたPIGは、オレゴン号の陸上版だった。モジュラー式の設計、関節懸架(アーティキュレイテッド・サスペンション)、八百馬力のターボ付きディーゼルエンジンのおかげで、馬鹿でかいPIGはさまざまな偽装ができて、武器を満載し、高速で長距離を走行できる。マックスは、豚(ピッグ)という略称を嫌っているが、小学校のデスクの下側にへばりついている風船ガムのように、それが乗組員のあいだで定着していた。PIGは褪(あ)せたグリーンと白に塗装されている。スウェーデン医療ミッション協会の色で、そのロゴも描かれていた。使い古されていてできるだけ無害に見えるようにニクソンのマジックショップが細工し、バンパーは凹(へこ)み、ダッシュボードのパネルは錆びて、ミラーにはひびがはいっていた。

オレゴン号の塗装も、それほど古びてはいないが、おなじ配色になっていた。あらたな船名〈ヴェストラ・フローデン〉が船首と船尾に刻まれ、旗竿(はたざお)からはリベリア船籍であることを示す旗がだらりと垂れていた。メタマテリアル・カムフラージュ塗料という現代の奇跡的なテクノロジーにより、船体の表面に電流を流すと、塗装の配色があっというまに変わる。それを一時間前にやったばかりだった。

カブリーヨの足から数センチしか離れていないところで、PIGが山の静かな湖に一枚の枯葉が落ちるようにそっと着地した。積荷が重いので、ショック・アブソーバーがうめいた。

カブリーヨは、携帯無線機のスイッチを入れながら、デリックの運転室にいるマックスに向けて派手に親指を立ててみせた。「PIGは着地した」

「すぐにトレイラーを用意する」雑音が混じる無線交信で、マックスが応答した。

さまざまな兵器や小火器は、PIGの車内に念入りに隠されているが、貨物の大部分は抗生剤、外科手術の器具、栄養価が高い即席糧食(MRE)だった。目的地は、オレゴン号が繋留(けいりゅう)している小さな港の三〇キロメートル南にある、女性と子供が収容されている難民キャンプだった。

内戦が一時的に休戦になったので、緊急援助物資を前よりは自由に運べるようになった。あいにく、土賊も自由に移動できるので、緊急援助物資の備蓄の大部分が略奪されていた。そしていま、休戦は崩壊したという噂が流れている。

そこで、武装し、装甲がほどこされているPIGが登場することになった。

カブリーヨとPIGは数年前に、今回とはまったく異なる任務でリビアに来たことがあった。ムアンマル・カダフィが暴政を敷いてはいたが、石油資源のおかげで豊かな国だったリビアは、カダフィ政権下ではわりあい安全だった。現在の〝解放された〟リビアは、開拓時代のアメリカ西部のようだ。戦争、奴隷、死が蔓延(まんえん)する世界滅亡後の光景になる間際だと恐れているものもいる。

「アッサラーム・アライクム」――あなたの上に平安がありますように――と、税関職員がいった。「書類は？」煙臭い〈ゴロワーズ〉を下唇から突き出しながら、アラビア語なまりの英語でいった。

「ワ・アライクム・アッサラーム」――あなたの上にこそ平安がありますように――と、カブリーヨは挨拶を返した。「ハー・ヒー・アウラークナ」――これがわたしたちの書類です――と、完璧な巷のアラビア語でつけくわえた。

税関職員が、困惑して眉をひそめ、カブリーヨを見た。アラビア語を話すブロンドの男など、めったにいない。税関職員は、長身の外国人をじろじろ眺めた。長い顎鬚を生やし、ブロンドの髪を短く刈っているカブリーヨは、ジャングルハットをかぶって短いカーゴパンツをはいた現代のヴァイキングのようだった。

カブリーヨは、パスポート、ビザ、積荷目録、目的地など、必要書類一式と、さらに重要な五百ユーロ札一枚があいだに挟んである厚い革のフォルダーを渡した。

税関職員が、フォルダーをひらいて、書類をめくりはじめた。への字になっている口にくわえた煙草をふかし、〈ゴロワーズ〉の濃い煙が目にはいるので、しきりとまばたきをした。

カブリーヨは、白髪交じりの無精髭がのびている男の顔を観察した。字が読めるかどうかも怪しいと思った。

税関職員が大きなユーロ札を挟んである書類をようやくひらき、めくるのを中断せずに札をポケットに入れて、あとの書類をなおも見ていった。

書類がそろっていることを、カブリーヨは知っていた――世界最高の書類偽造チームが配下にいるのだ。だが、当然ながら貪欲な税関職員は当てにならない。正直に仕事をやるはずはないとわかっているが、ごくふつうの金額の賄賂を受け取って満足するとはかぎらない。

そのとき、マックスがいった二輪トレイラーが、PIGのそばで桟橋に着地した。貨物のMREに、厚い防水布がかけてある。

税関職員に字が読めるようなら、〈ヴェストラ・フローデン〉――スウェーデン語で〝西の川〟のことなので、〝西部の川〟を意味するといわれている〝オレゴン〟に当てはめられた――がストックホルムを出港したが、船籍はリベリアで、積荷に責任を負っているのはマティアス・ヤンソン博士だとわかったはずだ。字が読めなくても、顎鬚を生やしているブロンドのヤンソンの写真が、目の前に立っている男と一致することはわかるだろう。

税関職員はフォルダーをバタンと閉じて、カブリーヨに返した。カブリーヨの顔を探るように見てから、PIGとトレイラーをなめまわすように眺めた。

その男が頭のなかで骰子（さいころ）を転がしているのが、見えるようだった。金持ちの西洋人からもっと袖（そで）の下をむしり取るかどうか、決めようとしているのだ。

税関職員がなにもいわずに煙草をはじき飛ばし、PIGの後部によじ登った。パレットに積まれた貨物に点字が描かれているとでもいうように、片手でなでた。

「子供たちがこれを受け取れなかったら残念だね」暗い車内から、税関職員が英語でいった。

「イン・シャー・アッラー」カブリーヨは怒りを呑み込んでいった。

アッラーがお望みになるならというのが、文字どおりの意味だが、カブリーヨは、確実に届けるという意味で、吐き捨てるようにそういった（アッラーに運命を任せるということではなく、かならずそうなるという強い肯定の言葉でもある）。

この男が慈善団体を強請るようなことを許してはならないし、賄賂の額を吊りあげるきっかけをこしらえたくない。ここでそんなことを許したら、今後、救援組織がおなじ危険にさらされ、乏しい資金のなかからこの汚職役人やその仲間に渋々金を払わざるをえなくなる。

税関職員は、大男の青い目に冷酷で危険なものが宿っていることに気づいた。もたつきながら、PIGからおりた。

「すべて整っている。女と子供のために砂漠を旅するあいだ、アッラーのお恵みがありますように」税関職員がそういって、あくびをして、顔をそむけた。

「そういってくれると思っていたよ、相棒」税関職員が携帯無線機を出して、自分の車に乗るあいだに、カプリーヨはひとりごとをいった。

カプリーヨは、携帯無線機でブリッジを呼び出した。「鞍にまたがる時間だ。出発の許可がおりた」

22

PIGの馬鹿でかいタイヤが、砂漠を二等分している薄いアスファルト舗装の道路を轟々と踏んでいった。途中で、荒廃や修理の程度がさまざまなコンクリートブロックの建物が道路沿いに集まっている村を数カ所、通り過ぎた。うだるような暑さのなかで、ときどきロバが牽く荷馬車や、よたよた歩くラクダの群れを追い抜いた。

マックス・ハンリーがハンドルを握っていた。きょうの任務で運転することに、マックスはこだわった。「この別嬪さんを、豚って呼んでるあんたらみたいなチンピラに任せられるわけがない」

カブリーヨは、友人のマックスの要求に渋々同意した。〈コーポレーション〉を構想したとき、カブリーヨはいの一番にマックスを雇い入れた。マックスは戦闘で頼りになる男だ。この齢になっても拳銃の早撃ち名人だし、目にも留まらない早業で節くれだった拳のパンチをくり出す。そして、どちらも使うのにやぶさかでない。

カブリーヨは助手席に乗っていた——その言葉どおり、単銃身のモスバーグ・ポンプアクション・ショットガンを、前のダッシュボードの下に入れてある。兵器の専門家マーフィーが、リアシートにリンクと並んで座っていた。筋肉隆々の巨漢のリンクは、シートを半分以上、占領していた。頭がビリヤードの球（たま）のようにてかてか光っている。

文明世界の名残りをあとにしてからだいぶ進んだところで、未舗装路に折れて南に向かうようにと、ＧＰＳが指示した。火星の地表を惑星探査機で走っているようだと、カブリーヨは思った。ＰＩＧが信頼できることがありがたかった。それに、エアコンがあるのもありがたかった。

カブリーヨは、リアシートのほうをちらりと見た。優秀な戦闘員のつねとして、リンクは眠れるようなときは、すこしでも眠るようにしている。マーフィーは、マックスのシートの背もたれに取り付けられたトレイに置いたキーボードをすばやく指で叩きながら、イヤホンから聞こえるヘビメタの耳障りな爆音に合わせて、ヘッドバンギングしていた。

カブリーヨは、自分の耳を指差してから、マーフィーに向かっていった。「そんなものを聞いていたら、耳が遠くなるぞ」マーフィーは肩をすくめて、〝聞こえない〟と口の形だけで応じた。カブリーヨはあきれて目を剝き、肩をすくめた。ひとそれぞれだ。

カブリーヨは、足の下に手をのばして、冷たい水がはいっている保冷容器を出した。ごくごく飲んでから、マックスに渡した。マックスが二度、がぶ飲みした。

「あと一時間くらいだ」マックスがいった。「よかった。ガソリンスタンドに寄らずにすむ」

カブリーヨは空腹だったが、後部の〈イエティ〉クーラーボックスを漁りたいからとめてくれと、マックスにいいたくなかった。オレゴン号の最年少のシェフが、この旅のためにMREのグルメ版を手早くこしらえた。牧草しか食べないアンガス牛のローストビーフ・サンドイッチには、アボカド入りマヨネーズとディジョンマスタードがたっぷり塗ってある。天然の塩をまぶした焼きたてのオーガニック・マカダミアナッツの小袋と、よく冷えた缶入りのピンクグレープフルーツ風味の〈ペリエ〉もある。オレゴン号の立派な食堂の入口には、〝よく食べ、よく戦う〟という標語が真鍮の文字で表示されている。

それはカブリーヨの言葉だった。

きょうの砂漠にくり出すちょっとした冒険にあまり見込みがないことを、カブリーヨは知っていたが、手立てはそれしかなかった。リビアでメタンフェタミンのパイプラインを見つけるようにというオーヴァーホルトの指示は、干し草の山で針一本を見つける、というたとえとおなじだった。そもそも、干し草の山から針一本を見つけるというたとえが理不尽だし、そこに針があるとは限らない。だが、磁石があれば針を見つけられる——リビアにはその磁石に相当する人物がいる。

彼女の名前はオーリエル・スウォーブリック。

〈コーポレーション〉は、現金の大部分を傭兵事業で稼いでいるが、カブリーヨは、製造業や農業など、世界中の各種の合法的なビジネスに利益を投資することにしてきた。それらの企業の従業員は、親会社の資金源や目的のことをまったく知らない。

この賢い投資によって、〈コーポレーション〉の退職年金基金はこの十年のあいだに大幅に増加した。年金受給資格が得られる期間、カブリーヨのもとで働いた乗組員は、一生お金に困ることはないはずだった。乗組員はいつでも辞めてお金を受け取り、アメリカの上位一パーセントの富裕層になることができる。だが、愛国的な乗組員の性格を、カブリーヨはよく知っていた。ほとんどが〈コーポレーション〉に残り、故郷から遠く離れ、自分が信じる理想のために命を懸けて、長時間働きつづけるはずだった。

数年前からカブリーヨは、水圏環境の回復と保護に取り組んでいるお気に入りの〈ブルー・オーシャン〉も含めた非営利団体(NPO)に、余分な基金を投資しはじめた。カブリーヨはいま海賊もどきの仕事をやっているが、善行は報われるという考えかたがたっぷり盛り込まれている黄金律を信じるようにと育てられた。

カブリーヨが寄付している慈善団体は、カブリーヨが何者なのか、〈コーポレーション〉がどういう会社なのか、まったく知らない――まして傭兵任務のことなど知る由（よし）もない。カブリーヨは第三者を通じてそれらの団体の活動、予算、必要な物事を調査し、必要なときに重要な資金や補給品を提供する。実入りのいい傭兵の仕事のあとでは、ことにそうするようにしていた。慈善への寛大な行為は、神に感謝するための〝十分の一税と献金〟だと見なしていた。心の広い乗組員のほとんどが、おなじように慈善基金にカンパしている。

そうやって〈コーポレーション〉が支援している組織のひとつが、〈ビラー・フドゥード〉――アラビア語で〝国境なき〟を意味する――というリビアの救援機関だった。内戦のせいで、〈ビラー・フドゥード〉は抗生剤や手術器具を緊急に必要としている。カブリーヨたちが目指しているキャンプは、旧友のオーリエル・スウォーブリックが運営している。

オーリエルは、カブリーヨが必要としている磁石だった。彼女はおそらくリビアでもっとも情報に通じている西欧人だろう。カブリーヨはまだＣＩＡにいた何年も前に、ニカラグアでその元ＭＩ６（ＳＩＳ［イギリス情報局秘密情報部］の昔ながらの通称）工作員とともに任務に服したことがあった。オーリエルが中東で作戦に従事したあと、数年前にＭＩ６を辞めたことを、カブリーヨは知っていた。イギリス王国のために血なまぐさい暗殺を二十年やった罪滅ぼしに、オーリエルは〈ビラー・フドゥード〉に参加したのだと、共通の友人がいっていた。

自分に取り憑いた悪霊を追い払う方法を、カブリーヨはすこし知っていた。内戦のさなかに難民の女性や子供を助けるのは、酒に溺れたり、銃で自殺したりするよりもずっといい。工作員仲間の多くが、長年のあいだにそうやって破滅している。善行は悪い記憶を消しはしないが、ずっといい記憶が積みあげられる。

とにかく、カブリーヨにとっては、そうだった。

イスタンブールでのメリハやオーヴァーホルトとの会議の直後、オレゴン号に戻るとすぐに、カブリーヨはオーリエルにメールを送り、必要な救援物資を届けると約束して、到着予定日時を伝えた。メールのレターヘッドはスウェーデン医療ミッション協会で、マティアス博士の署名があった。オーリエルとその組織を護るために、偽装が必要だった。

スウェーデンの救難ミッションとして入国を許可されれば、じっさいに救援物資を届けることができる。それもカブリーヨがぜひやりたいと思っていたことだった。オレゴン号に積まれていなかった物資は、リビアへ行く途中でギリシャのピレウス港に寄って補充した。ティルトローター機を使わないのは、目立つし、戦争のための兵器だと見なされるからだ。しかし、ＰＩＧは無害な外見なので、役柄にぴったりだった。

事態がおかしな方向にそれたとしても、ＰＩＧとチームは重武装なので、カブリーヨは心配していなかった。

そして、突然、事態はそういう方向にそれた。

23

小さな丘の頂上に達したとき、一〇〇ヤード前方で、武装した男たちがドゥカティのデザートバイク三台にまたがり、行く手を遮っているのが見えた。バイク一台に、運転している男とAK‐47を抱えている射手が乗っていた。

マックスがブレーキペダルを踏み、PIGが速度を落とし、ガタガタ揺れてとまった。マックスが、カブリーヨのほうを向いた。

「さて、どうする？」

その言葉がマックスの口から出たとき、大口径の小銃弾一発がPIGの防弾フロントウィンドウに、かすかな傷をつけた。

「ぶん殴れ」カブリーヨは、マックスに命じた。

「アイ」

マックスがアクセルペダルを踏みつけ、四輪駆動の巨大なタイヤが回転した。

「おれ、なにか見逃したかな？」リンクがあくびをして上半身を起こし、リアシートのスペースをさらに大きく占領した。

「まだ見逃していない」カブリーヨは肩越しにいった。「だが、まもなくだ」マーフィーに向かっていった。「冷静にしていろ、砲雷（ウエップス）」

　オレゴン号の多様な兵器を指揮している人間がだれでも、カブリーヨはそう呼ぶことにしていた。

「アイ、会長」

　PIGの速度があがる前に、バイクがアクセルをふかし、急加速のせいで尻をふった。近づきながら、銃手がアサルトライフルを構えて撃った。

　フロントウィンドウに当たった数発はなんの被害もあたえられなかったし、あとの銃弾は装甲を張ったカウリングに当たって大きな音をたてただけだった。PIGは小火器の銃弾はほとんど跳ね返す。

　マックスのブーツがフロアボードに押しつけられ、亜酸化窒素ブースターによって、エンジンは千馬力に近づいた。マックスが、口が裂けそうな笑みを浮かべた。「行け、ベイビー、行け！」

　PIGと敵バイクの距離があっというまに縮まり、AK三挺が熾烈な射撃をつづけた。

「会長？」マーフィーが、兵装キーボードの上に指をかざしてきいた。

「まだだ」

カブリーヨは、救援任務を利用する策略をできるだけ維持したかった。マーフィーが敵六人を皆殺しにできなかったら、ＰＩＧとそれに乗っている人間は見かけとはまったくちがうという噂がひろがる。戦闘はできるだけさけるほうが賢明だった。

ＰＩＧの巨大なバンパーがぶつかる直前に、ドゥカティが驀進するＰＩＧの左右に分かれた。まだ激しく撃っていたが、効果はなかった。

カブリーヨは、大きなサイドミラーを見た。バイク三台は土埃のなかでとまり、ＰＩＧが加速するとどんどん遠ざかった。

「あきらめたみたいだな」カブリーヨはいった。

リンクが首をふった。「居眠りを台無しにされたのに、お楽しみはなしか」

〈ビラー・フドゥード〉の難民キャンプに、設備といえるようなものはほとんどなかった。小さな涸川を囲んでいて、ナツメヤシが何本か生えていることだけが取り柄だった。表で遊んでいる子供たちと、濁った水で洗濯をしている女たちに、ナツメヤシの林がほんの小さな日蔭をこしらえていた。キャンプにあるのは、ビニールのテント、携帯用トイレ、鉄条網の柵だけだった。

マックスがＰＩＧをとめて、エンジンを切った。

砂漠迷彩の古びた戦闘服を着た浅黒いトゥアレグ族の戦士ふたりが、AK‐47を低く構えて、ゲート前に立っていた。頭と顔は濃紺に染めたタゲルムストという布に覆われている。トゥアレグ族に特有のものなので、彼らは青い民族とも呼ばれている。目だけが見えていた。

ふたりのあいだに、オーリエル・スウォーブリックが立っていた。地味な容貌の丸顔に親しげな薄笑いを浮かべ、腰には拳銃を吊っていた。身長は一七〇センチ、白髪交じりの鳶色の髪を、強くなりはじめていた風にもなびかないような太い三つ編みにしていた。土埃にまみれたカーゴパンツとシャツという服装で、がっしりした中年の船内荷役請負人のように見える。それに、見かけのとおり腕っぷしの強い女性だった。拳銃など必要としない。オーリエルが現役のとき、ナイフを持ったニカラグアの武器密輸業者ふたりを斧の柄だけで始末したのを、カブリーヨは憶えている。

カブリーヨはPIGからおりて、顔いっぱいに笑みをひろげた。ジャングルハットが風に飛ばされないように、大きな片手で押さえた。

「マティアス・ヤンソン博士です。なんなりとお申しつけください」カブリーヨは、精いっぱいスウェーデンのなまりでいった。風が強まり、砂が顔に当たって痛かった。

オーリエルが目を皿のように丸くした。

「ファン・カブリーヨ、懐かしの海賊！」スペイン語で叫んだ。薄笑いが大きな笑みに変わり、心のこもった笑い声をあげて、ベアハグしようとしているカブリーヨの腕のなかに駆け込んだ。

旧い友だちのふたりは、一瞬、抱き合った。ふたりは何年ものあいだ会っていなかった。カブリーヨは、武装したトゥアレグ族のほうを、ちらりと見た。濃紺の布の下で笑みを浮かべているのが、そこからでもわかった。

カブリーヨのチームが、武器を車内に残しておりてきた。オーリエルは仲のいい友人だし、トゥアレグ族はただ警備しているだけだと、カブリーヨは彼らに説明してあった。

オーリエルがすこし離れて、目の前のカブリーヨを推し量るように見た。「どうしてここに来たの？」

「わたしは、スウェーデン医療ミッション協会に属している」

「あなたにはいつもびっくりさせられるけど、それは事実の一部にすぎないという気がする」

「まあ、厳密にいうと、そこには属していない。しかし、きみが要求したものを届けてほしいと頼まれた。なにしろここは戦域だからね」

「あなたの偽装がなんだろうと気にしない。また会えてすごくうれしいだけよ。それに、救援物資を運んできてくれてよかった。なんとしても必要なものなの」

「こっちはかなり厳しいんだね？」

「土賊と内戦に囲まれているのよ。危なっかしいわ。だけど、鉄条網のなかにいて、紛争において中立でいれば、まあまあ安全よ」オーリエルが、トゥアレグ族ふたりのほうにうなずいてみせた。「でも、トゥアレグ族がいてくれるのを、毎日、神に感謝している。彼らが目を配ってくれるの」カブリーヨの広い肩越しに見まわす。「あなたの友だちは、どういうひとたち？」

「善良な仲間だ、オーリ。荷物をおろしたらすぐに紹介する」

オーリエルがふりむいて、トゥアレグ語で警備兵に指示した。ふたりが向きを変えて、ゲートをあけにいった。マックスがそれを合図と見て、ＰＩＧに戻った。あとのふたりも乗った。

「ほんとうに、ファン、どうしてここに来たの？」

「正直なところ、きみの救援物資を見て、それを扱えることができてよかったと思った。しかし、頼みたいことがあるんだ」

「なんでも、いってみて」

「新手の大がかりな密輸ネットワークがここで活動していて、それを見つけなければならない。パイプラインと呼ばれている。あるいは、それとつながりがある」

「どういうネットワークなの？」

「フェンタニルを混入したメタンフェタミンが、リビアに大量に運び込まれている。ヨーロッパ向けの麻薬だ。何万人もの命が、危険にさらされている。その源を突き止めようとしているんだ。手を貸してくれるか？」

オーリエルが、鉄条網の向こうをちらりと見た。風がサッカーボールを自動的に動くおもちゃのようにあちこちへ押しているのを眺めて、幼い女の子ふたりが笑い、甲高い声をあげていた。

「CIA工作員がここに来ていることを、どちらかの側が知ったら――」

「わかっている。だが、わたしはもうCIA(カンパニー)には属していない」

「でも、だれかのために働いているわけでしょう？」

「自営業だ。しかし、その話はべつの機会にしよう」カブリーヨは、女の子たちのほうを顔で示した。「こういえばわかってもらえるかもしれないが、パイプラインは人身売買も行なっている」

オーリエルが険悪な表情になり、そういう犯罪に手を染める人間の屑を憎悪していることが、ありありとわかった。「わたしは何年も前に、諜報(ちょうほう)の世界から足を洗った。パイプラインという組織のことはなにも知らない」

「なにも聞いたことがないのか？　噂は？」

ＰＩＧがカブリーヨのすぐそばにとまった。カブリーヨはマックスに、そのまま進むよう合図した。

「噂」オーリエルが溜息をついた。「リビアには砂丘よりもたくさん噂がある」

カブリーヨとオーリエルは、あけられたゲートに向けて轟然と走っているPIGのあとを追った。

「どんな噂を聞いているんだ？」

知っている乏しい情報を、オーリエルが話した。

たいした情報はなかった。

「ねえ、あなた、たとえこのメタンフェタミン供給者を見つけて、排除したとしても、べつの人間が代わりに現われるだけよ——それに、どっちも政府の伝手に護られている。巨大なモグラ叩きみたいなものよ」

「わかっている。しかし、わたしはそれをやっているんだ」

オーリエルが、カブリーヨの腕を軽く叩いた。「あなたもお友だちも、かなり用心したほうがいい」

「きみもね」

カブリーヨは、オーリエルに通訳を頼んで、トゥアレグ人の警備兵に、土賊と遭遇したから気をつけるようにと警告してもらった。武装した賊は、救援物資がどこに運ばれるか見当がついたにちがいないから、蜜にたかる蠅のようにキャンプにやってくるはずだった。

オーリエルと鋭い目つきの警備兵に手伝ってもらい、カブリーヨは救援物資をすばやくおろした。子供たちのために持ってきたおもちゃやお菓子を持ち出す時間もあった。マーフィーは見たこともないくらいめちゃめちゃなサッカーの試合に参加して、群がる子供たちといっしょに大笑いし、おおいに楽しんだ。リンクはＰＩＧから弾薬箱を持ってきて、トゥアレグ族の警備兵に渡した。ＡＫの弾薬千発がそれにはいっていた。

カブリーヨは、別れの挨拶にオーリエルと抱き合い、守れないとわかっている約束をいくつか交わしてから、ＰＩＧに乗って、港に向けてひきかえした。

キャンプへの往路とおなじ道路でＰＩＧが広い砂漠を越えるあいだ、カブリーヨたちは黙然と乗っていた。カブリーヨはニカラグアとオーリエルの思い出にひたっていたので、つぎの丘の頂上にＰＩＧが達するまで、注意が散漫になっていた。

マックスがあたふたといった。「あれは――」

だが、無反動砲の雷鳴のような響きが、最後の言葉をかき消した。行く手を遮っているのは、バイク三台ではなく、いまでは六台いて、それぞれにふたりずつ乗っていた。それにくわえて、平台型(フラットベッド)トラックが一台いて、大型の徹甲弾を発射する対戦車兵器を積んでいた。

一発目の飛翔体は、カブリーヨの側のドアをかすめてそれた。射手がもう五〇センチ右を狙っていたら、全員殺(や)られていたはずだった。

「砲雷(ウエップス)！」カブリーヨは叫んだ。

「やってます」マーフィーの細い指が、兵装コンソールのキーボードの上で躍り、モーターによって自動擲弾銃がルーフから持ちあがった。

マックスが、トラックで二発目を装填している男たちを見据えた。かなり手早い。

だが、マーフィーのほうが早かった。

無反動砲の床尾が閉じられると同時に、擲弾銃から一発目が発射された。敵はもう避けられない。

擲弾が無反動砲を直撃し、筒のなかの砲弾が誘爆し、さらに三発の擲弾が命中した。トラックが破壊されて、乗っていた人間がすべて即死し、もっとも近くにいたバイク・チームが弾子の嵐を浴びた。

つづいて擲弾六発が速射された。開拓時代の大西部の保安官が、六連発銃で薙射(ていしゃ)したような感じだった。照準コンピューターは的をはずさない。まず、倒れたバイクと負傷した乗り手ふたりを撃った。榴弾(りゅうだん)とおなじ仕組みの擲弾が、枯れ草を鎌で刈るように、ふたりを薙ぎ倒した。

つぎのバイク四台は、アクセルをふかす前に破壊され、乗り手が死んだ。だが、六台目はどうにか速度をあげて、砂煙をあげながら離れていった。六発目の擲弾は、一瞬前にそのバイクがとまっていた地面に当たった。

「生き残ったやつが、われわれのことを報告するようなことがあってはならない——キャンプが危険にさらされる」カブリーヨはいった。

マーフィーはうなずいた。「了解」散布射撃を設定した。

擲弾四発が発射され、六番目のバイク・チームはバラバラに吹っ飛んだ。バイクは燃える車輪と化し、くるくるまわってから砂の上でとまった。

マックスがＰＩＧのギアを入れて、燃えている残骸を用心深く避けながら、速度をあげて遠ざかった。

24

カブリーヨは、オーリエル・スウォーブリックと会ったことを、すこし後悔していた。キャンプに行ったのは、オーリエルの身の安全を一か八かに賭けたことになる。だが、それしか手立てがなかった。オーリエルの身許が割れることはないだろうし、キャンプが危険にさらされることもないと、カブリーヨは確信していた。それに、是が非でも必要だった救援物資を届けた。オーリエルの運動への気前のいい寄付に、彼女が心から感謝してくれたので、期待していた以上に報われた。

情報の面では、オーリエルは満足がいくようなことを教えてくれなかった。彼女が聞いた噂は、密輸業者がリビア南西部のフェザーンにある秘密航空基地のたぐいを使っているということだけだった。

たいした手がかりではないが、オーリエルはそれしか知らなかったので、カブリーヨは二日前に自分の頭脳集団(ブレーントラスト)にそれを話した。そしていま、全員がオレゴン号のハイテク会議室に集まっていた。

カブリーヨは、長いテーブルの上座についていた。部屋の奥にある追悼の壁を、食い入るように見つめた。メキシコの任務前ブリーフィングでは、トム・レイズが、いまマーフィーが座っている席にいた。

カブリーヨは、近くの壁のデジタルモニターに視線を戻した。リビアの衛星写真が映っていて、フェザーン地域が強調表示されている。

エリック・ストーンがその画像をダウンロードして、ノートパソコンで作業を進めていた。エリックは親友のマーフィーとおなじで、ものすごく頭がいい。エリックは操舵、マーフィーは兵器が専門で、部署はちがうが、ふたりともだれもが認めるオレゴン号のITの権威だった。マーフィーが民間人として兵器研究開発に携わっていたときに、ふたりはたちまち意気投合した。

エリックのオレゴン号での正式な肩書は、最高操舵責任者だった。皮肉なことに、その技倆を身につけたのは、海軍を辞めて〈コーポレーション〉に参加してからだった。イカ野郎（スクウィド）（海軍将兵を馬鹿にする言葉。軍艦は迅速に方向を変えられないのでイカになぞらえられた）だったころ、エリックは戦闘艦艇に乗り組んだことがなかった。現役での仕事は、兵器の研究開発だった。いまでは、エリックよりもたくみにオレゴン号を操船できるのは、会長のカブリーヨだけだ。

「前にも話し合ったとおり、フェザーン地域は広さが約五五万平方キロメートルで、大部分が砂漠です」エリックが話をはじめた。「噂になってる航空基地を見つけるのは、スーパー・セイゲンの〝オーパス・マグナム〟を解くらい難しいです」

「きみは何語でしゃべっているんだ?」カブリーヨはいった。

「〝スーパーマリオメーカー〟のいちばん難しいレベルです」マーフィーが説明した。

「ほら、テレビゲームですよ」

「だったらそういってくれ。いいか、こっちはじいさんなんだ」カブリーヨは首をふった。「それに、ほんとうにそのマグナムなんとかを制覇してもらいたいんだ。いいな、ストーニー?」

「もちろんです」

エリックがキーをひとつ押すと、リビアの地図に印が九つ現われた。

「これはフェザーンのあちこちの現在使用されている軍事施設です。CIAと国防総省のデータベースを検索して見つけました。それを減らし……」

エリックがまたキーを押した。赤いXが、八つの印を消した。

「ひとつだけ残りました」

「どうやって減らした?」

「空と地上の交通を、われわれのドローンのレーダーと光学機器で監視し、国家偵察局(NRO)の衛星通信をハッキングしたんです」マーフィーがいった。

「それから、スニファーで暗号の可能性があるキーワードなどあれこれを集中的に調べました」エリックがいった。「それに、アフガニスタン戦争以来、ヘロイン密売が大きな問題になってます。NATOの施設ですらそうなんです。リビアのこれらの基地それぞれについて、DEAとインターポールが情報収集を行なってます。そっちのデータベースも調べましたが、今回のメキシコのメタンフェタミンみたいなものは、報告にありません」

　カブリーヨは、期待をこめて身を乗り出し、モニター上で最後に残った基地を指差した。「これはどうなんだ？」

　マーフィーが、隅のほうに座っていたゴメス・アダムズのほうを目顔で示した。ゴメスはフライト・スーツを着て、ぼろぼろの〈ステットソン〉の麦わらカウボーイハットをかぶり、二日分の無精髭を生やしていた。

「ロシアが支援している施設でした。AW（ティルトローター機）で偵察しましたが、そこへ行くと、めちゃめちゃに壊されていました」

「休戦などあってないようなものだ」陸路でそこへ向かったら、激しい戦争のなかに跳び込むようなものだ。

　エリックが、べつのキーを押した。最後の基地も赤いXで消された。

「つまり、バプキスをつかまされました」エリックがいった。

「古いスラブの言葉で、山羊の糞。なんの価値もないってこと」マーフィーがつけくわえた。

「じっさいはスラブ系の言語から派生したイディッシュ語が語源だが、そのとおりだ。わかった」カブリーヨはいった。

「まったく無駄ではありませんでしたよ」ゴメスがいった。「レーダーで六回探知され、SAM砲兵中隊に二度ロックオンされました——たぶん警告射撃のためでしょうが、たしかめるために長居はしませんでした。今後、SAMを避けられるように、それらの位置を記録しました」

カブリーヨは、エリックのほうを向いた。「では、そろそろ、われわれのマリオ／マグナム問題を解いたという話をしてくれるんだろうね」質問ではなく、断定だった。

優しい目つきのエリックがうなずいた。「かしこまりました」ノートパソコンのキーをひとつ押した。「よくよく考えないといけなかったんです。スウォーブリックさんは、秘密航空基地といいましたよね。でも、ぼくたちがいま見たのは、どれもそんなに秘密じゃないでしょう？　だから、あちこち調べまわって、これを見つけたんです」

古いリビアの地図が、壁のモニターに表示された。イタリア語だった。リビアは一九一一年にイタリアに侵略され、一九四三年に連合軍がイタリア軍を破るまで、イタリアの植民地だった。

「これは一九三七年のイタリア軍の地図で、リビアにあった軍事施設がすべて記されています」エリックが、またキーを押した。地図の一部のスクリーンショットが拡大された。「そして、フェザーンで唯一のイタリア軍航空基地が、ここです」

カブリーヨはスクリーンを指差した。「前の地図にはなかったな——きみが突き止めた基地九カ所とはちがう」

「そのとおりです。地図にないのは、戦後ずっと使用されてなかったからです」

「これを衛星画像で確認したか？」

「はっきり確認できていません」エリックが、NROのデータベースの画像を呼び出して、横のイタリア軍の地図と縮尺が合うように、ソフトウェアで調整した。「ご覧のとおり、なにかが行なわれてるようには見えません」

「でも、よく見ると」マーフィーがいって立ちあがり、地図を指差した。「カムフラージュ用防水布など、活動を隠すためのものがある可能性が高い」

「タイヤの跡？　動きは？」

「その精確な位置の生映像がないんです。間遠な一日ごとの写真を見つけましたが、決定的ではありません。風が強い場所なので。それに、活動を隠すつもりなら、夜にやるでしょう。本気で隠そうとするなら、跡も消すはずです」

「もうひとつ」マーフィーがいった。「その地域上空の先週の航空交通を、〈クレイコンピューターで分析しました。その付近のレーダー追跡情報はなかった。でも、〈クレイ〉がこれを見つけました」

前日の日付のトランスポンダー（管制官に位置情報を知らせる装置。搭載している場合は、離陸前から着陸後まで作動させておくことを義務づけられている）のデータを呼び出した。イタリア軍航空基地があったとおぼしいところに向けて航空機一機が飛び――やがて姿を消した――ことを、データは示していた。

「なにが起きた？」

「はっきりしません。おそらく、そこに接近するだいぶ前にレーダー電波の下を潜（くぐ）ったときに、トランスポンダーを切るのを忘れたんでしょう。乗っていた人間が、過ちを犯したことに気づいて切った。その航空機は、数時間後に記録された目的地のトリポリに向かっているときに、ふたたびレーダーに探知され、トランスポンダーも発信しはじめました」

「それについて、リビアの航空交通管制はどういっている？」

「記録によれば、その航空機は一時的に通信系統が故障したことになってます」トランスポンダーを搭載している民間航空機は、船舶とおなじように、衝突を防ぐために常時、作動させておくことを法律で義務づけられている。リビアのような敵対行為が活発な地域では、軍用機のパイロットが神経過敏になっているので、誤射を避けるためにもそれがきわめて重要だった。

　カブリーヨはにやりと笑った。「それで、トリポリに着陸したあとで、その航空機を見つけたんだな」パイロットも見つけて、メタンフェタミンの供給源と目的地も探り当てたにちがいないと思った。

「確認しました。あいにく、そいつらが発信していたトランスポンダーのデータはすべて偽でした。いまどこにいるのか、ほんとうはどこから来たのか、いったい何者なのか、まったくわかってません」

　マーフィーが肩をすくめた。「反証をもとに推理したくないですが、そういうやり口からして、おれたちが追ってるメタンフェタミン配達にちがいない」

「ぼくもそう思います」エリックがいった。「行方をくらましたその飛行機が、幻影みたいな航空基地に達する寸前に姿を隠したという事実は、偶然の一致とはとうてい思えません」

「それに、いまはそれだけが手がかりだ」カブリーヨはスクリーンを指差した。「きのうメタンフェタミンをおろしたとすると、じきに運び出される可能性が高い」

　カブリーヨは、ゴメスのほうを向いた。「ご苦労だが、そこまで飛ぶことができるか？」

　ゴメスが、にやりと笑った。「もう飛行前点検を終えました。いつでも飛べますよ」

「できるだけいっぱい写真を撮ってくれ。基地だけではなく全域を――全スペクトル帯域で」

「それなら、おたく（ギーク）に助手席に乗ってもらう必要がある」ゴメスがいった。「ミサイルを回避しなければならないときには、嘔吐彗星（ヴォミット・コメット）（軽重力研究に用いられる航空機のこと。吐き気を催しやすいのでこう呼ばれる）になるかもしれない」

エリックが手を挙げた。「筋金入りのおたくだし、アメリカン・コースター熱狂者同盟で非嘔吐メンバーに認定されてる。ぼくが志願します」

三時間後、ＡＷ６０９がオレゴン号の船尾に着船した。発着パッドには白い丸のなかに白いＨが描かれている。それがそのままエレベーターになって、格納庫に下降する仕組みだった。

カブリーヨは、身を低くしてＡＷ６０９に駆け寄った。うなりをあげているエンジンの回転が落ちて、ローターがゆっくりまわっていた。カブリーヨは、タブレットを持ってキャビンに乗り込んだ。

「きみたちは、すばらしい仕事をしてくれた」カブリーヨはいった。「きみたちが送ってきたデータを、マーフがすべて解析した。問題はなかったか？」

ゴメスが、ヘッドホンをはずして首にかけ、スイッチをいくつかはじいて、エンジン停止手順を終えた。ローターブレードがゆっくりととまった。

「揺れが激しかったですよ。熱の影響と、地表近くの風の変化のせいで」にやりと笑い、後席で汗だくになり、蒼ざめた顔で装備をはずしているエリックのほうに、親指を立ててみせた。

「ああ、揺れたね」ハーネスのバックルをはずしながら、エリックが認めた。「ドリウッド（カントリー歌手のドリー・パートンなどが運営するテーマパーク）のワイルドイーグル・コースターみたいに、空でぐるぐるまわった」

「行くときと帰るときに、レーダーで何度かロックオンされたんだ。危険を冒したくなかった」ゴメスが指で宙に大きな円を描き、どういう空中機動を行なったかを示した。「でも、こうして無事に戻りましたよ」

「きみたちが送ってきたデータから判断して、どうやら秘密基地を見つけたようだ」カブリーヨはいった。

　カブリーヨがタブレットに表示した写真を、エリックが指差した。「駐機場かもしれません――ほら――砂に覆われてる。タイヤの跡は、ぼくたちが味わった風に吹き払われるでしょう。これは建物群だと思います――格納庫か倉庫かもしれない。あとは兵舎でしょう。整備場だとも考えられる。ひょっとして、そっちはまったく使われてないかもしれない。でも、なんらかの施設がそこにあるのはまちがいないでしょう」

「人間がいる気配は？」カブリーヨはきいた。そのとき警報が鳴って、ティルトローター機と立っていた男三人が乗るエレベーターが下降しはじめた。

「基地を隠したいのなら、屋内にいさせるでしょうね。まして外は暑いし」

カブリーヨは、ゴメスに目を向けた。「きみはパイロットだ。いま使われている航空基地だと思うか？」

「基地だということはまちがいない。運用されている確率は五〇パーセントでしょうね」

カブリーヨはうなずいた。「確実に知るためには、戦闘員が地上におりないといけない」

「使用されてるとしたら、レーダーや対空兵器があるでしょう。銃を持った警備員はいうまでもなく」エリックがいった。

「そこは二五〇キロメートル四方が平坦（へいたん）です」ゴメスがいった。「その粉砕機（ウッドチッパー）に飛び込むような馬鹿なまねはしたくないですね」

「気象情報を確認しましたか？」エリックがきいた。気象レーダーの情報が表示されている自分のタブレットを、カブリーヨに見せた。エリックの顔色はよくなっていたが、エレベーターが下降して上甲板の縁よりも低くなったとき、影が顔をよぎった。

巨大なモーターが大重量のためにうめくとき、作動油の甘いにおいをカブリーヨは嗅いだ。

「大型の砂嵐がものすごい勢いで襲ってくるようです」ゴメスがいった。「五〇ノット以上の風です。二十四時間たたないと、そんなところへは、飛んでいくことも、着陸することもできませんよ」

べつの発着パッドが定位置に出てきて、頭上の陽光が見えなくなった。エレベーターシャフトは、明るいLEDに照らされていた。

「砂嵐のせいで、敵はメタンフェタミンを飛行機で運び出せないでしょう」エリックが、期待するようにいった。

「飛行機は使わないかもしれない」カブリーヨはいった。「車で運び出すかもしれない」

「そんな嵐のなかで？」

「希望は最低の計画だ」

広大な格納庫甲板に着いたエレベーターがきしみ、揺れてとまった。航空機整備員たちが、燃料ホースと検査のための診断機器を持って駆け寄った。彼らがそばを通り過ぎるとき、ゴメスがひとりの背中を叩いた。

「砂嵐は神からの贈り物ですよ」エリックがいった。「準備、評価、さらなる分析に、もう一日使える。うまくすると、NROの衛星をそこの監視に割り当てられるかもしれない」

カブリーヨは、いたずらっぽい笑みを浮かべた。「同意する」

エリックは笑みを返したが、そのとたんに、カブリーヨがなにに同意したのかわからなくなった。カブリーヨが任務延期をよろこぶようなことはめったにない。

カブリーヨは、エリックの首に腕を巻きつけた。

「神がレモンを贈ってくれたときは、ストーニー、ウォトカトニックをこしらえるのに絶好の機会なんだよ」

25

カブリーヨは、目の前で渦巻いているリビアの猛吹雪に驚嘆した。

とにかく、ヘルメットの白色蛍光体暗視スクリーンでは、咆哮する砂嵐がそんなふうに見えた。

それに、とてつもなく幸運だと、カブリーヨは思った。

晴れていたら、空か陸地のどちらからも、目視されたりレーダーに探知されたりせずにこのリビア軍の古い基地に接近するのは、不可能だったはずだ。しかし、高速で飛ぶ砂の雲が、ほとんどすべての探知手段を無力化していた。それに、こんな砂嵐のなかで表に立っているやつはいない。みんな建物内で身を縮めているはずだ。

なによりも好都合なのは、こんな悪天候のなかで侵入が行なわれるとは、だれも予想していないはずだということだった。

ゴメスがぎりぎりの瞬間にティルトローター機で偵察したおかげで、カブリーヨも含めて三人から成るチームは、地形図を利用できた——それに、収集したそのほかのデータの多くも、役に立つかもしれない。だが、物悲しく咆哮してバイザーに叩きつける砂嵐のせいで、基地の近くでティルトローター機からおりるのは不可能だった。ほかの手立てがあると計画を説明したときに、カブリーヨはチームにいった。

ティルトローター機は、オレゴン号の最新型の軽砂漠攻撃車を空輸し、基地の五五キロメートル北西でカブリーヨたちをおろした。砂嵐はそこまでひろがっておらず、AW609の繊細なターボシャフト・エンジンの安全許容範囲の天候だった。

重装甲の輸送車両のPIGとはちがい、マックスが最近、考案したその車両は、車首が尖っているデューンバギーのように車高がかなり低い。マックスは、元CIA軍補助工作員で〈コーポレーション〉の上級火器係のビル・マクドナルドの手を借りて、それを創りあげた。マクドナルドは、イラクとサウジアラビアでの長距離砂漠パトロールの経験が豊富だった。マックスはそれをDIG——砂漠偵察地上移動体(デザート・インサーション・グラウンド・ヴィークル)——と名付けた。だが、例によってチームが独自の略称DING(へこみ)を思いつき——自分が創造したたいせつな機械に掻き傷やへこみができることなど考えたくもないマックスを怒らせた。

DINGは本質的に武装したサンドレール(デューンバギーよりもずっと軽量で重心が低く、砂山での走行性能が高い)だった。だが、現在、世界中の軍隊が展開しているそのほかの砂漠用車両とは異なり、強力な電動モーター三基も含めて、DINGにはいくつか長所がある。俊足であるだけではなく——ゼロから時速一〇〇キロメートルへの加速が二・九秒——六・三五トン以上の貨物を牽引（けんいん）する力がある。

なによりも最高なのは、電動モーター三基がフル回転して、最大トルクでミッキー・トンプソン・バジャ・ボス全地形用ハイトラクション・タイヤを回転させても、ほとんど無音に近いことだった。

テスラ・サイバートラックをもとに建造されたDINGは、一度の充電で八〇〇キロメートル以上走行でき、搭載の非常用予備バッテリー充電器を使って、航続距離をさらに一六〇キロメートルのばすことができる。

ほかにもびっくりするような要素が秘められている。

車高が低いDINGは、この任務にぴったりだった——高速で、パワフルで、音をたてない。AW609は、砂漠の地表よりも一二〇センチ窪（くぼ）んでいる昔の涸れた川に、この超軽量車両をおろした。レーダーか赤外線センサーが作動していたとしても、涸れた川の底を走るDINGを見つけるのは困難だった。

足跡をさらに薄くするために、戦闘員三人だけのチームで、午前三時に潜入した。

リンクが巨体を運転席に押し込んで、ハーネスのバックルを締めた。大きな手で握られると、ハンドルが子供のおもちゃのように見える。

レイヴンが後部に乗り、自動的に旋回する架軸（ピントル）に取り付けたM60機関銃の下に座った。三人の拡張現実（オーグメンテッド・リアリティ）ヘルメットで機関銃を遠隔操作でき、ティルトローター機のゴメスとオレゴン号の作戦指令室（オプ・センター）のマーフィーにも操作できる。カブリーヨは助手席に乗り、半自動のベネリＭ４戦術ショットガンを隠している鞘（さや）に左膝がぶつかった。カブリーヨはレッグホルスターに気に入っている拳銃、高性能のＦＮ――ファイヴ・セヴンＮ――を収め、抗弾ベストを貫通する同型の弾薬を使用するＰ90サブマシンガンを戦術ベストに取り付けていた。いずれもサプレッサーを取り付けてあるが、砂嵐のけたたましい音のなかでは、ほとんど必要なかった。

全地形型のＤＩＮＧは、ハーネスをかけた三人を揺さぶり、跳ねあげながら、でこぼこの河床を突っ走った。電動モーターのきわめて小さなうなりは、甲高く叫ぶ風に吹き払われた。荒れ果てて人間が住んでいない北西から、チームは秘密航空基地に接近していた。好天だったとしても、その方角からの攻撃は、まったく予想外のはずだった。基地そのものはかなりの僻地にあるが、未舗装路が基地のそばを通って南にのび、廃村が三〇キロメートルほど先にある。もう一本の道路は、北東の遠い海岸線へ通じている。麻薬密輸を行なうのには、うってつけの場所だった。

カブリーヨたちの計画は、単純だが、容易ではなかった。夜の闇と砂嵐という掩蔽（カヴァー）を利用して、ステルス性の高いＤＩＮＧで基地に潜入し、メタンフェタミンのサンプルを入手する。それから、ＤＩＮＧとチームを載せてオレゴン号に撤収するためにゴメスとティルトローター機が待っているところへ、探知されないようにひきかえす。

古いイタリア軍基地の低く不揃い(ふぞろ)な建物の輪郭が、白色蛍光体暗視スクリーンで大きくなったとき、これはいい計画だと、カブリーヨは自分にいい聞かせた。だが、マイク・タイソンの忘れがたい声が、頭のなかで鳴り響いた。口にパンチを食らうまで、だれにだって計画はある。


「ここだ」カブリーヨはいった。ゴメスの写真で兵舎のように見えた建物の一〇〇ヤード西の砂に覆われた駐機場に着いたところだった。

リンクが、サイズ18のブーツをアクセルペダルから離し、ブレーキを踏んだ。DINGが横滑りしてとまった。

チームには、任務の準備をする時間があまりなかった。通常であれば、カブリーヨは実物模型をこしらえるのだが、情報が確実ではないので、それができなかった。オレゴン号の特殊作戦戦闘員は、あらゆる不測の事態に備えて、たえず訓練を行なっている。そういう長時間の準備と、これまでの任務すべての経験があるから、この小規模な作戦を実行できるはずだと、カブリーヨは自信を持っていた。

レイヴンがコンクリート舗装の駐機場に跳びおりると同時に、カブリーヨはDINGの計器盤のスイッチをはじいて、自動旋回式の架軸(ピントル)を動かすモーターの電源を入れた。つぎに画面上の照準環をタップして、兵舎に合わせた。モーターが低くうなり、機関銃が車体の上に出て、ターゲットのほうを向いた。カブリーヨはモラーマイクに向かって「安全解除（アーミング）」とささやいたが、いうまでもなかった。リンクとレイヴンは、ヘルメットのVIZスクリーンで一部始終を見ていた。

兵舎からだれかが出てくれば、ただちに機関銃が照準を合わせて薙ぎ倒すはずだった。ヘルメットがIDチップを内蔵しているので、カブリーヨとあとのふたりが射線に現われても、自動照準プログラムが機関銃に発射を命じるおそれはない。敵との近接戦闘中にはことに役立つ便利な機能だった。

カブリーヨは、DINGから這い出て、バイザーを叩き、全員のスクリーンの小さなウィンドウに、ゴメスのデジタル偵察地図のひとつをダウンロードした。画像の最初の建物を指定し、つづいてはいるようふたりに命じた。

26

カブリーヨが先に立ち、体を低くして南東に向かった。追い風なので、前方にだれかが現われても、目に砂がはいってそちらからはなにも見えないはずだった。

三人は駐機場を横切り、一階半の高さのずんぐりした建物のそばを通った。巨大なカムフラージュ用防水布に覆われていたが、位置からして管制塔だろうと、カブリーヨは判断した。

三人はもっと短い舗装面を通り、さらに奥へ進んでいった——離陸のために滑走路へ行く飛行機と格納庫を結ぶ誘導路にちがいない。人間が活動している気配は依然としてなかったが、そこにだれかがいることをカブリーヨは知っていた。数時間前の最後の航過で、ゴメスが赤外線センサーを使い、人間ふたりの体熱を探知していた。

カブリーヨが最初に向かったのは、誘導路の奥だった。ふつうなら、飛行場を囲むフェンスがあるはずだが、航空写真にはなにも写っていなかった。理由はわかる。ありきたりの周辺防御フェンスは、隠すのが難しく、わざわざ設置したことがばれてしまう。基地にとって最善の防御は、そこにフェンスがあるのをだれにも知られないことだし、基地そのものにとって最大の防御は、存在をだれにも知られないことだった。第二の防御は、人間を寄せつけない孤絶した砂漠だった。基地の戦闘員と武器は、第三の防御なのだ。

カブリーヨは、レーザーによるフェンスがそこにあるはずだが、砂嵐のせいでたえず警報が鳴るために使われていないだろうと推理していた。ブーツの爪先のすぐそばの作動していないレーザー発信機を指差し、その予想が正しかったことを示した。

そのとき、リンクの大きな指が、カブリーヨの肩を叩いた。

「会長、三時方向を確認してください」

カブリーヨは、リンクが指差している方向を向いた。バイザーの拡大トグルをタップすると、画像がズームし、三分の一の距離の画像になった。建物のあいだの広い空間のまんなかに角張った檻が吊るされ、風に揉まれて揺れ、まわっていた。檻の床に焼け焦げた人間の死体が転がり、切られた両腕の付け根がまるで祈るように上を向いていた。

「かわいそうに」カブリーヨはささやいた。それよりもひどい死にかたは、想像できない。

「ＩＳＩＳのやりかただ」リンクがいった。「非道なことをやるいかれたやつらだ」

　リンクのいうとおりだった。生きている人間を焼き殺すのは、悪名高いテロ組織ＩＳＩＳの身の毛のよだつ悪行のひとつとして知られている。佞悪（ねいあく）な聖戦を行なうために、最近、ＩＳＩＳは傭兵として雇われるようになっている。そして、リビアでトルコ軍の手先として働いていることがわかっていた。

「とにかく、どういう連中を相手にしているかわかった」カブリーヨはいって、サブマシンガンをいっそう強く握りしめた。

　カブリーヨは、いちばん近い建物に向けて駆け出した。嵐に備えて鋼索でしっかり固定されている厚いカムフラージュ素材に覆われていたが、それが強風でバタバタ揺れていた。カブリーヨは素材に触れた。予想していたとおりだった。Ｋｉｔ３００というイスラエル製の新型カムフラージュで、下にあるものを赤外線センサーや光学機器からほとんど見えないようにする。

　画像分析は、建物の高さと幅から判断して格納庫の可能性が高いと結論を下していた。金属製の扉が風に揺さぶられて金属音をたてていた。べつの施設かもしれないので、カブリーヨは内部を見ようとした。サブマシンガンのライトでなかを照らせるような隙間があった。

「ドローンが二機見える。どちらも風変わりな三角形の箱型尾翼だ。標章はない。トルコ製だと思う。ミサイル発射架があるが、積んでいない」カブリーヨはいった。

「スペアパーツ、工具。まちがいなく格納庫だ」

「全方位敵影なし（オール・クリア）」リンクがいった。肉眼だけではなく、DINGに搭載されている照準カメラでも確認していた。兵舎に動きはなかった。

「無人機をよく調べたほうがいいんじゃないの？」レイヴンが質問した。

「任務の範囲からはずれる。しかし、オーヴァーホルトに知らせよう。だれかが調べにきたいはずだ」カブリーヨはいった。

カブリーヨはデジタル地図を呼び出し、格納庫のすぐ南の建物二棟にターゲットの印を付けて、調べるよう指示してリンクとレイヴンに送った。自分は三棟目のもっとも遠い建物を調べることにした。

「四方に目を配れ。行くぞ」

三人は駆け出した。自分に割り当てた建物に到達する前から、カブリーヨはディーゼル燃料とガソリンのにおいを嗅ぎつけていた。シャッター付きのドアに達したとき、レイヴンが受け持ちの位置から報告した。

「整備工場を見つけたみたい」レイヴンのヘルメット内蔵カメラのディスプレイに、銃のライトに照らされた内部が映り、それが裏付けられた。

リンクがつぎに報告した。「モータープールのまんなかに立ってる。六輪駆動のトラック二台、改造戦闘車（テクニカル）二台がとまってる」カメラが改造戦闘車に焦点を合わせ、砂漠用の太いタイヤをはき、後部に機関銃を据え付けた日産の四輪駆動ピックアップが映し出された。

カブリーヨは自分の前の建物を覗き込み、〝燃料補給処〟を目にした。

カブリーヨのカメラは、ディーゼル燃料とガソリンのポンプ数台を捉えていた。燃料タンクはコンクリートの床の下にあるにちがいない。かなり巧妙な再建計画だと、カブリーヨは思った。しかも、まったく察知されずに建築している。トルコ人は優秀な土木建築技師だ。九〇年代の内戦でひどく破壊された元ユーゴスラヴィアのイスラム教徒地域を、高い技術で復興している。

調べなければならない大きな建物が、あとふた棟残っていた。夜明けまでまだ三時間近くあるが、地上にいる時間が長いと、発見されるおそれが大きくなる。時間は彼らの味方ではなかった。カブリーヨはふた棟のうちの大きな建物にデジタルマーカーを向けて、倉庫だと判断し、リンクとレイヴンに、その西側で落ち合おうと伝えた。

カブリーヨは、あとの建物とおなじようにカムフラージュされているその建物に向けて走った。駐機場に面して巻きあげ式のシャッタードアがあり、風に吹かれてガタガタ音をたてていた。

レイヴンが、ボルトカッターで南京錠（なんきんじょう）を切断した。三人が滑り込む隙間ができるように、カブリーヨがシャッタードアをそっと持ちあげた。慎重にシャッタードアを引きおろすと、突風が左右の拳のようにそれを殴りつけた。

なかにはいった三人は、銃のライトをつけた。三人は散開し、広いスペースに視線を走らせて、メタンフェタミンと屋内にいるかもしれない番兵を探した。

三人は床尾を頰にぴったり押しつけ、積まれたパレットの列の周囲をまわった。鋼鉄のドラム缶、段ボール箱、木箱、ボトルドウォーターまであった。

「〝ゴルディロックスちゃん、熊に気づかず〟」リンクがいった。

「〝お粥だけ探していたからよ〟」カブリーヨはいった。

「会長、こっち」レイヴンがいった。

カブリーヨは、自分の周囲をVIZスクリーンで見てから、急いでレイヴンのほうへ行った。足もとに長い木のケースがあり、レイヴンがコンバットナイフで用心深く蓋をこじあけていた。

なかには負い紐が取り付けられている望遠照準器付きの自動小銃がならび、腐食防止剤が塗られた銃身が光っていた。

「AK」レイヴンがいった。

リンクが近づいた。「それに、奥でおれは弾薬のパレットを見つけた。七・六二×三九ミリ」

レイヴンがうなずいた。「AKの弾薬」

「一挺、抜き出せ、レイヴ。オレゴン号に戻ったら、出所を調べる」

「アイ、会長」

レイヴンは自分のライフルをおろし、木箱にはいっていたAKを背中に吊って、ケースを閉めてから、自分のライフルを拾いあげた。

「いいものが見つかった。だが、時間がない。メタンフェタミンを五分以内に見つけて、脱出する」

「アイ」

「メタンフェタミンを見つけたら、触れる前に厚い手袋をはめろ。ほんとうに危険な薬物だ」チームのふたりはプロだが、念のためにそういった。

三人は音もなく向きを変えて、それぞれちがう方向へ進んでいった。VIZスクリーンのタイマーが、カウントダウンをつづけていた。

カブリーヨは角をまわり、黒い防水布にくるまれたパレットが奥の隅にあるのを見つけた。剃刀(かみそり)のように切れ味がいい〝虎(とら)の爪〟〈カランビット・ナイフ〉を鞘から抜き、切ったのが見つかりにくいように、防水布のてっぺんを慎重に切った。

大当(ビンゴ)たり！

カブリーヨは、厚いゴムの手袋をパウチから出してはめてから、煉瓦状の重いメタンフェタミンを積んであるてっぺんから取った。プラスティックの包装に青いダイヤモンドがプリントされていた。

「ディアマンテ・アスールを見つけた」カブリーヨはいった。手のなかで煉瓦状のメタンフェタミンを転がした。その一個だけでもひと財産だ。パレット一台分が極悪人のヘッジファンドになる。おそらくエレーラのものだろう。

レイヴンとリンクは、猫のように音もなく、カブリーヨのそばの闇から現われた。

「ずいぶんでかいわね」レイヴンがいった。

リンクがうめいた。「人生がめちゃめちゃになった人間や死人が、このパレットに山積みになってるような気がする」

「焼却したほうがいい」レイヴンがいった。

「そうできればいいと思う」カブリーヨはいった。「しかし、命令されている。われわれがここに来たことを、だれにも知られてはならない。もっと重要なのは、これがどこへ運ばれるか、追跡することだ。だから、それをやろう」

レイヴンが、補給品バッグをあけ、カブリーヨが薄い金属の筒を出して、煉瓦状のメタンフェタミンからサンプルを削り取った。レイヴンが小さなプラスティックの壜(びん)を、手袋をはめた手に持ち、カブリーヨが恐ろしい薬物をそれに入れると、蓋をした。

レイヴンとカブリーヨがサンプルを採取しているあいだに、リンクが新型の追跡装置を煉瓦状のメタンフェタミンのいくつかに取り付けた。透明なプラスティックの

〈バンドエイド〉のようで、下側に取り付ければほとんど見えない。すべてに取り付けるのが理想的だったが、そうする時間も、それだけの数の追跡装置もなかった。とにかく、いくつかはどこかに現われる。なにもわからないよりは、ずっとました。

レイヴンが安全に保管できるバッグをあけ、カブリーヨがサンプルといっしょに金属製の筒をそれに落とし込んだ。レイヴンが透明な粘着テープを指先でつまんで渡し、カブリーヨがメタンフェタミンの包装を元通りにした――まったく手を触れていないように見える。最後に、カブリーヨは煉瓦状のメタンフェタミンを、もとの場所に戻した。

「終わったか？」カブリーヨはきいた。

「終わりました」リンクが答えた。

カブリーヨはさらに、黒い粘着テープひと巻きをレイヴンから受け取り、防水布を密封した。だれかがよく調べない限り、修復したことには気づかれないだろう。

「ここを出よう」カブリーヨはいった。

「了解」

三人は向きを変えて、出ていこうとしたが、そこで凍り付いた。

咳（せき）が聞こえた。

27

咳が遠くで反響し、カブリーヨの体にアドレナリンが一気に分泌され、五感が高度の警戒態勢をとった。

三人すべてのヘルメットの音響装置が、その音を探知して、三角測量でおおよその位置を割り出した。

「ライトを消し、暗視装置に赤外線探知機能をつけくわえて、わたしについてこい」カブリーヨは、モラーマイクにささやいた。ヘルメットには、アメリカ陸軍の最新型白光蛍光体と赤外線探知を組み合わせたセンサーも含めて、さまざまなセンサーが搭載されている。その結果、人間の画像が映画『トロン』の一場面のように——黒いシルエットに黒い輪郭となって——見える。ビデオゲームのような効果にカブリーヨはまだ慣れていなかったが、暗い倉庫のなかでは、銃のライトで位置を知られずに調べられる最善の方法だった。

カブリーヨは、サブマシンガンを高く構えて突進し、レイヴンとリンクがうしろで散開した。たがいに掩護(えんご)しては進むという手順をくりかえし、パレットのあいだを交互躍進して、咳が聞こえる倉庫の突き当たりに達した。

カブリーヨは暗澹(あんたん)とした。表にあったのとおなじような檻と、その底に横たわっている体が見えた。

だが、檻のなかで白い輪郭の人間が、かすかに動いた。まちがいなく呼吸している。

檻のなかにいるのがだれであるにせよ、生きている。

「敵影は？(クリア)」カブリーヨは通信装置でささやいた。

「敵影なし(クリア)」

「敵影なし(クリア)」

「掩護してくれ」

カブリーヨは、檻に向けて走った。なかの人影は倉庫の壁のほうを向いていて、背中しか見えなかった。片腕を檻の鉄棒に手錠でつながれている。闇のなかではっきりとはわからなかったが、体形と小柄なことと、髪が長いので、女性にちがいなかった。

カブリーヨは檻の扉に触れたが、あかなかった。多用途バッグのなかを探して超小型金属溶接機(MVT)を出した。圧縮燃料カートリッジには、分量を精密に量られたアルミと銅の粒子に酸化銅が混合されている。それによって生じる炎は秒速一六〇〇メートル以上で、摂氏二七六〇度以上の高温になる。

カブリーヨはフラッシュライトの大きさの超高温溶接機に点火し、数十秒で掛け金を溶かした。ドアをひきあけ、檻に這い込んだ。女の体を転がした。暗いなかで顔の痣が見えた。カブリーヨは、マイクに向かって大きな溜息をついた。

「問題か？」リンクがきいた。

「メリハだ」

カブリーヨが燃料カートリッジを交換するあいだ、メリハ・オズテュルクは、そわそわと身動きした。カブリーヨは溶接機を点火して、檻の鉄棒につながれた手錠を切った。カブリーヨはメリハの腕をつかんで落ちないようにしたが、急に筋肉が楽になったので、メリハが目を醒ました。

フルフェイスのヘルメットをかぶった男がかがみ込んでいたので、メリハははっと驚いた。メリハが悲鳴をあげようとしたので、カブリーヨは手袋をはめた手で口を押さえ、バイザーをあげた。

「メリハ、わたしだ。ファン・カブリーヨだ」

顔は見えなくても、声と名前でメリハにはわかった。メリハが納得してうなずくまで、カブリーヨは口を押さえていた。手をどかした。

ほんの一瞬だけ、足跡を残すなという指示のことを、カブリーヨは考えた。メリハを救出すると、それが危うくなるかもしれないが、人間が――この場合は女性が――任務の対象になることもある。捕らえていた連中が、メリハは自力で逃げたと思うようなありがたいが、檻に溶接機の跡が残っているので、それは望めない。

「ファン、どうやってわたしを見つけたの？」

答えにくい質問だった。それに、カブリーヨのほうもききたいことが山ほどある。だが、コーヒーを飲みながら雑談している場合ではなかった。

「話はあとだ。いますぐにここを出なければならない」

メリハが、手錠をかけられていた手首をさすりながら、上半身を起こした。「わたしのことはいいから、ほかのひとたちの面倒をみてもらわないといけない」

「ほかのひとたち？　だれのことだ？」

28

カブリーヨは、ドアの前にかがみ、ロックピックで錠前に取り組んだ。東のゲートにもっとも近い建物に押し入ろうとしていた。北東の海岸に通じる道路が、基地の二〇〇ヤード先にある。

基地に侵入してから十八分たったことを、カウントダウン・クロックが告げた――カブリーヨの予定を三分超えている。いつ発見されてもおかしくないと思わずにはいられなかったが、任務の範囲が変わった。時計が時を刻むのをほうっておくしかない。

カチリという音とともに錠前があき、カブリーヨはなかにはいった。レイヴンとメリハが、音をたてないように用心しながら、すぐあとにつづいた。メリハは、いっしょに行くといい張っていた。メリハはかなり痛めつけられていたが、レイヴンが倉庫で手早く調べて、脳震盪(のうしんとう)や内出血がないことを確認していた。レイヴンはメリハに、いっしょに来ていいとOKを出した。

リンクはドアのそばで見張りをつづけていた。DINGの射撃管制カメラの画像を、

ＶＩＺスクリーンで見ていた。依然として、敵が宿舎にしている基地の反対側から出てくる気配はなかった。

「メタンフェタミンは見つかったのね？」メリハがささやいた。

「ああ。サンプルを手に入れた」

「どうして焼却しなかったの？」

「そのままにしておけと命じられている。追跡装置を仕掛けたから、オーヴァーホルトが輸送経路をたどれる」

メリハが急に立ちどまった。「いつもなにも考えずに命令に従うの？」

「命令が正しいと思ったときだけだ」カブリーヨはメリハを睨んだ。「しゃべるのをやめて、早く歩け」

メリハが、数メートル進んだ。

「ほら」メリハがいって、部屋の中央を指差した。垂木の暗い電球ひとつだけが、どうにかあたりを照らしていた。

十数人が大きな檻に押し込められ、居心地悪そうに身動きしていた。

カブリーヨが〝あとから来い〟という前に、メリハが身を低くして檻のほうへ跳び出した。いまにも敵に見つかって捕まるのではないかと、かなり心配しているようだった。カブリーヨはメリハの気力に感心した。メリハを殴った男に、心のなかで激しい怒りを燃やしていた。そいつに自分の薬物を早く味見させてやりたいと思った。

メリハが先に檻の前に行ってしゃがみ、カブリーヨはすぐうしろの横へ行った。十数人はすべて女性だった。いちばん近い女に、メリハが話しかけた。レイヴンがメリハとカブリーヨのうしろに来たときに、女が目を醒ました。ヘルメットをかぶったこの世のものとは思われない怪物が銃を持って檻のそばにいるのを見て、女が悲鳴をあげそうになった。

メリハがすかさず鋭く叱りつけて黙らせた。ルーマニア語だろうと、カブリーヨは推測した。

「この女性たちは何者だ？」カブリーヨはきいた。

「パイプラインで運ばれている若い女たちよ。現金、銃、麻薬と交換される。拉致されたひともいれば、新しい生活をはじめようとして西欧へ密入国するためにお金を払ったひともいる」

「当ててみよう。彼女たちの新しい生活は強制労働になる。ハウスクリーニング、工場や食肉処理場での労働」

「あるいは、もっとひどいことになる。わたしたちがここから連れ出さなかったら」

カブリーヨの怒りが燃えあがった。これは現代の奴隷にほかならない。彼女たちを置き去りにすることはできない。

ほかの女たちもすぐにもぞもぞ動いて目を醒まし、いくつかの言語で興奮気味にしゃべりはじめた。メリハがそれぞれの母国語を使って静かにさせた。だれもがメリハとおなじか、もっとひどい健康状態だった。髪が汚れていて顔に痣があっても美人だとわかる若い女が、何人かいた。ティーンエイジャーのように見える女の子も、ふたりいた。

レイヴンとリンクが、檻の鉄棒のあいだから水筒を渡すと、女たちはできるだけ分けながらむさぼるように飲んだ。メリハが数カ国語を交互に話しながら、苦しげな質問に手短に答えた。

十数人の女性が、不安そうな目でカブリーヨを見た。カブリーヨはメリハに向かっていった。

「いまここから連れ出すといってくれ」

メリハが笑みを浮かべ、もつれた髪を額から払いのけた。「もういったわ」

「DINGには全員が乗れるスペースがない」レイヴンがいった。

「心配はいらない」カブリーヨは檻の扉をあけるために、溶接機に新しいカートリッジを取り付けた。「すぐ近くにウーバーがいる」

モータープールに戻るのを、リンクが先導した。リンクがサプレッサー付きのMP

5を肩付けし、レイヴンがすぐ右うしろにつづいた。女たちは吹きつける砂から目をかばいながら、不揃いな一列縦隊でレイヴンに従った。何人かは足をひきずり、何人かは手助けが必要だった。レイヴンは彼女たちをざっと調べた。数人は、彼女にはできないような医療が必要な状態だった。

メリハとカブリーヨが殿で、落伍しそうになる女性をせかした。カブリーヨのバイザーの時計では、任務開始から二十三分が経過していた。一歩ごとに背すじがぞくぞくした——理性の埒を超えて、運に頼っている。だが、もうひきかえすことはできない。

一行は、檻と焼け焦げた死体がはいっている檻が、いまも風に揺られてまわっているひらけた場所を通った。おぞましい光景に目を奪われて、メリハが凍り付いた。女たちは、とぼとぼと歩きつづけた。

「知っている男か？」

「わたしのガイドのイシュマエル。わたしたち、ワーハト・アルバフルを出たところで、ＩＳＩＳに捕まったの」

「イスタンブールできみが話していた村だな。虐殺の証拠を探していたんだな」

「そうよ。やつらはきのうイシュマエルを殺した。朝に陽が昇ったらわたしの番だと、バユールがいった」

「そうはならない」カブリーヨはいい、手袋をはめた手をメリハの肩に置いた。「バユールというのは何者だ?」

「セドヴェト・バユール、トルコ人。地域傭兵指揮官よ」

「トルコ軍か?」

「もとはね。いまは契約警備員で、わたしが話した灰色狼の一員。政府と結び付いている犯罪組織の」

カブリーヨはすばやく計算した。「そのバユールというやつを私が見つけたら、リビアでトルコ軍が民間人を虐殺しているという、きみのお父さんの主張が真実だと証明できる」

「ええ、そうよ」

「そして、真実をしゃべらせるために、そいつを勾留できるかもしれない」

「そのとおりよ」

セドヴェト・バユールを拉致することは、パイプラインの謎を解く鍵になるかもしれないと、カブリーヨは気づいた。

「バユールがここにいるのなら、捕まえよう」

メリハが首をふった。「番兵が、バユールは基地を離れたといっていた」

「どこへ行ったんだと思う?」

「ワーハト・アルバフルに戻ったにちがいない。証拠が残っていたら消し去るために」

「その村はどこにある？」

「沿岸。ここの二八〇キロメートル北東」

DINGのバッテリーなら、航続距離内だった。カブリーヨとチームがすぐに出発すれば、夜明けごろに着く。

メリハがつけくわえた。「つぎにそこに行く必要がある」

「ああ。きみたちを全員、オレゴン号に送り届け、医者の診断を受けたらすぐに行こう」

メリハがなにかいいかけたが、口を閉じた。向きを変え、となりの建物の長い壁沿いに集まっている群れに追いつくために走り出した。

リンクは用心して建物を掩蔽（カヴァー）に使っていたが、ぐずぐずしてはいなかった。カブリーヨとおなじカウントダウン・タイマーが、バイザーに表示されている。それに、カブリーヨとおなじように不安にかられていた。だが、モータープールは、すぐ向かいにある。数分後にはここを出て、ゴメスとティルトローター機が待っている会合点（ランデヴー・ポイント）を目指してひきかえす。

堂々としたアフリカ系アメリカ人のリンクは、周囲に目を配っているレイヴンをその場に残して、モータープールのスライド式ドアに向けて全力疾走した。

風とバイザーに遮られているにもかかわらず、レイヴンはアンモニアかなにか、よく知っている化学物質のにおいを嗅いだような気がした。とたんに気づいた。右に視線を投げた。

便所。

リンクがモータープールのドアに達したとき、戦闘服を着た番兵が便所の近くのドアを押しあけ、ズボンのジッパーをあけ、シャツの裾をはためかせながら出てきた。巨大な人影――リンク――がスライド式のドアを引きあけているのを、その番兵が見つけた。番兵が口をあけて、警告の叫びを発しようとしたが、レイヴンのサプレッサー付き拳銃から発射された亜音速弾が、喉からその言葉を引きちぎった。砂が叩きつけている地面に、死体が転がった。

殺された番兵が彼女たちを苦しめた男たちのひとりだったにもかかわらず、レイヴンの拳銃と殺人を見て怯えた女数人があたふたした。メリハが強い口調でふたことみことといって静かにさせ、力強い手で触れて落ち着かせた。

「みんな、だいじょうぶか？」カブリーヨはきいた。

「だいじょうぶ」レイヴンがいった。「行きましょう」

リンクが、モータープールに死体をひきずっていって、防水布の下に隠し、全員がモータープールに駆け込んだ。レイヴンがスライド式のドアを閉めて、照明のスイッチをはじいた。オレゴン号のチーム三人は、女たちに顔が見えるように、バイザーをあげた。グリース、ガソリン、タイヤのゴムのにおいが漂っていた。リンクが先ほど見つけた中型の六輪駆動の軍用貨物トラックだった。女たちが全員乗れる。

カブリーヨは、メリハのほうを向いた。「トラックの後部に乗るよういってくれ。急がせろ。もうじきあの番兵がいなくなったことが報告される。いますぐにここを出て、彼女たちを安全なところへ連れていく」

メリハはカブリーヨがいったことを伝えたが、女たちはその場に凍り付いたように動かなかった。メリハが険悪な表情になってどなりつけても、動こうとしなかった。

メリハが理由をきいた。

痩せたブロンドの女が、カブリーヨのほうを向いた。かなり強い東欧のなまりで女がいった。きれいな灰色の目で反抗するように見つめていた。

「銃を持った男たちといっしょにトラックには乗らない」

カブリーヨは、無意識にＰ90サブマシンガンを脇に垂らした。「きみたちをここから連れ出さなければならない」

「銃を持った男たちはだめ」

レイヴンがブロンドの女に近づいた。「女のわたしがトラックを運転すれば、問題はないはずよね？」

ブロンドの女が、レイヴンをじろじろ見た。「ええ。あなたを信用する」

レイヴンは、カブリーヨのほうを向いた。「それでいいわね、会長？」

よくないと、カブリーヨは心のなかでつぶやいたが、女たちに手錠をかけて、ジャガイモの袋のように後部にほうり込むわけにはいかない。

「こういう車を扱ったことがあるのか？　トランスミッションがマニュアルだぞ」

「伯父が運送会社を経営していた。高校のときに、伯父のためにこれよりも大型のトラックを運転した」

「だったら、その仕事は任せる。ティルトローター機の座標は、バイザーの地図に表示されている。わたしたちはいま、基地の南側にいる。きみはＤＩＮＧのすぐうしろから南に突破して、わたしたちが侵入した方角よりも西へ進め――大きく迂回(うかい)し、駐機場の横を通って、来るときに通った河床と砂漠を目指せ。この砂嵐はあと二時間は収まらないだろう。距離を稼ぎ、闇と砂にまぎれれば、ゴメスのところへ行くまで、隠れていられる。わかったか？」

「わかった」

「乗車するぞ」カブリーヨは、メリハに向かっていった。「トラックの後部へ行って、なにがあっても静かにしているよう、彼女たちに命じてくれ」

「あとからわたしたちに追いつくの?」

「いや。無駄働きになるかもしれないが、ワーハト・アルバフルへ行って、そのバユールとかいうやつを探す」

メリハが眉をひそめ、向きを変えて命令を下した。リンクがトラックの後部の防水布を引きあけ、女たちが乗りはじめた。

カブリーヨはメリハにいった。「通訳として、助手席に乗ってくれ。運転している彼女の名はレイヴン。レイヴンがきみを護る」

「わたしは、あなたといっしょにワーハト・アルバフルへ行くべきでしょう」

「名案とはいえない。きみはもうだいぶひどい目に遭っている。それに、いっしょに来たら、身の安全は保証できない」

「わたしならだいじょうぶよ。それに、レイヴンだってわたしの安全は保証できない。わたしは村の場所を知っているし、セドヴェト・バユールの顔も知っている。見分けるのに役立つ」

カブリーヨは、メリハの澄んだグリーンの目に揺るぎない決意を見てとった。相手がどういう人物か、任務においてどういう価値があるかを瞬時に判断するのは、カブリーヨの生まれつきの才能のひとつだった。それに、精いっぱいメリハを支援するよう、オーヴァーホルトに命じられている。メリハの父親が牢獄(ろうごく)から出られるようにすることも、その範囲に含まれる。

「わかった。いっしょに来てくれ。だが、わたしの命令に異議を唱えずに従わなければならない。わたしたち全員の命が、それに懸かっている」

「同意するわ」

メリハが笑みを浮かべて感謝し、必要なときに通訳できるように、灰色の目のブロンドをレイヴンのとなりに座らせた。

カブリーヨ、リンク、レイヴンは、モータープールの反対側にとまっていたピックアップ二台を走行不能にした。殺傷力の高い機関銃を取り付けた車で、だれかがレイヴンと荷台の女たちを追跡するようなことがあってはならない。

カブリーヨは、もう一台の六輪駆動のボンネットをあけて、スパークプラグのコードをまとめてひっこぬき、汚れたオイルのドラム缶にほうり込んだ。通信装置でゴメスに連絡し、あらたな計画を説明して、乗客をめいっぱい載せることになると伝えた。乗客は最大数を超える。

「ピーナツとブラディメリーをあまり積んでこなかったんですよ」ゴメスがいった。

「でも、なんとかやります」

「わたしの代わりにハックスに連絡して、傷病者が行くから医務室の準備をするよう伝えてくれ」

「了解しました」

カブリーヨの最善の計画の多くとおなじように、あらたな計画はその場で急遽(きゅうきょ)立てられた。

だが、カブリーヨはまだ口にパンチを食らうことを予想していた。

29

そのトラックの扱いを心得ているとレイヴンがいったのは、ほんとうだった。ほどなく、闇にまぎれ、うなりをあげる暴風に音をかき消されながら、レイヴンは六輪駆動のギアをローに叩き込んだ。南に向けて走り、基地の周辺防御を抜けてから、探知を避けるためにカブリーヨが指定したとおり、大きく円を描いて西に迂回するルートをたどった。

基地を出た直後に、六輪駆動はカブリーヨの視界を出て、ディーゼルエンジンの轟音は風に打ち消された。すべてが計画どおりにいけば、まもなく河床にはいって、ゴメスのティルトローター機の方角を目指すはずだった。ごつごつした大型タイヤが六輪とも駆動されているので、砂漠を走るのに苦労することはないだろう。

三人が乗るDINGは、海岸に向かう道路を北東に突っ走って砂漠を越える。走る距離はレイヴンたちよりもずっと長いが、かなり速く走れるはずだった。運がよければ、バユールが油断しているときに襲って、捕らえることができるかもしれない。

リンクがヘルメットに内蔵の自動操縦装置で、自分たちの位置にDINGを呼び寄せた。三人は乗り込んだ。リンクが運転席に座り、カブリーヨはメリハを助手席に座らせた。暗視ゴーグルを小物入れから出して、メリハに渡した。メリハがそれを装着した。

カブリーヨは、自動化されたM60機関銃の下の座席に座るつもりだったが、その前に抗弾ベストの留め金をはずした。

「なにをやっているの？」メリハがきいた。

カブリーヨは、両腕を挙げるようメリハに手ぶりで示した。「きみがこれを付ける」

「わたしは兵隊じゃない」

「抗弾ベストを付けるか、さもなければ海岸まで歩いていってもらう。きみが決める」

暗いなかで、風が髪を顔になびかせていても、メリハが憤慨して鋭い目つきになるのを、カブリーヨは見てとった。あまり他人の指図に従ったことがないのだろう。だが、常識に負けて、メリハがそっけなくうなずいた。

その重い抗弾ベスト――弾丸が貫通しないセラミック板を抜き差しするポケットがついている――は、メリハには大きすぎた。座席に座ると、ショルダーハーネスが耳の上までずりあがった。だが、体を護るのに役立つし、それがカブリーヨにとっては重要だった。

「出発の時間だ」リンクがいい、拳銃のスライドをすこし引いて、薬室に一発が送り込まれているのを確認した。

「まだだ」

砂塵が渦巻いてなにも見えないなかに、カブリーヨは駆け出していった。


燃料補給処から持ってきた二〇リットル入り容器から、煉瓦状のメタンフェタミンが一八〇センチの高さまで積んであるパレットにガソリンをかけるあいだ、カブリーヨの目は揮発するガソリンのためにひりひり痛んだ。

メタンフェタミンを焼却する理由をオーヴァーホルトが納得してくれることを願っていた。毒性の強い麻薬のパレット一台分が、どれほどの人間を殺し、破滅させるかを、カブリーヨは考えずにはいられなかった。それに、チームがこの航空基地に来たことは、まもなくばれてしまう。麻薬密輸を行なっているバユールかほかのだれかが、それを知ったら、すぐさまもっとも貴重な貨物であるメタンフェタミンのパレットを、調べるにちがいない。当然、それが発見されたと判断するだろう。追跡装置をすぐに見つけ出し、捨てるはずだ。煉瓦状のメタンフェタミンを追跡してパイプラインを暴くことはできなくなる。メタンフェタミンはヨーロッパのひとびとの体内にはいって、彼らを殺すか廃人にする。犠牲者の多くは若者だ。

そうなるのを見過ごすことはできない。

カブリーヨは、ガソリンの最後の一滴をパレットにふりかけて、空の容器を上にほうり投げた。倉庫のこの一角を照らしていたのは、黒い戦闘服のシャツのポケットに留めてあったLEDフラッシュライトだけだった。カブリーヨは、ヘルメットのバイザーをあげて、ズボンのポケットからお気に入りの〈ジッポ〉のライターと半分まで吸ったのを取っておいたキューバの葉巻を出し、葉巻に火をつけた。鼻腔(びこう)から悪臭を追い出し、葉巻の火の勢いを増すために、何度か深く吸った。

倉庫のシャッタードアが急にあいて、番兵ふたりが突進してくる音を聞きつけ、カブリーヨはさっとふりむいた。

最後にもう一度吸って、葉巻の火が真っ赤になると、ペイトン・マニングがフェイダウェイパスをやるような感じで、カブリーヨは走りながらそれを投げた。葉巻が正確にパレットのてっぺんに落ちた。ガソリンを吸い込んでいたメタンフェタミンが、たちまちシューッという音とともに火の玉になった。爆発するように燃えあがった炎のすさまじい熱気をシャツの背中に感じながら、ブルパップ型のサブマシンガンを片手でしっかりと握り、カブリーヨは奥の壁沿いを疾走した。

ひとり目の番兵が角をまわって突進し、視界に現われた。カブリーヨはP90を構えて、突っ走りながら撃ち、高速弾でその男の胸から喉にかけて縫い目をこしらえた。男が吹っ飛ばされ、鋼鉄のドラム缶のパレットに重い音とともに激突した。

カブリーヨはその死体を飛び越えて、角をまわり、ふたり目の番兵に激しい勢いでぶつかり——相手は山のような大男で、岩のように固かった——その男とともにコンクリートの床に倒れた。男が転がってAKを取ろうとした。顎鬚の男のAKが手から落ちて、届かないところへ滑っていった。男が転がってAKを取ろうとした。カブリーヨは倒れたままで、負い紐でつられていたサブマシンガンを構え、十数発を大男の横腹に撃ち込んで沈黙させた。

カブリーヨは急いで立ちあがり、あいているドアに向けて突進した。建物の最初の角をまわってかがみ、べつのターゲットを探したが、見当たらなかった。

突然、鼓膜が破れそうなけたたましいクラクションの警報が鳴り、ターゲットがまもなく多数現われるはずだと、カブリーヨは悟った。

カブリーヨは、モラーマイクでリンクに向けてどなりながら、建物のつぎの角へ突進した。「発進しろ！　発進しろ！」

角をまわると、すぐ前に急停止したDINGとぶつかりそうになった。

「会長が乗ったら、すぐに発進するよ」頭上で鳴り響いているクラクションよりもひときわ大きく、リンクがどなった。

「来てくれると予想すべきだった」そういいながら、カブリーヨはリアシートに跳び乗った。自分を犠牲にするような忠義は、カブリーヨの乗組員の特質だった。

火山の噴火のような炎が、倉庫の屋根を破って噴きあがった。

「会長は齢のわりに思春期から脱け出してないと、いつも思ってました」そういいながら、リンクがアクセルペダルを踏み込んだ。全電動車のＤＩＮＧが瞬時に加速し、砂を撒き散らし、メリハを座席に押しつけた。

基地の照明がぱっとつき、遠くから叫び声が聞こえるいっぽうで、倉庫の上で轟々と燃える炎がひろがり、空を赤々と照らした。

ＩＳＩＳ戦士ひとりが、となりの建物をまわってきて、一台の車がすぐそばから自分めがけて走ってきたので、肝を潰した。男がライフルを構えて撃とうとした。だが、一発目が放たれる前にリンクがハンドルを切り、戦闘服を着ている男の上半身にフロントバンパーが激突した。胸が悪くなるようなグシャッという音とともに、男の体が横に吹っ飛んだ。

「全速力」

「了解」リンクはにやりと笑った。「しっかりつかまれ」

モータープールでピックアップ二台を走行不能にしておいてよかったと、カブリーヨは思った。メリハがすでに村の座標をリンクに教えていて、リンクがそれをＤＩＮ

GのGPS地図表示に入力していた。ルートはブルーで表示されていた。航空基地の周辺防御を通過したあと、海岸に向かう道路に出て、安全に走れるはずだった。DINGは前方の道路に向けて疾走した。背後で激しく燃え盛っている倉庫の火災から逃れ、周辺防御の二〇〇ヤード先に達していた。

「もう安全だ」夜の闇に向けて加速しているときに、カブリーヨはいった。

30

「道路はどこだろう?」リンクがきいた。基地から二〇〇ヤード離れても、地形はほとんど変わらなかった。身を隠すために、DINGはライトを消して走っていた。風速が増していたので、暗視ゴーグルのほうがずっと役に立つ。

「ゴメスの写真の地図によれば、いまそこを走っている」

全地形用タイヤが、道路の柔らかい砂をかき混ぜた。予想していたほど速度はあがらなかったが、それでもかなり進行が捗(はかど)っていた。

グリーンの曳光弾五、六発が、DINGのそばを通って、前方の真っ暗闇に消えていった。

「あれはなんだ?」リアカメラのボタンを押して、カブリーヨはきいた。

かなり離れて追ってくる遠い影がふたつ見えた。蛍光を発する曳光弾を、機関銃から発射している。

「おれが思ってるようなやつらですかね?」リンクがいった。

カブリーヨは、カメラの画像を観察した。「改造戦闘車（テクニカル）が二台、撃ちまくりながら追ってくる」

「倉庫でぶっ壊したつもりだったのに」リンクがいった。アクセルを踏みつけ、DINGが急加速した。

「凄腕の整備工がいるのならべつだが、べつに二台あったにちがいない」

武装したピックアップトラックとの距離はひらいたが、なおも追ってきた。ヘッドライトの光は、砂の奔流（ほんりゅう）をほとんど貫くことができないようだった。

ドン！

大口径弾一発が、DINGのケヴラー装甲に激突した。

「けっこう射撃がうまい」リンクがいった。

「DINGも負けてはいない」

カブリーヨは、自動照準ソフトウェアを起動した。砂嵐にかき消されて、敵の車二台はスクリーンではほとんど見えない。だが、機関銃から発射される輝くグリーンの曳光弾で、だいたいの位置がわかった。カブリーヨが照準環を影のひとつに合わせると、すぐうしろでM60機関銃が架軸の上で向きを変えた。カブリーヨは発射ボタンを押して、射撃が開始されるのを待ったが、画像の質が悪く、なおかつピックアップ二台が左右に急に向きを変えながら走っていたために、ロックオンできなかった。

　また弾丸がＤＩＮＧに当たった。

　リンクは、ハンドル操作に苦労していた。「速度が落ちてる」

「もっと出力をあげろ」

「めいっぱいアクセルを踏んでる」

　カブリーヨは、外に身を乗り出した。右側にはなんの被害もないようだった。だが、左側をちらりと見ただけで――高熱の曳光弾が、頭のすぐそばでうなりをあげた――左のタイヤが二本とも被弾しているのがわかった。さいわい、ランフラットタイヤだった。表側の柔らかいゴムのトレッドが裂けて、砂が飛び散っていたが、内側の硬いタイヤはまわりつづけていた。ＤＩＮＧはスペアタイヤを積んでいるが、路肩に寄せて交換するわけにはいかない。

　カブリーヨはハーネスをはずして、機関銃座によじ登った。身をさらけ出していたが、抗弾ベストをメリハにゆずったことは後悔していなかった。

　ＤＩＮＧは重装甲の戦闘車ではない。速度とステルス性を重視して造られている。いま、その肝心な速度が落ちていた。それに、もう姿を隠してはいない。ＩＳＩＳの改造戦闘車二台が機関銃で撃ってくるなかでＤＩＮＧの銃座に立つのは、銛（もり）打ち漁に力士が身をさらけ出すくらい危険だった。

　カブリーヨは、Ｍ60のグリップをつかみながら、手動射撃に切り換え、銃床を肩付けした。すでに初弾が薬室に送り込まれ、いつでも撃てるようになっていた。ピックアップ二台が、嵐のなかで上下に揺れながら、接近してきた。

カブリーヨは引き金を引いて、短い連射を放った。敵をはっきり目視できなかったが、グリーンの曳光弾の閃光をターゲットの位置の手がかりにした——さらに、また連射を放つときに、自分の赤い曳光弾で照準を修正した。

すべてはずれた。

「やつらが追いつく」つづいて二度、歯切れのいい轟音をたてて連射するあいまに、カブリーヨはモラーマイクでいった。

「ないものねだりをされても困る。防御にまわる潮時だ」リンクが答えた。

「了解した」

ターゲットになりづらいようにリンクが両手でハンドルを左右にまわし、カブリーヨはバランスを保つのに苦労した。

カブリーヨが機関銃の狙いをつけようとしたとき、DINGが暴れ牛のように跳ね、大きく揺れた。タイヤが路面で横滑りしていた。カブリーヨは後部に取り付けられたM60機関銃を握りしめ、荒れ狂う砂嵐の渦巻きめがけて短い連射を放ったが、赤い曳光弾は背後の暗闇に消えていった。

またはずれた。

ヘルメットのＶＩＺスクリーンで見ても、追ってくるピックアップ二台は月のない夜明け前の闇にまぎれて、ほとんど見えなかった。大気に充満する砂塵を切り裂いてのびてくる機関銃の曳光弾のグリーンに輝く流れだけが、敵の位置を知る手がかりだった。ＤＩＮＧのランフラットタイヤ二本が被弾したのは、ＩＳＩＳの殺し屋たちの射撃の腕前がカブリーヨよりもすぐれているか、あるいはただ運がよかっただけかもしれない。

それとも、その両方か。

いずれにせよ、カブリーヨたちは窮地に追い込まれていた。時間もない。ランフラットタイヤ二本はバタバタと路面を叩き、改造戦闘車二台は、強力で静かなモーターに駆動されているＤＩＮＧに、みるみる近づいていた。またグリーンの曳光弾がうしろで光った。徹甲弾がＤＩＮＧの車体の装甲パネルに命中した。

カブリーヨはうしろを向いて、大きすぎる抗弾ベストのなかで縮こまっているメリハのようすを見た。恐怖を味わっているのは明らかだったが、メリハがけなげに笑みを浮かべ、左右の親指を立ててみせた。

「よかった。だいじょうぶそうだ」カブリーヨがひとりごとをつぶやいたとき、また曳光弾が鋭い音とともにヘルメットのそばを通過した。

「すこし掩護してくれると助かるんだけどね、会長」リンクがいった。モラーマイクを介して、リンクのよく響く低音が、カブリーヨの頭蓋で振動した。「やつらのせいで塗装がめちゃくちゃになってる」

「参戦する」

カブリーヨは、機関銃のグリップをつかんで向きを変え、上下に揺れる床尾を頬に押しつけた。のるかそるかだ。

ＥＯテック製の赤いホログラム照準器の〝死のドーナツ〟照準環を、急速に近づいてくるピックアップ二台の近いほうの四角い影に合わせ、引き金を引いた。

なにも起こらない。

カブリーヨは機関銃の槓桿(こうかん)を引いて不発弾を排莢(はいきよう)し、ふたたび引き金を引いた。

やはり発射されない。

「装塡不良だ」カブリーヨはバランスを保とうとしながらいった。

「代案その一(プランB)がだめになった。代案その二(プランC)もあるはずだ」リンクがいった。

カブリーヨは、跳ねあがるリアシートにおりて、ハーネスを締めた。

「あるよ。しかし、嫌がるだろうな」

「プランＣを好きになったためしはないですよ。しかし、ほかの方法は最悪だ」

「あそこ――二時の方向」カブリーヨは、道路のそばの真っ暗な砂漠を指差した。

「しかし、ゴメスが――」

「わかっている。地雷原だ」

カブリーヨの計り知れない価値がある技倆のひとつは、極度に切羽詰まった状況でも即興で対策を考えつくことだった。カブリーヨの頭脳は、チェスのグランドマスターのように、考えられる手とそれに対する手をすべて瞬時に計算して、ゲームの最終結論を出す。ものすごく不利な状況でも、つねに勝つ手を見つける。

きのうの任務前偵察飛行でゴメス・アダムズが記録したＬＩＤＡＲ（レーザー・レーダー）画像を、カブリーヨは綿密に調べた。道路のすぐそばに第二次世界大戦中にイタリア軍が敷設した地雷が埋まっている。

カブリーヨは、バイザーの横のバーチャル画像スイッチを押した。地図表示に切り替わって、デジタル地図が画面の半分を占め、地中の物体を探知できるＤＩＮＧの前方監視レーダーからのデータも表示された。

「それが会長の計画ですか？」

「われわれはドラゴンに乗るんだ、ベイビー」

「いや、乗ってるのは会長たちですよ。おれが運転手だ。つかまって」

去年の秋、カブリーヨとリンクは、ドラゴン街道と呼ばれる血にまみれたテネシー州のアスファルト道路で、危険な一七・七キロメートルの直線をハーレーで突っ走った。無鉄砲なバイク乗り多数が、手足を失ったり死んだりした、悪名高い道路だった。ヘルメットの奥に見えない照準環が現われるのが感じられるまで、リンクは一直線に走りつづけた。背骨で感じる直観に救われたことは何度もあるし、いまもそれを固く信じていた。

リンクが右に急ハンドルを切り、アクセルを踏みつけた。三人ともハーネスが体に食い込み、つづいてDINGが道路脇の斜面を乗り越えるときには、不意に座席に押しつけられた。

一二〇センチ下のそれまでよりも柔らかい砂地に、前輪が食い込んだ。一瞬の急減速で、またハーネスが食い込んだ。サーカスの人間大砲から撃ち出されて、ネットにまっすぐ落下したような感じだった。

カブリーヨはメリハのほうをちらりと見た。メリハはハーネスをきつく締め、なおも戦える状態だとわかった。

勇敢な女だと思った。

「見えるか？」カブリーヨはいった。埋もれている地雷の最初の一発が、赤い点となってLIDARに表示された。グリーンの曳光弾が頭上で鋭い音をたてた。

「ちょろいもんさ」リンクがいった。

地中に潜んでいる地雷の最初の三発をスラロームのような動きで避けるあいだ、DINGの速度がさらに落ちた。

地雷原を走るのは、かなり危ない賭けだった。ISIS戦士たちがそれを知っていたら、追ってこないだろうと、カブリーヨは確信していた。

こんなところを走るのは、愚か者だけだ。

しかし、カブリーヨにはほかに方策がなかった。

カブリーヨはうしろを見た。一台目の改造戦闘車のヘッドライトがいったん下を向いてから、道路から激しく跳ねあがった。

「やつらが来る」

「代案その三（プランD）はないんですか？」ハンドルを左右にまわしながら、リンクがきいた。

「きみの会長を信じなさい」

地雷は不規則に埋設されていて、通過できるくらい間隔があいていた。だが、進むにつれて、スクリーンに表示される地雷の数が増え、間隔が狭まり、密集するようになった。カブリーヨは画像をズームした。あと二キロメートルほど地雷原を抜ければいいだけだった。

背後で爆発の轟音が響いた。光も音も、うめく砂嵐のせいで弱まっていた。カブリーヨがさっとうしろを見ると、燃えているピックアップが横倒しになって転覆し、べつの地雷の上に落ちて、燃えている残骸がずたずたに引き裂かれた。

「一台壊滅」カブリーヨはいった。

もう一台が道路から跳び出すのを見ていた。渦巻く砂塵をヘッドライトが切り裂いている。

カブリーヨは、バイザーの下でにやりと笑った。「残るは一台」

グリーンの曳光弾が、DINGの周囲の地面に穴をあけた。

「やつらには肝っ玉がある。それは認めてやろう」リンクがいった。

「肝っ玉は地べたにばらまけばいい」カブリーヨはいった。「心配なのは、やつらの速度だ」

「了解した」

「もっと飛ばしたほうがいい。この先に涸川がある。そこに隠れられる」

「アイ、会長」リンクはアクセルを踏みつけた。DINGが勢いよく加速した。

リンクの声に、カブリーヨはためらいを感じ取った。地雷原を高速走行しろというのは、無理な話だ。

だが、頭に七・六二×三九弾を食らうのは、もっとまずい。

カブリーヨの目がDINGの車首と衝突しそうになっている赤い点に釘付けになった。

「会長！」

目がくらむ白い光のなかで、カブリーヨはなにも見えなくなった。

砂嵐が荒れ狂う空に、体が上昇するのを感じた。砂の墓場よりもずっと高く持ちあげられた。

31

地雷が密集している砂漠の上でＤＩＮＧが螺旋を描いて飛ぶあいだ、カブリーヨは衝撃――と差し迫っている終焉（しゅうえん）――に備えて体に力をこめるほかに、なにもできなかった。

不思議なことに、恐怖は感じなかった。時間の流れが遅くなったように思え、後悔していないとわかっていた。これまでずっと、自分の好きなように、生を満喫してきた。死もそれとおなじことだった。

ＤＩＮＧが、骨に響くドスンという音とともに横向きに墜落し、カブリーヨの体にハーネスが食い込んだ。自分のうめき声が、ヘルメットのなかで轟いた。ＤＩＮＧがさらに二度横転するあいだに、柔らかく深い砂のおかげで転がる速度が落ちた。ＤＩＮＧがようやく、助手席側を下にして静止した。三人は唖然（あぜん）として沈黙し、ハーネスから吊られていた。

「ドカーンと爆発したのは、どこだ？」リンクがきいた。

「ここ以外の場所だろう」コンバットナイフを出してハーネスを切りながら、カブリーヨはいった。天国まで吹っ飛ばされなかったのは、爆発で地雷原からほうり出されたからだろうと思った。さらに奇跡的なのは、DINGが地雷原のほうへ転がっていかないで、ここに着地したことだった。左の車輪がいまも宙でゆっくりまわっていた。

「それなら、神さまに感謝しないといけない」リンクがいった。

「マックスのおかげでもある」

DINGは、速度を重視して超軽量に造られていたが、それでもマックスは地雷やその他の危険に備えて、頑丈なチタン製の車台を考案していた。

カブリーヨは、ハーネスを切ると、機関銃を支えている頭上の鉄棒をつかんだ。できるだけDINGの車体から離れないようにしながら、地面におりた。リンクは、危なっかしい位置から大きな体を出すのに、さらに何秒か手間取っていた。

カブリーヨは、バイザーを引きあげて、メリハのそばにしゃがんだ。上半身を護る装甲板の右側が、砂地に押しつけられていた。

「怪我は？」

「だいじょうぶ。この……変な器具から脱け出すのを手伝って」

激しい連射が、DINGの車台を猛烈な勢いで叩いた。カブリーヨはとっさにメリハを自分の体でかばったが、ふたりとも完全に護られていた——いまのところは。

リンクが、赤外線単眼鏡を目に当てて、カブリーヨのそばで立ちあがった。

「三〇〇ヤード後方。まだ道路にいる」

「やつら、創造主に会いたくないんだろう」

「やつらが心を入れ替えたら、よろこんで望みをかなえてやる」リンクがいった。

風の咆哮も、ふたたび射撃を開始した遠くの機関銃のけたたましいうなりをかき消すことはできなかった。リンクが首をひっこめると同時に、数発がまたチタンに当ってきらめいた。

「機関銃で燃えあがらせることができないと気づいたら、迂回してわれわれを殲滅しようとするだろう――とにかく、死んだかどうかを確認しようとするはずだ」カブリーヨは、ホルスターから拳銃を抜いて、メリハに差し出した。

「撃ちかたは知っているね？」

メリハが、カブリーヨの手から拳銃をひったくって、スライドを引いた。薬室から弾薬が排出された。メリハは片手でそれを空中でつかみ、マガジンリリース・ボタンを親指で押して、弾倉を出した。手にしたバラの弾薬ひとつを弾倉に押し込み、ふたたび薬室に一発送り込む手順をやった。ちょっとした実演を、たった二秒で終えていた。

「お父さんに教わったのか？」

「熟練の狙撃兵（そげきへい）だった。わたしを訓練してくれた」

「やつらに連れ戻されたくないだろう」

「ええ。そんなことはさせない」

カブリーヨは、重々しくうなずいた。そうなる前に、敵はまずカブリーヨとリンクを片付けなければならない。

「じっとしていてくれ――当分」

カブリーヨが立ちあがると、リンクが赤外線単眼鏡を渡した。二五〇ヤードほど離れたところで、もう一台のピックアップの残骸がまだ燃えていて、ちらちらと揺れる炎が嵐に翻弄（ほんろう）されていた。

「ヘッドライトが動いている」リンクがいった。「M60が使えないのは残念だ」

「ドアが閉まっているときには、窓を見つければいい」

カブリーヨは単眼鏡をリンクに返し、DINGに潜り込んだ。ハッチをあけて、長さ約六〇センチの筒を出し、砂地におりた。

「会長がいったとおりですね」リンクは、その武器を惚れ惚れと眺めた。

「敵の注意をそらしてくれ。そのために撃たれないようにしろ」

「真っ暗な夜に黒い戦術装備を着込んだ黒人ですからね。会長よりもずっと見つかりづらいと思いますよ」リンクは、筒のほうを顎で示した――M72軽対装甲火器（LAW）。「おれが撃つほうがいいんじゃないですか」

「階級に伴う特権だよ」

カブリーヨは、メリハのそばでしゃがみ、バイザーをあげた。「できるだけＤＩＮＧに密着して、じっとしているんだ。一分以内にこの苦境から脱け出す」

メリハが笑みを浮かべ、ゴーグルの下の大きなグリーンの目を、さらに大きく瞠った。「あなたを信じているわ」

カブリーヨは笑みを返したが、あまり自信がなかった。バイザーをまた引きおろした。「わたしの合図を待て」

「アイ、会長」

リンクが、巨体をできるだけ低くしながらＤＩＮＧに乗り、ドア枠に銃身を載せた。「距離二〇〇ヤード。停止した」リンクがささやいた。「会長のおもちゃがどうにか届く距離だ」

最大射程に近い。カブリーヨは気を引き締めた。

ベトナム戦争で最初に使用されたＭ72ＬＡＷは、非誘導のロケット弾を発射する軽対装甲火器で、いまも世界中の戦場に配備されている。安価で使いかたが単純で、かなり厚い装甲に対しても恐ろしい威力を発揮する。

カブリーヨは後部の割ピンを抜いて、内側の筒を引き出し、発射可能な状態の全長八八一ミリにのばした。ラダー式照準器が自動的に立ちあがった。その単純な照準器は、カブリーヨの拡張現実眼鏡がなかったら、闇のなかでは役に立たない。問題は距離だけではなく、六六ミリ口径のロケット弾が飛翔中に闘わなければならない激しい風だった。ターゲットに命中するのは、かなり荒れたグリーンで三〇メートルのパットを決めるのとおなじくらい難しい。

しかも闇のなかで。

砂嵐のなかで。

最高の射撃をやり、最善を祈るしかない。カブリーヨは発射器を担いだ。

「やれ」

リンクが、九ミリ口径のサブマシンガンで射撃を開始した。軽い弾丸がピックアップに向けて懸命に飛び、強風が風洞内のダーツのようにそれを吹き散らした。リンクは超一流の腕前のスナイパーだが、サブマシンガンで狙い撃つのはほとんど不可能な距離だった。だが、トラックに当てるのが目的ではない——注意を惹けばそれでいい。

それに成功した。

日産のピックアップの機関銃が向きを変え、ぼんやり光るグリーンの曳光弾を発射しはじめた。

それをきっかけに、カブリーヨはＤＩＮＧの蔭から出て、殺傷力の高い銃撃に全身をさらけ出した。すこし仰向きになり、メリハがロケット弾の後方爆風の方向にはいないとわかっていたが、つい習慣から「射撃許可！」と叫んだ。風向を考え、仰角を大きくして、ラダー式照準器で高めに狙いをつけてから、祈りをささやき、発射器の上のトリガーを押し込んだ。

巨大な炎と排気ガスが、カブリーヨのうしろに噴き出した。炎をたなびかせている飛翔体が、すこし揺れながら弧を描いて空に条を描き、ロングトスで投げられたフリスビーのように急上昇して離れていった。

命中！　日産のピックアップが火の玉となって爆発した。

リンクが、ロバのいななきのような叫び声をあげた。「マジかよ！　どんな射撃にもまさるすげえ射撃だ」

「ドライバーで飛距離を稼げば目立つが、賞金を手にするのは正確なパットなのさ。DINGをもとに戻して、タイヤを交換し、やつらの友だちがやって来る前に、ここを離れよう」

「アイ、会長」

カブリーヨ、リンク、メリハは、超軽量の砂漠偵察車を肩で押して、四輪が地面を踏むように楽々と立て直した。タイヤは、フォーミュラ・ワンのレーシングカーとおなじようにハブをまわして交換できるように設計されているので、三分で交換した。

ＤＩＮＧの前方監視ＬＩＤＡＲですばやく調べ、沿岸へ向かう道路への安全な通り道を確認してから、リンクがアクセルペダルを踏みつけた。

あらたな一日が期待できる夜明けごろに到着するはずだった。

だが、カブリーヨは、死を招くマイク・タイソンの口へのパンチが、いまも地平線の向こうで待ち構えていると思わずにはいられなかった。

32

リビア、トリポリ

その音が、ナイフのようにその男を切り裂いた。

セドヴェト・バユールがシーツにからまって寝ていたときに、非常用携帯電話が鳴った。バユールはベッドから跳び出し、頭脳が働きはじめる前に、アドレナリンが全身を駆け抜けていた。

闇のなかで感覚が狂っていて、バユールはふらつきながら立った。ペントハウスの窓には厚いカーテンがかかり、海岸線を照らしはじめていた明け方の光を締め出していた。バユールは瞬時に頭をはっきりさせ、二度目の呼び出し音で携帯電話を取った。

「なんだ?」バユールはどなった。二日酔いで口が渇き、声がしわがれていた。昨夜のウィスキーと煙草のせいで、喉がからからだった。どたどたと冷蔵庫へ行って、冷えた水のボトルを出した。

「攻撃がありました」

「攻撃？　どうやって？　この砂嵐のなかで、なにがあった？」

「はっきりとはわかりません。砂嵐が収まったのは、二、三分前です」

「いつそれが起きた？」

「二時間前です」

「どうしていまごろ知らせてきた？」

「被害の調査、基地と周辺の捜索、消火をやっていたんです」

「べつのいいかたをすれば、怖くておれに電話できなかったんだな？」

「ちがいます」

　嘘だと、バユールにはわかっていた。恐れているはずだ。電話する前に事態を打開しようとしたのだろう。だが、いまのところ、打開できていない。

　バユールは、スピーカーホンに切り換えた。「詳細をいえ。ひとつ残らず」

「部下七人が殺されました。車両六両が破壊されるか、走行不能にされました。そのうち二台、日産のピックアップは、地雷原で破壊されました」

「地雷原？　どの地雷原だ？」

　バユールは、ボトルドウォーターのキャップをはずして、冷たい水をごくごく飲み、乾き切った喉を潤(うるお)した。

「どうやら、沿岸に向かう道路の横に、われわれが知らない地雷原があったようです。第二次世界大戦中にドイツかイタリアが埋設したんでしょう。はっきりとはわかってません」

「そもそも、その二台は地雷原でなにをやっていたんだ？」

「パトロールの車両二台が、襲撃者を追ってそこへ行ったんです。二台とも地雷で破壊されました」

「襲撃者は？」

相手が黙り込んだ。

「逃げました」

バユールは悪態をついた。失敗を犯したことについて、ナンバー2と自分の両方に腹を立てていた。彼らを訓練したのは自分だ。リビアの敵部隊が砂嵐のさなかに夜襲をかけるとは、これっぽっちも予想していなかった。

それともリビア人ではないのか？

「何人いた？」

「わかっていません。知っている限りでは、砂漠偵察車一台に三人か、最大でも四人が乗ってたようです」

バユールは水を飲み干して、ボトルを投げ捨て、腹の底へ忍び込むかすかなパニックをふり払おうとした。あの最大級の砂嵐のなかで攻撃を行なうには、かなり高い技倆が求められる。つまり、敵は基地を発見し、偵察し、計画を立てて、自分だったらなんとしても避けたいような悪天候のもとで攻撃を行なった。

ロシア人傭兵の大多数は元スペツナズ戦闘員で、何人かは敵に雇われている。しかし、どうも腑に落ちなかった。ロシア人の攻撃なら、死者はこんな程度ではすまない。基地を焼き払い、ＩＳＩＳの傭兵をひとり残らず殺していたはずだ。

「おれに話していないことがあるな？」バユールは語気鋭くきいた。

電話の相手が、また長いあいだ沈黙した。

ようやく答えた。「メタンフェタミンの積荷。だめにされました」

かすかなパニックが、激しいエレクトリックストーム（致死性不整脈が短時間に繰り返し発生すること）に変わり、バユールの全神経系統が停止しかけた。

「なんだと？　どういうふうに？」

「焼き尽くされました」

バユールは、激しく悪態をついた。

この失態のために、パイプラインの上層部に殺される。

さらに悪いことに、一族の名声が傷つき、父親が危険にさらされる。

バユールの自制心が復活した。優勢な敵の無数の伏撃や攻撃にも生き延び、敵をしのいできだのは、銃火を浴びても冷静な頭脳を維持していたからだ。今回もそれとおなじだ。

「待て」バユールは携帯電話を保留にして、ベッドのほうへ行き、ズボンをさっとつかんだ。

どこかつじつまが合わないところがあると、バユールは結論を下した。ロシアの傭兵だったら、数百万ドル相当の麻薬を焼却するはずがない。皆殺しにして盗めばいいだけだ。それがロシア人の戦いかただ。

ロシア人ではないとしたら、何者だ？

何者であってもおかしくない。麻薬を焼却（しょうきゃく）するのが目的だったとしたら、法執行機関の作戦かもしれない——あるいは敵対する犯罪組織か。何者であるにせよ、資源と人材を抱えている。雇い主に、攻撃の首謀者が何者なのか、教えなければならない。そいつらを見つけて捕らえ、必要な情報を引き出せば、上の人間に満足してもらえるかもしれない。それでもなお、殺されずにすむかどうかはわからない。とにかく、一族の評判だけは守れるかもしれない。

バユールは、携帯電話の保留を解除した。

「ほかにも隠していることがあるだろう？　あらいざらい話さないと、おまえの目をくりぬいて、裸で砂漠に置き去りにする」

「なにもありません。ただ、女がすべていなくなりました」

バユールは、電話を握り潰しそうになった。湧き起こる激しい怒りを押さえ、冷静になろうとした。

「だったら、どうして小型の車両が一台だけだったといった？　そいつらは、奴隷十三人をどうやって運んだんだ？」

「われわれのトラックを一台、盗んだんです」

「それで、しつこいジャーナリストのオズテュルクは？　やはりいなくなったのか？」

「はい、そうです」

つじつまが合わない謎が、もうひとつ浮かびあがった。彼らはどこへ行けたのか？　女たちを載せたトラックは、どうやって地雷原を通過したのか？　通過できるわけがない。

バユールは、その地域の地図を思い浮かべた。海岸に向かう道路を使わなかったとしたら、どこへ行くだろうか？

地雷原がそばにある海岸への道路を除く、すべての方角に行ける。

「そいつらを捜したか？」

「はい。でも、車両がすべて走行不能にされるか、破壊されたので、捜索は徒歩でやるしかなかったんです」

「女たちを載せたトラックを、だれか目撃したか？」

「いいえ」

「しかし、攻撃車を見つけたんだな？」

「そうです。ですからパトロールの二台が追跡しました」

不思議だ。つまり、トラックは攻撃車とおなじ経路をとらなかった。

「どこを捜索した？」

「北の地雷原までずっと。西、東、南も調べました」

「足跡は？　タイヤの跡は？」

「あったとしても、風で消されました。さっきもいったように、砂嵐は数分前にようやくおさまったんです」

「ドローンを飛ばせるだろう？　トラックがどこへ行ったか、捜せ」

「まだだめです。操縦士によれば、風速がまだ高すぎるそうです」

急な海風を受けて膨らんだカーテンの隙間から、細い陽光が射した。

バユールは、シャツを着た。攻撃車は、どうして女たちを載せたトラックに――トラックがどこへ向かったにせよ――付き添わなかったのか？　付き添う必要がなかったか、それともべつの任務があったからだ。攻撃車は、どこへ行くだろうか？

バユールは、汚らわしいジャーナリストのメリハ・オズテュルクのことをふたたび考えた。急進的な父親は、灰色狼にとって脅威になったので、投獄し、沈黙させた。娘のメリハは、父親に成り代わって村を調査するためにやってきたにちがいない。セドヴェト・バユールは、ワーハト・アルバフルの村のすぐ外で、メリハ・オズテュルクと運転手を捕らえた。パイプラインや灰色狼について知っていることをしゃべらせようとして、その男を生きたまま焼き殺した。だが、オズテュルクは口を割らなかった。自分も生贄（いけにえ）もどきに殺されるはずだとわかっても、しゃべらなかった。そういう苦しい死にかたのことを考えて、眠れない長い一夜を送れば、くじけるはずだと、バユールは考えた。女にしてはしぶとい。それは認めていた。

いまでは、即刻殺せばよかったと思っていた。ところが、オズテュルクは逃げた。パイプラインの航空基地とそこで行なわれている活動について、彼女にはとぼしい知識しかないが、バユールの上官たちにとっては脅威だった。だから、責任をとらされるにちがいない。

それを思い、バユールは身ぶるいした。

オズテュルクを捕らえなければならない。だが、どこへ行ったのか？　ワーハト・アルバフルへ行って、自分の代わりに証拠を集めてほしいといったにちがいない。いや、そうではないだろう。なにしろ決意の固い女だ。そいつらに同行している可能性が高い。

バユールがそこで行なった戦争犯罪を彼女が暴いたら、灰色狼は壊滅するだろう。自分も破滅する。もっとも恐ろしいやりかたで。

バユールは、頭のなかですばやく計算した。高速の砂漠偵察車は、かなり距離を稼げる。時計を見た。一時間以内に村に到着するはずだ。

奴隷の女たちのことはほうっておくことにした。生き延びるためには、オズテュルクと彼女の仲間の傭兵を見つけなければならない。

バユールはナンバー2に命令をどなってから、空港に電話をかけ、民間のヘリコプターを雇うよう指示した。オズテュルクと傭兵たちと同時に、村に行く。だが、応援が必要だった。もっとも優秀な戦闘員は、大規模な作戦のためにエジプトとの国境付近に展開している。応援には航空基地とおなじ現地のISIS傭兵を使うしかない。村を襲撃するときにバユールの指揮下で、彼らは力量を示したし、任務に必要な武器も備えていた。

バユールは、専用エレベーターのボタンを押して、駐車場へおりていった。メリハ・オズテュルクが檻に戻されて恐怖におののく光景を思い浮かべ、頬に皺を寄せて笑みを浮かべた。

33

リビア沿岸の村、ワーハト・アルバフル

ＤＩＮＧが砂丘の頂上に着いたとき、朝陽の最初の光の輻(や)が、ターコイズブルーの地中海の上にひろがった。はるか下のほうに、古風な趣(おもむき)のある海岸沿いの小さな漁村の残骸があった。

二十年前、ここは楽園だったにちがいない。この世に疲れた旅人が住処にするのを夢見るような場所だったはずだ。

いまは、この世の終わりのあとの悪夢のような光景だった。

「あれがワーハト・アルバフルよ」メリハが指差したが、そうするまでもなかった。ＤＩＮＧのＧＰＳ地図スクリーンで村の名前とともに強調表示されていた。

「墓場みたいに静まり返ってる」リンクがいった。

「墓場だ」カブリーヨは、双眼鏡をおろした。「行ってみよう」

「アイ」

数分前にカブリーヨはオレゴン号に連絡して、救出した女たちの最新状況をたしかめた。ひとりずつ手早く徹底的な診察をして、多くがひどい怪我を負っているが、重症者はいないと判断したと、ジュリア・ハックスリーがカブリーヨに報告した。ただ、不衛生な環境にいたことと、脱水症を起こしているのが厄介だった。それに、ほとんど全員が、恐ろしい経験によって心的外傷を負い、暴行されたために深刻な感情的・精神的苦痛にさいなまれていた。オレゴン号の小規模な医務室ではとうていさばききれない。

「明るい報せは、リンダがオーヴァーホルトさんに連絡したことよ。ナポリのアメリカ海軍病院で彼女たちを手当てするよう、オーヴァーホルトさんが手配した」

「オレゴン号がそこへ彼女たちを連れていくのに、どれくらいかかる？」

「もう向かっているわ。ゴメスがティルトローター機に載せて飛行中よ。できるだけ早く手当てするにこしたことはないから」

ジュリアと医療チームの働きに、カブリーヨはおおいに満足した。例によってオーヴァーホルトが強力な味方として手配りしてくれたことも、非常にありがたかった。

ひとつ厄介なのは、ゴメスを使えないことだった。カブリーヨは、ＡＷ６０９でＤＩＮＧとともに村から脱出するつもりだった。ところが、足止めをくらうことになった。

砂漠偵察車ＤＩＮＧが、村に向けて進むとき、カブリーヨはオレゴン号の船長代理のリンダ・ロスに、暗号化されたメールを送った。

〝ヒッチハイクする必要がある〟。

吹きさらしの道路をたどって、リンクがＤＩＮＧをＴ字形の村に入れた。村にはいるのを防いでいたとおぼしいちぎれた鉄条網を避けるために、電動モーターの回転を落とした。道路二本が交差している村の広場にはいると、破壊の証拠がいっそう目についた。

戦闘があったことは明らかだった。カブリーヨは防御線を見分けた。道路の両端を遮るバリケードで、地面に塹壕が掘られ、屋根に土嚢が積んであった――いずれも小銃手にとって絶好の陣地だ。防御側は堅守できたはずだった。

だが、なにかとてつもない異変が起きた。

膨れあがり、蠅がたかっているリビア人の死体が、倒れた場所にそのまま点々とあった。アラブ人やトゥアレグ族もいた――濃紺のタゲルムストが何枚か、戦いの記念品として盗まれていた。

衣服を剝ぎ取られていない死体は、ぼろぼろになった間に合わせの反乱軍の戦闘服を着ていた。戦闘に勝った側が、銃や弾薬を戦利品として持ち去っていた。手榴弾、弾帯、戦闘用ナイフに加えて、コンバットブーツまで奪われていた。素足の死体があるので、それがわかった。

日干し煉瓦やコンクリートブロックの建物は、荒廃の程度がさまざまだった。最近の損害は、小銃弾の傷だけだった。ほとんどの建物が穴だらけで、何軒かは重火器で粉々になっていた。乾いた血や肉片がこびりついている壁もあった。

数の上で圧倒的に優位な部隊に攻撃されたのでなければ、防御側はかなり善戦して持ちこたえていたはずだった。ところが、一方的な虐殺になっていた。生贄の羊でも、ここで目にしている光景よりも激しく抵抗したはずだ。

「あそこだ」カブリーヨは、Ｔ字形の村の左横にある最後のバリケードに向かいながら指差した。

リンクが、白人の死体のそばでＤＩＮＧをとめた。色白の肌が陽射しのために焼けて、火ぶくれができていた。カブリーヨはＤＩＮＧからおりて、バイザーをあげ、弾痕だらけの死体のそばでしゃがんだ。腕のタトゥーが見えているのに気づいた。

「ＶＤＶ（ヴェー・デー・ヴェー）。ロシア空挺部隊（ヴォズドゥーシナ・デサーントヌイエ・ヴォイスカー）」口で呼吸しながら、カブリーヨはいった。

「スペツナズだ」

「ロシア軍が？　ここに？」

「おそらく傭兵でしょうね」メリハがいった。「彼らはリビア反乱軍のために戦っている」

「そいつらは戦闘のやりかたを心得てる」リンクはいった。「そいつらの片道切符にパンチを入れたやつは、よっぽど腕が立つんだろう」

「セドヴェト・バユールは、非常に有能な指揮官よ」メリハがいった。「ロシア人と戦った経験も豊富だし」

カブリーヨは、足もとのロシア人の死体を指差した。「これはじゅうぶんな証拠になるのでは？」

メリハは首をふった。「みんな戦闘員年齢の男ばかりで、一般市民ではない。父の裁判には役に立たない」

カブリーヨは立ちあがり、まわりを見た。太陽に灼かれて腐敗しつつあるロシア人の死体が、ほかにもあった。鳥がとまって、肉をついばんでいる。

〝墓場のように静かだ〟という表現が、あらたな意味合いを帯びた。海辺の村が以前はどれほど夢のような場所だったとしても、腐敗する肉と内臓の臭気で、それが帳消しになっていた。カブリーヨはＤＩＮＧに乗った。

「村の反対側を調べよう」

ライフルの銃声が遠くで響き、重い弾丸がカブリーヨの側のドアにぶち当たった。

リンクがアクセルを踏みつけ、砂と砂利が飛び散った。撃ってきた相手の照準線を遮れる近くの建物二軒のあいだに、リンクがＤＩＮＧを乗り入れた。

カブリーヨは、ＤＩＮＧの情報スクリーンで発射源を見極めていた。だが、建物二軒のあいだでは、音響探知機で精確に位置を突き止めることができない。あくまで経験に基づく推測によるものだった。

遠くから女の叫び声が聞こえた——それと同時に、二発目が発射された。

カブリーヨはメリハに向かって叫んだ。「ここを動くな！」リンクとともに銃をつかんで、ＤＩＮＧから跳びおり、銃撃の源に向けて駆け出した。

34

ヘルメットのＶＩＺスクリーンの地図によれば、銃撃の源は墓地だった。カブリーヨとリンクはもっとも近い建物の最初の角へ急ぎ、さらに発砲されるかどうかたしかめるために、立ちどまった。

カブリーヨが急にとまったので、メリハがその背中にぶつかった。

「車にいろといったはずだ」

「あなたはわたしの夫でも父親でもない。それに、忘れないで。あなたは、わたしに手を貸すためにここに来たのよ」

「きみが頭を吹っ飛ばされたら、手を貸せなくなる」

「これまでは問題なかった。そうでしょう？」

「いいから、わたしのうしろにいろ――いわれたとおりにしろ。わかったか？」

「わかった」

また銃声が響いた。崩れたコンクリートの壁に、その音が反響した。ＶＩＺスクリーンは、以前として墓地を示していた。

カブリーヨは、P90を片手で握って突進し、つぎの壁を目指した。メリハがすぐうしろにつづき、リンクが後方を警戒した。

つぎの銃声が響いて、アラビア語で女がなにかを叫んだ。

「悪魔は村から出ていけといっている」メリハが、おおざっぱに通訳した。

カブリーヨはアラビア語で応じた。「マン・ヤスタティーウ・アン・ヤルウマーハー？」だれが彼女を責められるというのか？

メリハが笑みを浮かべた。「そうね。あなたのアラブ系の物乞いの演技のことを忘れていた。ほんとうに発音が上手(うま)いのね」

「わたしのツナキャセロールはもっと美味いよ」

カブリーヨは、頭を低くして、コンクリートの塀から覗いた。応答は銃弾一発で、コンクリートが砕け、顔に当たった。

「ああ、まちがいなく墓地にいる」

カブリーヨとリンクは、すばやく計画を立てた。カブリーヨはメリハのほうをふりかえった。

「こんどこそ本気だ。呼ぶまでぜったいにここを離れるな」指揮官らしい威厳をこめて、厳しい口調で言った。「わかったか？」

メリハは、命令に従うしかなかった。「わかった」

「よし」

「彼女に危害をくわえないで」

「われわれが先に殺されたら、危害をくわえるのは無理だな」

カブリーヨはリンクにうなずいて、ふたりは全力疾走で離れていった。

カブリーヨは、女の注意を惹きつけることを願い、つぎの建物に向けて疾走した。

案の定（じょう）、惹きつけた。

また銃声が響いた。カブリーヨの頭の一メートルほど上で、弾丸が日干し煉瓦の壁に食い込んだ。カブリーヨが頭を低くして角をまわり、向かいの戸口にはいったとき、一瞬前まで立っていた場所から数センチしか離れていない地面に、つぎの弾丸が当たった。

「この女、いかれているかもしれないが、射撃の腕はたしかだ」カブリーヨはいった。

「もうちょっとだ」リンクが、通信装置で伝えた。

カブリーヨは身をかがめ、急いで戸口から出た。白い服に身を包んだ女が、ボルトアクションの短いライフルを両手に抱え、色褪せた高い墓石の蔭に立っていた。ターゲット――カブリーヨ――を見つけようとして、周囲に目を配っていた。

「一〇〇ヤードうしろ、あの墓石の蔭にいる」

「知ってます。会長めがけて撃ちまくってる」元SEAL狙撃兵のリンクが、くすりと笑った。「彼女に秘伝をひとつかふたつ、教えてもらえるかもしれない。そこにいてください」

「了解」

カブリーヨは物蔭に戻り、リンクの合図を待った。

「準備よし」

「よし、やるぞ」

その年配の女は、カルカノ・ライフルのアイアンサイトで、ターゲットを探しながら、建物から建物へと狙いを移していた。何十年も前の戦争中に、父親がイタリア兵から盗んだライフルだった。異様な形の車に乗っているのを見かけた、おかしな鉄兜をかぶっている悪鬼(ジンヌ)を探していた。建物のあいだを走っていた一匹を、さきほど仕留めそこねた。

どこへ行った？

突然、通りの向こうの戸口から、背の高い人影が跳び出した。女はそちらに悪態を浴びせて、背中のまんなかに照準を合わせた。そいつがコンクリートの破片につまずき、地べたに倒れた。

女は笑うと同時にひとこと祈り、引き金を絞った。

力強い腕が鋼鉄の帯のように女に巻き付けられて、発砲した瞬間に女の体を持ちあげた。弾丸は的(まと)をそれて上のほうへ飛んでいった。女が砂地にライフルを落とした。ガラスのついた鉄兜をかぶった悪鬼が、うしろでなにかをいったが、女にはわからなかった。女は悪態をついて、唾をはき、蹴(け)り、悲鳴をあげた。悪鬼の言葉はわからなかったが、こんな言葉が聞こえた。

「会長、生け捕りにしましたよ」

女がじたばたして、力強く彼女を捕まえているリンクに悪態を浴びせているところに、カブリーヨとメリハが駆け寄った。

「悪鬼(ジンヌ)！　悪鬼(ジンヌ)！」ほとんど歯のない口で、女がわめいた。

女が怒り狂って三人に唾をかけるあいだ、逆上して血走った目に恐怖が宿った。

「ヘルメットを脱いで。怖がっているのよ」メリハが命じた。カブリーヨは従ったが、リンクは脱ごうとしなかった。

メリハが年配の女に片手で触れてなだめながら、ふたりは悪鬼ではなく味方だと告げた。

　リンクは、腕のなかの筋張った小さな体の力が抜けるのを感じた。ほっとして女が泣き出し、体がふるえはじめた。リンクが待ち構えていたメリハの両腕にそっと女をおろし、カブリーヨがライフルを拾いあげた。カブリーヨはあたりを見た。掘ったばかりの墓穴があり、そのそばに塹壕を掘るのに使う古い円匙(えんぴ)があった。墓穴の横には膨れあがった死体があり、シャツを着ていない褐色の肌に弾痕と銃剣の刺し傷があった。その若者の貧弱な顎鬚と薄い髪が、風になぶられていた。

「彼女の手を見て」メリハが、女の片方の手を持ちあげていった。なめし革のような細い指が血にまみれ、肉刺(まめ)ができていた。

　年配の女が、メリハの首に向けてささやいた。女が話しているあいだ、メリハが通訳した。

「この十日間、お墓を掘りつづけていたけれど、齢だし力が弱いので、すべて埋葬することができなかったと、いっているの。イスラム教徒の彼女には、それが神聖な責務なのよ」

　リンクとカブリーヨは、目配(めくば)せをかわした。どうやらこの筋張った小柄な女は、村から死体をひきずってきたようだった。

　カブリーヨは墓地を眺めまわした。あらたに掘られた墓が、二十数カ所以上あった。木切れの墓標に、死者の名前がアラビア語で粗末に彫ってあった。イスラムの習慣では、死者をできるだけ早く埋葬しなければならない。できれば二十四時間以内に。

年配の女が、話をしながらまた泣き出した。メリハが通訳した。「ほとんどが子供のころから知っていたひとだった。みんなこの村の出身だった」

「ここでは身を隠すことができない」リンクがいった。「だれが見張っているか、わからない」

「わかった」カブリーヨは、女のライフルを持ってたずねた。「ハル・ユージャド・マカーン・アミン?」どこか安全な場所はあるか?

女が疑わし気にカブリーヨを睨んでからうなずいた。背すじをのばしたが、メリハにかなり寄りかかっていた。

「ついてきな」女がアラビア語でいった。

年配の女がようやく落ち着くと、カブリーヨ、リンク、メリハは、村のただ一本の目抜き通りにある三階建てのコンクリートの住宅へ行った。女の名前は、ファダフだった。村人を虐殺した悪鬼の詮索の目から逃れるために、ファダフは三人を家に招き入れた。

質素な二階のキッチンへ行くと、ファダフは世界中の貧しいひとびととおなじ習性を発揮した——自分を犠牲にして、見知らぬ人間をもてなした。カブリーヨは、彼女のライフルを隅に置いた。

ミントティーを出すのに砂糖がないと、ファダフがむやみに謝ったが、三人はとてもありがたいと感謝した。カダフィ政権時代の恩恵だった太陽光発電の電熱器で、ファダフが湯を沸かした。その後、そうした便利な設備は破壊された。

湯が沸くあいだに、カブリーヨは監視のために屋上に出るようリンクに命じた。ファダフから話を聞き出すのは、メリハにまかせた。トルコの刑務所から父親が解放されるのに必要な証拠を、メリハは必死に集めようとしているからだ。

「村のあとのひとたちはどこ？」メリハはきいた。「女性と子供は？　年配者は？」

「民兵に、大規模な攻撃があるといわれたんで、みんな出てったんだよ」

「でも、あなたは残った」

「夫も子供たちも、みんなここに埋葬されてる。どこへ行けっていうのさ？　出ていったら、話し相手は知らない連中や悪鬼だけだ」

「それで、戦闘は……戦闘が起きたとき、ここにいたのね？」

ファダフはうなずいた。「自宅にいた。ここ、この部屋に。すべてが起きたときに」

「あまり苦痛ではないようなら、見たものについて話してくれないかしら？　だれが戦っていたの？」

「あたしたちの兵隊は鉄条網の内側や屋根やあちこちにいて、銃を持ち、トラックに乗ってた。外国人将校が指揮してた。不信心者(クッファール)どもが」

メリハとカブリーヨは、顔を見合わせた。ロシア人数人の死体が表にあったわけが、それでわかった。

「そして、やがて銃撃戦がはじまったのね？」

「ちがう。そのとき、頭のなかで声が響いた」

「ラウドスピーカーの音ということ？」

「ちがう！」黄褐色の指で、ファダフが額を叩いた。「このなかだ。このなかで、あたしは声を聞いた。自分の頭蓋骨のなかで」

「どんな声？」

ファダフが目をかっと見ひらいた。

「アッラーの声だよ！」

35

「ほんとうにアッラーがあなたに話しかけていたと思うの？」メリハは、できるだけやさしくきいた。長い内戦と悲痛にさいなまれて暮らし、気が変になったのではないかと怪しんでいた。

「いいえ、もちろんちがう。あれはアッラーのふりをしてた悪魔の声だった」

ファダフはほんとうに頭がおかしいのだと、メリハは確信した。

「その声はなんといっていたの？」

「全員武器を捨てて降伏しないと、アッラーの天使がおまえたちを誓にするって、悪魔はいった。あたしは銃を持ってなかった。戦士じゃなかった。でも、その声が頭のなかでけたたましく鳴り響いたんで、怖くなってベッドの下に隠れた」薄い布を張ったドアがある小部屋を、ファダフは指差した。素朴な寝棚があり、清潔だが、すぐ内側の寝具が乱れていた。

「そのあと、なにがあったの？」

「すこし時間が過ぎた。どれくらいたったのか、あたしにはわからない。なにしろ怯えてたから。若い兵士たちが叫んだり、悲鳴をあげたりしてるのが聞こえ、窓に走ってって通りにいる兵士たちを見た。まるで悪魔がいったとおり急になにも見えなくなったみたいに、目を掻きむしってた。そのとき銃撃が開始され、虐殺がはじまった」

ファダフが躍りあがり、キッチンの流しの戸棚へ走っていった。両開きの扉をあけて、なかを指差した。子供ひとりが——怯えてなにがなにやらわからなくなっている痩せた年配の女が——這い込むことができるくらいの余裕があった。

「あたしはここに隠れた。みんなが殺されてるとき、怖くて動けなかった。祈って泣くだけだった。そのうちに、やつらが部屋にはいってくるのが、ほとんど閉じてた扉の隙間から見えた。みんなマシンガンを持ってた。見つかるんじゃないかと冷や冷やした。ことに、例のトルコ人に」

「だれ？」

「トルコ人だよ」

メリハは身を乗り出した。「どうしてトルコ人だとわかったの？」

「なまりだよ。あんたとおなじだ。あんたもトルコ人だろう？」

メリハはうなずいた。「ええ」

「前にも見かけたことがある。一カ月前に、市場で。外国人何人かといっしょだった。

そのときは武器を持ってなかった。観光客かもしれないと思った」

メリハは、期待していなかったが、それでもきいた。「名前は知っているの？」

「いや。でも市場でひと目見ただけで見分けられるようになった」左手の指をひろげて、頰を覆ってみせた。「悪魔の手が触れて、皮膚を溶かしたような感じなんだよ」

メリハはカブリーヨのほうを向いて、英語でいった。「バユールの顔がまさにそうなの」

カブリーヨは、前に立っている弱々しい女のほうにうなずいた。

「では、彼女はきみの父親を救う証人だ」

メリハがうなずき、目に涙が光った。

カブリーヨは、そういう感情の発露を理解した。メリハは、命を落としそうになりながらも、この苦しい勝利をものにしたのだ。

「バユールという男が捕らえにくる前に、ファダフをわたしの船に送り届けなければならない」

「もっと低く飛べ」バユールが、通信装置で命じた。

バユールは、ヘリコプターのパイロットのとなりに座っていた。早朝の太陽に向けて飛んでいたので、前方がよく見えなかった。

「わかりました」パイロットがコレクティブピッチ・レバーを軽く押し、ヘリコプターが降下した。

バユールは、双眼鏡を目に当てた。

あそこだ！

バユールは身を乗り出した。砂漠偵察車が、眼下で三階建ての住宅の表にとまっていた――ナンバー2が説明した車両と特徴が一致している。

運転手と銃手に加え、ひょっとして乗客もひとり乗れるかもしれないと、車の造りからバユールは判断した。

「つまり、オズテュルクだ」バユールは、通信装置に向けてつぶやいた。

「なんですか？」

「なんでもない」バユールは、指で示した。「上昇して旋回しろ。不意打ちされたくない」

「イエッサー」パイロットは、ほっとしているのを口調からバユールに聞きつけられなかったことを祈った。機体が薄い民間型のヘリコプターは、対空ミサイルはおろか、機関銃の短い連射でも撃ち落とされるおそれがある。どちらも地上のどこかに隠されていて、自分のヘリコプターに狙いをつけている可能性が高いと、パイロットは思っていた。

ヘリコプターが、機首を近くの海岸線に向けて旋回しながら上昇した。バユールは、また双眼鏡を持ちあげた。配下の戦士たちと兵器は、すでに位置についている。

錆びていていまにも壊れそうな大型貨物船が、湾に向けて航行しているのが見えた。船尾近くの煙突一本から流れ出している汚い黒煙が、清らかな大気を汚染していた。

妙だなと、バユールは思った。貨物船がこんなところで、なにをやっているんだ？

「もう一周」バユールはパイロットに命じた。

パイロットは恐怖を呑み込んだ。

「イエッサー」


カブリーヨは、天井のほうに耳を傾けた。ローターブレードが空気を叩く遠い音が、近づいてくる。

「お客さんですよ」リンクが、通信装置で報告した。「音からして、民間型のヘリコプターのようだ」

「バユールなの？」メリハがきいた。

「なんともいえない」カブリーヨは、肩をすくめた。落ち着いた雰囲気を維持したかった。「作業員が海上油田に向かっているんだろう」

だが、腹の底では知っていた。

バユールにちがいない。

バユールは、双眼鏡のピントリングを調整した。画像がはっきりして、戦術装備を身につけた大男の黒人が、はるか下の屋上にいるのが見えた。

「アメリカ人だ」マイクのスイッチを押して、バユールはいった。

「なんですか？」パイロットがきいた。

バユールはパイロットを無視して、武装勢力の指揮官に命じた。

「作戦実行」

「会長、敵を発見」リンクが、モラーマイクで伝えた。

「受信した。なにが見える？」

ファダフが顔をしかめて、疑いの目を向けた。「だれとしゃべってるんだい？」

「味方よ。さっき屋上へ行ったでしょう」メリハは、自分の顎に触れた。「見えない無線機で話しているのよ」

ファダフが、まだ疑っているようすで眉根を寄せた。

「八人か十人が乗ってる武装したピックアップ一台」リンクが報告した。「もう一台

——ディッシュアンテナみたいなものが上にあるトラック——十人かそれ以上を運んでる。遠くに土煙が立ってて、よく見分けられない。邪魔なものがない照準線が得られない」

「オレゴン号、受信したか？」カブリーヨはきいた。

「受信してる」リンダ・ロスが答えた。「三十秒後に会長たちを目視する」

反響する低く太い声が、カブリーヨの頭のなかで鳴り響いた。力強く、抗しがたく、カブリーヨの通信よりも音量が大きかった。

「武器を捨ててアッラーに降伏せよ！」

カブリーヨは骨伝導通信装置を使っていたので、頭のなかでその声が反響しても動じなかったが、メリハが恐怖のあまり目を丸くした。

おなじ言葉が英語でくりかえされ——またアラビア語で命じた。

ファダフが、錆びたボルトアクション・ライフルを隅からひったくり、通りに面した窓へ突進した。

メリハが捕まえようとしたが、齢のわりに動きが速いファダフが、そばをすり抜けた。

「悪魔ども！」ファダフが叫び、窓に向けて走った。

「会長、敵のドローンがそっちに向かってます」マーフィーがいった、足を滑らせて窓ぎわでとまったファダフが、古めかしいライフルを構えた。アイアンサイトにターゲットを捉えたとき、銃声が一度響いて、ファダフがのけぞった。

ファダフを殺した銃弾は、口をあけて声にならない悲鳴をあげたメリハのすぐうしろで、ペンキを塗ったコンクリートの壁に突き刺さった。

「スナイパーだ！」カブリーヨは叫び、メリハのほうへ突進して、いっしょに倒れ込んだ。同時に、二発目が壁を削った。凶運の呪文を唱える神の声が、頭のなかでいっそう激しく鳴り響いた。

カブリーヨは、ファダフの死体をちらりと見た。意識下の知力が、すべてのデータを集約して瞬時に計算した。

兵士たちの目が急に見えなくなったと、ファダフはいっていた。ドローンがなんらかの光線を発したにちがいない。

「ドローンを撃ち落とせ、砲雷（ウエップス）。リンク、伏せて目を覆え」

カブリーヨは、メリハの体を自分の体で覆い、メリハの顔を自分の胸に押しつけた。

「目を閉じろ――早く！」いいながら、自分も目を閉じた。

つぎの瞬間、おなじみの対空ミサイルが飛翔する爆音が聞こえ、突然、上のほうで激しい爆発音が轟いた。

「ドローン撃墜」マーフィーの声が、カブリーヨの頭のなかで響いた。

だが、間に合わなかったと、カブリーヨは気づいた。
リンクの悲鳴が、通信装置から鳴り響いた。

36

カブリーヨは、メリハの両肩を持ちあげながら、さっと立ちあがった。

屋上に出る階段へ、メリハをひきずっていくとき、神の声がまだ頭のなかで反響していた。メリハが苦しげな顔をしていたので、おなじなのだとわかった。

ふたりは階段の上に達し、屋上をひろびろとした中庭のように囲んでいる四方の低い壁の近くでしゃがんだ。上空に薄れかけているミサイルの排気煙ひと条が見えた。湾内のオレゴン号から発射されたミサイルは、高度一〇〇〇フィートで弾着していた。白い煙と宙を舞っていたドローンの残骸が、命中した位置を示していた。

ヘリコプターのローターブレードが、すさまじい音をたてて空気を叩いていた。地上部隊のために目標照準指示を行なっているにちがいない。カブリーヨは、低い塀の上からちらりと見た。トラックがまた一台、村に向けてかなりの速度で近づいてくる。戦士たちが掩蔽(カヴァー)を探して走りまわりながら、カブリーヨのいる建物に近づいていた。

「敵がまたおおぜい追ってくる、リンダ」

「あたしたちは全速力で向かってる」

　メリハが下の騒音に気をとられ、前進する敵を見ようとして立ちあがった。全身が、さらけだされた。

「伏せろ！」

　カブリーヨはメリハの体をつかんで、あわやという瞬間に引き倒した。メリハが立っていたところで、壁に銃弾が縫い目をこしらえた。

「頭をあげるな！」

　メリハが、愕然としてうなずいた。

　カブリーヨは、リンクに駆け寄った。リンクは胎児の姿勢で横たわり、ヘルメットが頭からむしり取られ、両手で目を覆っていた。

「砲雷（ウェップス）、あのヘリコプターを撃墜しろ」カブリーヨは命じた。

「アイ、会長。ミサイル発射」

　向きを変えたヘリコプターのローターの回転があがり、空気を切り裂く音が変化した。ドローンが粉砕されるのを見て、逃げ出すことにしたにちがいない。

　カブリーヨがヘリコプター撃墜命令を下したとたんに、オレゴン号からまた炎と煙の条がほとばしり、カブリーヨの視界の外へのびていった。遠くで炸裂音が響いた。

「ヘリコプター撃墜」

「みごとな射撃だ、砲雷（ウエップス）。ひきつづき警戒し、わたしの命令を待て」

「了解しました、会長。報せます。さらなる地上部隊が、そっちの位置に接近してます」

「リンク、どこを撃たれた？」

「撃たれてない――目が見えないんだ！」

カブリーヨは、リンクの手を顔から引き離した。リンクが激しくまばたきしたが、目が傷ついているようには見えなかった。

村の遠い側から地対空ミサイルの激しい飛翔音が聞こえた。ミサイルが超音速で空高く上昇し、爆発した。

「われわれのドローンが撃墜された、会長。くりかえす、ドローンが撃墜された。そちらを見る目がなくなった」

「リンダ、リンクが負傷した。なんとかして迎えに来てくれ」

「あと一分。がんばって」

カブリーヨは、メリハのほうを向いた。「リンクをＤＩＮＧに載せて、ここから連れ出さないといけない」

メリハがうなずいた。「手伝うわ」

メリハが起きあがり、体を低くしてリンクのほうへ走りはじめたとき、雷鳴のような轟音があたりに反響した。

火の玉が建物の北側で炸裂し、カブリーヨは胸に衝撃を感じた。

屋上の低い壁から覗くと、破壊されたＤＩＮＧが激しく燃えていた。

カブリーヨがいる建物に向けて走っていたピックアップの後部に、発射後のＲＰＧを持った顎鬚の戦士が立っていた。擲弾が発射されたときの煙が、まだ宙に漂っていた。

カブリーヨはサブマシンガンの引き金を引き、ピックアップを掃射して、フロントウィンドウを撃ち砕き、運転していた男を殺した。ピックアップが急に方向を変えて、壁に激突し、グシャッと潰れてとまった。機関銃手は投げ出されそうになったが、バランスを取り戻し、屋上めがけて熾烈な射撃を開始した。カブリーヨが立っているところのすぐ下で、煉瓦やタイルが砕けた。カブリーヨは身を低くした。

「砲雷(ウエップス)、誘導迫撃砲弾が必要だ。わたしの合図で撃て」

「アイ、会長」

カブリーヨは、ヘルメットの照準環のボタンを押し、ヘルメットを脱いで、下のトヨタのピックアップに照準が合うことを願いながら、壁の上から突き出した。

「ターゲットを捕捉」マーフィーがいった。

カブリーヨがヘルメットをひっこめようとしたとき、機関銃の連射がヘルメットに当たり、カブリーヨの手から離れて、粉々に砕けた。

改造戦闘車の機関銃が屋上になおも銃弾をばらまき、カブリーヨとメリハは身をかがめた。神の声がまだ頭のなかで鳴り響いていたが、車が急停車し、すり減ったブレーキドラムが悲鳴をあげるのを、カブリーヨは聞きつけた。つぎの瞬間、階段を駆けあがる男たちの叫び声が耳に届いた。

カブリーヨは、さっとうしろを向き、ベストから手榴弾一発をはずして、階段に投げおろした。段を転げ落ちる音につづいて、爆発音が聞こえた。男たちの悲鳴が、下で反響した。カブリーヨがもう一発を投げてから、階段を掃射すると、悲鳴が熄んだ。

低いうめきが、空から聞こえた。

ぐらぐら揺れながら真上からこちらに向かって落ちてくる迫撃砲弾を、カブリーヨは目で追った。下腹がぎゅっと縮んだ。

かなり近くに落ちるはずだ。

つぎの瞬間、迫撃砲弾は屋上の下に見えなくなり、すさまじい爆発が起きて、弾子が飛び散り、建物が揺れた。

カブリーヨは、屋根の縁から下を見た。ピックアップの残骸とバラバラになった戦士たちの死体が、一〇〇ヤード先までに散らばっていた。カブリーヨは首をひっこめた。

「命中だ、砲雷（ウエップス）！」

「まだいくらでも撃てますよ」マーフィーがいった。

「到着予定時刻（ETA）、三十秒後」リンダがいった。

「それでも遅いくらいだ」カブリーヨは、リンクの頭を膝に乗せているメリハのほうをちらりと見た。神の声はやかましい悪夢のようだった。それをとめなければならない。

「マーフ、ディッシュアンテナみたいなものが後部にある通信車両が見えるだろう？」

「見えてます」

「それを破壊しろ。頭が割れそうだ」

また銃弾が下の壁を砕いた。

「ぶちかまします。カシュタン作動」

オレゴン号の船首デリックの覆いが下がって、カシュタン・コンバット・モジュールの二連装機関砲の砲身が回転する光景を、カブリーヨは思い描いた。カシュタンは、タングステン被覆の三〇ミリ炸裂弾を一門あたり六本の砲身から発射する。発射速度は一分間に一万発。まるで弾丸のレーザービームのようだ。

まさにそのとおり、つぎの瞬間にカブリーヨは、自動化されたカシュタンの金属板を引き裂くような激しく短い連射音を聞いた。一発でもじゅうぶんなのに、二秒間に三百発が送り込まれた。

カシュタンの砲声の反響が消える前に、神の声はカブリーヨの頭から消えた。これほどほっとしたことはなかった。

「敵車両を破壊」マーフィーがいった。

「了解」

カブリーヨは、屋上の南側へ急いだ。頭がはっきりしていた。目をあげると、べつの建物屋上に配置された戦士たちが、カブリーヨではなく湾のほうを指差していた。

「強襲チーム発進」リンダ・ロスがいった。「ハックスは待機してる。ルームサービスが行くって、リンクに伝えて」

カブリーヨは、ほっとして溜息をつきかけたが、不意にディーゼルエンジンの轟音が響き、安堵(あんど)の一瞬は消え去った。

もっとも近い建物の向こう側から、黒い排気ガスが立ち昇った。カブリーヨは、屋上の西側に沿って走り、それがなにか見ようとした。

気持ちが一気に沈んだ。

T‐72戦車が、建物の角で車体の一部を隠し、ガタンという音とともに停止した。オレゴン号からその戦車の輪郭は見えないだろうと、カブリーヨは思った。戦車の一二五ミリ主砲は、海岸から二〇〇ヤードしか離れていないところにいるオレゴン号にまっすぐ向けられていた。

オレゴン号の喫水線にある艇庫の巨大な扉が、ぱっと大きくあいた。強襲チームのRHIB二艘が、テフロン被覆の傾斜板から跳び出した。艇庫には、機関銃を取り付けたジェットスキー四台と、重武装の戦闘員が乗れるRHIB二艘が格納されている。RHIBが水面に落ちて水飛沫をあげ、雄鶏の尾の形をした航跡を引きながら、ビーチに向けて疾走した。

「砲雷。戦車がわたしの真西三〇ヤードにいて、そっちに狙いを――」

「見えた――」

間に合わない。

戦車の主砲が吼えた。

37

「だめだ！」叫べば魔法のようにオレゴン号を徹甲弾から護れるとでもいうように、カブリーヨは叫んだ。

護れなかった。

戦車砲が炎を噴き、衝撃波を一度発して、砲口から一〇〇ヤード先まで砂と土埃が飛散し、マイクロ波増幅装置（メーザー）のようにカブリーヨの体に脈動が伝わった。反動で旧式のソ連製戦車が激しく揺れた。

加速する発射体が空気をかき混ぜながら飛び、扉があいているオレゴン号の艇庫に突入した。

カブリーヨは、乗組員が負傷するか死ぬような最悪の事態をおそれて、祈りをささやいた。

唯一の慰めは、オレゴン号の電磁投射砲レイルガンが報復するはずだということだった。T-72が憤怒（ふんぬ）の砲弾を放つと同時に、自動化されたレイルガンの砲身がすでに船首甲板の上に出ていた。

レイルガンは、非爆発性の重さ一〇キログラムのタングステン・ロッドを秒速二四〇〇メートル以上で発射する。タングステンの発射体は、アルミホイルを銃剣が貫くように戦車の車体の装甲に突き刺さった。高速の発射体は戦車の鋼鉄を、手榴弾が内側に向けて破裂したような状態に変え、原子化した金属によって乗員が抹殺(まっさつ)された。T-72の弾薬庫から爆風が噴きあがり、砲塔が空高く吹っ飛び、五〇〇ヤード離れたところまで飛んでいった。

レイルガンが引き起こした戦車の爆発による二度目の衝撃波が、エディー・セン、マクド、レイヴン、強襲チームの面々がRHIBで猛進していた青い水面に伝わった。

カシュタンの六連装機関砲二門が掩護のために頭の上ですさまじい数の機関砲弾を送り込むあいだに、強襲チームはなんの被害も受けずにビーチに達し、銃を高く構えてあらゆる事態に備えながら、前方に突き進んだ。

生き残りのISIS傭兵の最後の自殺攻撃は、銃撃の嵐で撃退され、狂信的な殺人者の最後のひとりが薙ぎ倒された。すべて地面に倒れる前に死ぬか、倒れて砂地に血を流して死んだ。

GAZティーグル(ハンヴィー)――前に村を襲撃したときにISISの傭兵たちがロシア人から奪った高機動多目的装輪車型車両――が、沿岸道路に戻って必死に逃げようとした。

村から二〇〇ヤード離れ、命拾いしたと乗っていた男たちが思ったとき、マーフィーが狙い澄ましてレイルガンから一発放ち、車両と車内の男たちをずたずたに引き裂いた。

戦闘は終わった。

「馬鹿なやつらだ」

セドヴェト・バユールは、双眼鏡をおろした。ISISの傭兵たちは、道路を使わずに村から遠ざかるべきだった。いまGAZはねじれた金属の山と化し、バユールが逃げるのに使えなくなった。

バユールは、村の一〇〇ヤード南、墜落したヘリコプターから二〇〇ヤード離れたところで、砂丘の縁にうずくまっていた。死んだパイロットはいまもハーネスをかけたままだった。臆病者にはちがいないが、操縦の技倆は高かった。とっさの機動のおかげで、ミサイルはテイルローターに当たっただけだった。激しい着地でバユールは片腕を骨折し、哀れなパイロットは首が折れた。バユールは片手でハーネスから脱け出し、砂丘の蔭に走っていって隠れた。身を護る武器は、トルコ製のTP9セミオートマティック・ピストルだけだった。

強襲チームの三人が、墜落したヘリコプターを探すのを、バユールは見ていた。彼らが見つけたのは、死んだパイロットとヘリコプターの残骸だけだった。さいわいなことに、バユールが隠れている砂丘まで探しにこなかった。攻撃されたときには、十五発入り弾倉の弾薬のほとんどを敵に向けて放ち、薬室の最後の一発を自決のためにとっておこうと、バユールは考えていた。

折れた腕の痛みも意に介さず、バユールはふたたび双眼鏡を目に当てた。T‐72戦車も含めて、武装勢力と主力のISIS戦士が全滅するのを、バユールは目撃していた。湾内の謎の船に破壊される前に、T‐72が一発放っていたのは、せめてもの慰めだった。

バユールは、先ほどの勘を信じなかった自分をののしった。おんぼろ貨物船が村に接近しているのを見たのに、無害だと判断した。それがいま、とてつもない破壊力を目の当たりにして、その船が見かけとはまったくちがうことを知った。

バユールは、双眼鏡のピントリングをまわし、錆びてかなりつぎはぎされているグリーンと白の船体に描かれている船名を読もうとした。

「〈ヴェストラ・フローデン〉」記憶するために、バユールは読みあげた。旗竿にはリベリア商船旗がだらりと垂れていた。

偽装に決まっていると、バユールは心のなかでつぶやいた。船名はスウェーデン語だが、アメリカの船にちがいない。リビアの反乱軍はロシア人傭兵の支援を受けているが、ロシアにこれほどのテクノロジーはない。では、どうしてアメリカがここで掛かり合っているのか？　リビアの反政府勢力への軍事的・政治的支援は行なわないと、アメリカは強調している。それどころか、ＮＡＴＯはトリポリの現政権を支持している。

あの船の任務はなにか？

パイプラインのメタンフェタミンを焼却したのは、砂漠偵察車の小規模なチームだった。しかし、ここで目にしたのは、高度なテクノロジーを使用する複雑な軍事作戦だった。

バユールは、双眼鏡を敵の上陸地点に向けた。屋上にいた黒人が、ＲＨＩＢのうちの一艘に運び込まれていた。バユールはにやりと笑った。目が見えなくなっているのが、遠くからでもわかった。

メリハ・オズテュルクが突然、視界に現われて、バユールのざまを見ろという思い（シャーデンフロイデ）は台無しになった。戦術装備を身につけたブロンドの長身の男が、オズテュルクが二艘目のＲＨＩＢに乗り込むのに手を貸していた。男の言葉は聞こえなかったが、物腰と存在感から、自分とおなじ指揮官だと、バユールは見きわめた。

この不愉快な敗北をもたらしたのは、あの男だ。

大型船外機の推進力によって、ＲＨＩＢは加速して遠ざかった。ＲＨＩＢの撤退を武装したジェットスキー二台が掩護し、最後にもう一度、打ち壊された村をひとしきり見てから、それも高速で離れていった。ＲＨＩＢが貨物船の喫水線にある大きな扉の奥にはいり、ジェットスキーもつづいた。格納を終えると、貨物船が出発した。

命からがら逃げろと、バユールの頭脳が告げていた。だが、バユールがもっとも恐れていたのは、アメリカ人傭兵ではなく、その指揮官だった。

バユールは金とビットコインを莫大に隠匿（いんとく）しているので、南アメリカのどこかへ行って、死ぬまで安穏（あんのん）と暮らすこともできた。だが、バユールはどんなときでも、まず軍人であり、軍人であることがもっとも重要だった。この六時間の自分の失敗を詳しく報告しなければならないのはわかっていたが、上官に報告するのが軍人としての義務だった。

電話をかけることを思い、口もとがひきつったが、ほかに手立てはなかった。真実を打ち明けることで、父の名声を守れるかもしれない。自分がまもなく死ぬことばかり考えていたので、バユールは貨物船の船体の突然の変化を見落としそうになった。

バユールは双眼鏡を遠ざけて、激しくまばたきし、目をこすった。目にしていることが信じられなかった。ふたたび双眼鏡を構えた。

いや、妄想ではないし、頭がおかしくなってもいない。

色褪せたグリーンと白の配色が、いまでは黒と赤になっていた。船体はやはり錆びて、つぎはぎだらけだった。船尾に焦点を合わせ、船名を読みあげた。

「〈ヴェストゥラ〉」なぜか、微妙に船名が変わっていた。

貨物船の艇庫の扉が閉まりはじめたとき、バユールは暗号化された衛星携帯電話を出し、灰色狼組織で直属している上官の番号を打ち込んだ。

そっけない声の応答があった。バユールは最近の出来事について手短に正確な報告を行なった。基地が襲撃され、メタンフェタミンの貨物が焼却され、メリハ・オズテュルクが奪還され、ワーハト・アルバフルで武装勢力が全滅したことを告げた。信じがたい謎の船のとうていありえないような特徴——多種多様な兵器をそなえていて、瞬時に外見を変えることができ、想像を絶する速力で遠ざかったこと——を説明するときには、口ごもった。

電話の相手は、報告を聞くあいだずっと、落ち着き払っていた。自分が順を追って話したことすべてが、バユール自身の軍歴と命だけではなく、指揮官の軍歴と命を脅かしていることを、バユールは知っていた。指揮官は対応について、バユールに意見を求めた。

「あらゆる犠牲を払って、売国奴のオズテュルクを捕らえなければなりませんし、〈ヴェストゥラ〉を破壊して乗組員全員を殺さなければならないことは明らかです」

バユールの指揮官は冷ややかに同意し、その両方を達成すると断言して、電話を切った。

バユールは、それをいい前兆だと見なした。

だが、指揮官は、負傷して砂漠に取り残されているバユールに救援を送るとはいわなかった。もう用はないし、おまえの命など重要ではないという意味だろう。

セドヴェト・バユールは、折れた腕をかばって不安定に立っていた。遠い村に向けてとぼとぼ歩きながら、名誉挽回のための計画を立てはじめた。

38

カブリーヨは、汗の染みができている戦闘服を着たまま、両手をうしろで組んで、ジュリア・ハックスリー博士の事務室のカーペットを敷いた床を歩きまわっていた。押収したメタンフェタミンのサンプルと、レイヴンが基地から持ちだしたAK-47は、オレゴン号の研究室で分析されている。パイプラインのつぎの中継地点を突き止めるのに、その両方が役立つ可能性がある。カブリーヨが心配しているのは、リンクの状態だった。オレゴン号に戻ったカブリーヨは、なによりも先にリンクを医務室に連れていった。そして、診断が伝えられるまで、ジュリアの事務室に陣取ることにした。

革の椅子に座って疲労と戦っていたメリハも、リンクのことを心配していた。メリハは肉体も精神もへとへとに疲れ、ひどい状態で捕らえられていた影響に苦しんでいたが、カブリーヨのそばを離れようとはしなかった。

「どうしてみんなあなたを会長(チエアマン)と呼ぶの？　毛主席(チエアマン・マオ)みたいなものだから？」メリハは、カブリーヨを笑わせようとした。

効果があった。ほんのすこし。

「ちょっとちがう。わたしは軍事組織ではなく会社のような集団を運営している。だから、幹部みんなに企業のような肩書がある」

「おもしろいわね。リンクの肩書は？」

「リンクは作戦部にいる。あらゆることができるが、おもな専門分野はスナイパーだ」

「彼はとても勇敢よ。これも勇敢に切り抜けるにちがいないと思う」

「まちがいなくそうだろう。ただ、わたしのせいでこうなったのが悔しいんだ」

「自分を責めないで。リンクの目を見えなくしたのは、あなたではなくバユールよ」

「しかし、リンクはわたしの部下だ」

「あなたがいたから、リンクはいまも生きている」メリハは、暖かい笑みを浮かべた。

「あなたは優秀な会長ね、ファン・カブリーヨ。それに善良なひとだわ」

「ありがとう」

カブリーヨは友人のリンクのことが心配でたまらないのだと、メリハは察した。しばらくリンクのことから気持ちをそらそうとした。

「あなたの船はものすごく変わっているわね。案内してくれることはできるかしら？」

カブリーヨはうなずいた。「ああ。いくつか片付けたら案内しよう」空気のにおいを嗅いで、渋い顔になった。「わたしの耳のうしろに〈オールドスパイス〉をふりかけないといけないし」

「早く船内をすべて見たいわ」メリハは、自分の汚れている爪を見つめた。乾いた血や砂がこびりついている。それから、もつれた髪をその指で梳（す）いた。「さぞかしひどい見かけでしょうね」

「そんなことはないよ」

ドアが引きあけられ、医療用白衣を着たままのジュリアがはいってきた。

「先生（ドク）？」

ジュリアが、デスクの椅子のところへいって、ドサッと座った。数時間つづけて、猛烈に働いていたのだ。ジュリアが溜息をついた。

「あなたの勘が的中した。マーフとストーニーと話をしたの。リンクはおそらく、マーフが撃ち落としたドローンに搭載されていた目潰し装置（ダズラー）と呼ばれるもので攻撃されたと、ふたりの意見が一致していた」

カブリーヨは、そのテクノロジーのことをよく知っていた。世界中の軍が、敵部隊に警告し、一時的に活動を妨げるために、低出力レーザーのような非致死性装置を配備している。民間の船舶も、海賊を追い払うために使っている。九〇年代に中国は距離五キロメートルから相手を完全に失明させることができる目潰し装置(ダズラー)を開発した。最終的に国際法で禁じられたが、それが使用されたことはまちがいない。武器制限は法を守る人間に強制力があっても、犯罪者は抑えられない。

「それで、診断は？」

「あいにく、まったく目が見えない」

「恒久的に？」

「なんともいえない。できるだけ徹底的に、リンクの目を調べた」

ジュリアの医療施設には、最新の眼科学機器があり、戦闘による目の負傷の治療と、乗組員の通常の目の検査を行なうことができる。ジュリアはきわめて高い技倆の戦闘外科医だが、眼科医の資格も持っている。

「わたしにいえる限りでは、虹彩(こうさい)、網膜、角膜、それにもっとも重要な視神経に物理的な損害が生じている明らかな兆候は見られない」

「よかった」

「そうね。でも、どうして見えないのか、説明がつかない。世界最高のジョンズ・ホプキンス大学ウィルマー眼科研究所の所長が、仲のいい友だちなの。リンクをそこへ大至急搬送する手配をするわ」

「必要なことはすべてやろう」

「いうまでもなくそうする」

「リンクに会えるか?」

「かなり動揺しているから、鎮静剤を投与したの。いま彼に必要なのは、睡眠よ」

ジュリアの疲れた目が、メリハのほうを向いた。かなりつらい目に遭ったようだと、ジュリアは見てとった。ゴメスが先刻、オレゴン号に運んできた虐待された女性たちといっしょだったのだろうかと思った。

ジュリアが立ちあがりかけた。「ごめんなさい。自己紹介しないといけなかった」

メリハが、ぱっと立ちあがった。「いいえ。座って」

カブリーヨは、自分の額を叩いた。「すまない。紹介するのを忘れていた。ハックスリー博士、こちらはメリハ・オズテュルクだ。独立系ジャーナリストの人権運動家で、ラングストン・オーヴァーホルトの共通の友人だ。メリハ、こちらはジュリア・ハックスリー博士。オレゴン号の最高医務責任者だよ」

女性ふたりは笑みを浮かべて、握手を交わした。

「ラングストンのお友だちなら、わたしの友だちよ」ジュリアがいった。

「すばらしい船ですね。これまでわたしが見たところ、乗組員もほんとうにすごいわ」

「ハックス、差し支えなければ、メリハを診てくれ。レイヴンがざっと診たが、彼女は医者ではないからね」

「いいえ、わたしはだいじょうぶ」メリハがいい張った。「シャワーを浴びて、すこし休めばいいだけよ」

ジュリアが、カブリーヨをちらりと見た。どういう経緯なの？　と問いかける視線だった。

「きみはたいへんな目に遭った」カブリーヨはいった。「医師に診てもらう必要がある。ジュリアは最高の医師なんだ」

メリハは肩をすくめた。「だいじょうぶ。ほんとうに、休みたいの」

「二、三分で済むわよ」ジュリアが勧めた。「患部の切開みたいなことはやらないと約束するわ」

「バユールとパイプラインの捜索をつづけたいのであれば、きみが行動できる状態だということをハックスに確認してもらう必要がある——悪いところがあれば、治療しないといけない」カブリーヨはいった。「それに、きみのせいでわたしの乗組員が危険にさらされるのは困る」

「どういう意味？」

「乗組員が行方不明になったり、捕らえられたりしたときに発見できるように、全員の体にGPS追跡装置を埋め込んである。バユールがきみの体にそういうものを仕掛けていないのを、確認しないといけない。それがあったら、除去する必要がある」

「ああ、そんなことは考えもしなかった」

「いいんだ。きみはわたしのような稼業には慣れていない。それに、きみはわたしとおなじようにへとへとに疲れているから、頭がまわらない。でも、こうしよう。行動に加わりたいのであれば、ハックスリー博士といっしょに行ってくれ」

ジュリアがメリハの腕に腕をからませ、笑みを浮かべてドアから出した。ジュリアはカブリーヨのほうをこっそり見て、ウィンクをした。それからメリハにささやいた。

「それが済んだら、新しい服を見つけないといけないわね」

39

エディー・センをはじめとする強襲チームの面々が、ロッカー室で装備を片付けていると、カブリーヨが戸口に現われた。チームリーダーのエディーは、村への攻撃で強襲チームにはひとりも死傷者が出なかったと、無線ですでに戦闘後報告を終えていた。だが、それでもカブリーヨは、休む前にようすをたしかめるために寄ったのだ。カブリーヨはつねに、なによりも部下のことを気遣う。

「応援ありがとう」カブリーヨはいった。全員がうなずいたりほほえんだりして応じた。

「リンクのようすは?」レイヴンがきいた。

「なにも変わらない。鎮静剤を打たれて休んでいる。ハックスリー博士が、アメリカ本土で先進的な眼科治療を受けられるように手配している」

「いつ会えますか?」戦闘員のひとりがきいた。

「博士にきいてみてくれ」カブリーヨは、マクドのほうを向いた。「なにも問題はなかったんだな？」

「楽勝でしたよ」マクドがいった。大男の元レインジャー隊員のマクドは、抗弾ベストの〈ベルクロ〉のストラップをひっぱってはずした。「問題はひとつだけ。ターゲットがあっというまになくなっちまった」

「マーフが撃墜したヘリコプター……手の形の火傷痕が顔にある男の死体はあったか？」

「見てません」

カブリーヨは、あとの全員に向かっていった。「だれか、なにか見たか？」

全員が首をふった。

「パイロットは見つけました。火傷痕はなかったと思います」エディーがいった。「離脱するときに伏撃を受けないように、ざっとあたりを確認しました。見落とした死体があったかもしれません。そいつが重要人物だとは、知りませんでした」

「いいんだ。ちょっと興味があっただけだ」セドヴェト・バユールがヘリコプターに乗って作戦を指揮していたのだと、カブリーヨは思っていた。勘ちがいだったようだ。

「会長の調子はどうすか？」マクドがきいた。

カブリーヨは、あくびを噛み殺して、にやりと笑った。「絶好調だよ」エディーのほうを向いた。「任務後報告がいつになるか、教えてくれ。出席したい」

「わかりました」

出ていくときに、カブリーヨは戸口をコツコツ叩いた。ふりむいて、チームの全員にいった。「きょうはすばらしい働きだった。ビールでも飲んでくれ」

「もう氷で冷やしてます」マクドがいった。「会長の分、二、三本とっときます」

カブリーヨが出ていくときにすこし足をひきずっているのを見て、マクドの一〇〇ワットの笑みが、ほんのすこし暗くなった。

カブリーヨは、マックス・ハンリーと並んで、ムーンプールの縁に立っていた。右舷隔壁の上のほうの足場から落ちてくる火花が、死にかけている蛍のように見えた。作業員が、損害を受けた縦通材二本を修繕し、内壁に鋼板を溶接していた。ほかにも小規模な修理がなされ、同様の鋼板が船体の外側に溶接されていた。

雑なつぎはぎは、オレゴン号の〝錆びたバケツ〟という〝美意識〟にぴったりだった。カブリーヨはそれでいいと思っていた。オレゴン号はシリコンバレーのビリオネアが見栄を張って所有するヨットではない。そういうヨットは贅沢なヨットハーバーにずっと停泊していて、所有者が訪れるのは、家族旅行かインスタグラム用の写真を撮るときだけだ。オレゴン号は戦闘艦だし、すべての戦士とおなじように、激戦で負った傷を誇りに思っている。

「どれくらいひどいんだ？」カブリーヨはきいた。

「おれたちは運がよかった」大型電動鋸のうなりと、大ハンマーで叩く音のなかでも聞こえるように、マックスが大声でいった。「戦車は一発撃っただけで、マーフに破壊された」

オレゴン号の機関長のマックスが向きを変えて、艇庫がある上のほうを手で示した。

「徹甲弾は扉があいていた艇庫に跳び込んで、右舷の隔壁に当たった。いやはや、ギザギザのでかい穴があいた」——ハンリーは、両手で半円をこしらえてみせた——「そして、反対側に抜けた。弾道がほとんど水平だったので、上の甲板はぶち抜かなかった」

カブリーヨは、ほっと安堵の息をついた。乗組員はもっと上の甲板数層にいるし、オレゴン号の頭脳の〈クレイ〉コンピューターもそこにある。

「構造に重大な損害はなかったんだな？」

マックスが、ほとんど髪の毛がない頭をふった。「船の安全に関わるような損害はなにもない」

「神に感謝しないといけない」

「もう感謝した。それに、いいことを教えよう。あんたが戦車の射手に、もっとも被害が小さくてすむ隔壁に当てるよう頼んでいたとすると、これ以上ないくらい完璧なターゲットを選んでくれたことになる」

「修理が終わるまで、どれくらいかかる？」カブリーヨは、オレゴン号が国際水域に行くよう命じていた。目的地はまだ決まっていないし、修理の作業員の安全をおもんぱかって停船するつもりだった。

「おれのことはわかってるだろう。おれは物事をきちんと終わりまでやりたい。修理や交換が必要な部分はすべて、あすのこの時刻には完了するだろう。リンダがあと数時間、万事が静かで穏やかであるように気配りしてくれれば」

「ありがとう、マックス。ひきつづき知らせてくれ」

「そうする」

旧友のマックスの確実な手腕と工学の技倆に感謝しながら、カブリーヨはそこを離れようとした。たしかに、これに関しては運がよかった。しかし、好運を自分でこしらえなければならない場合もあるのを、カブリーヨは承知していた。

「『アンドロメダ病原体』のセットにいるみたいだな」カブリーヨはいった。

ガラスの大きな仕切りの向こう側の技術者たちは、フェイスシールド付きの防護服を着ていた。照明が明るく温度を下げてある研究室そのものが、コンピューターの半導体メーカーのクリーンルームのようだった。

白衣姿のエリック・リトルトン博士が、メモ帳から顔をあげた。いまオレゴン号の生物物理学研究室の室長をつとめているリトルトン博士は、以前は生物・化学・核兵器の捜索と識別を専門とする国連兵器査察官だった。初仕事はイラクの大量破壊兵器捜索で、最後は失敗に終わったイランの核開発への対策に関わった。リトルトンは、兵器査察にまつわる政治に我慢できなくなっていたので、カブリーヨに〈コーポレーション〉に誘われたときには、おおいによろこんだ。

カブリーヨがリトルトンのような科学者を雇い、資金を投入して船内に研究室を設けなければならなかったのは、嘆かわしい現実のせいだった。アメリカの敵が密輸する兵器は殺傷力が高くなり、複雑になっているうえに、運ばれる量も増えていた。それに追いつくために、生物物理学部門が必要になった。

研究室は外国の政府の仕事を受注し、〈コーポレーション〉にとって意外なほど利益が出る収入源になっていた。兵器や密輸だけではなく、各国政府の環境保護機関、規制当局、国際的な同様の組織のために、公害や汚染の源を突き止めることも請け負っていた。このきわめて高度な技術を必要とする仕事によって、オレゴン号の役割は環境・衛生安全保障の分野にまで拡大していた。

「好きな映画です」リトルトンがメモ帳を置いて、ガラスの向こうの技術者たちを顔で示した。「会長が渡してくれたフェンタニル - メタンフェタミンは、最大級に危険です。技術者の安全をはかるだけではなく、ありとあらゆる予防措置を講じなければなりません」リトルトンは溜息をついた。「気晴らしのためにあんな致死性の毒物を体に入れたがる人間がいるとは、信じがたい」

「結果が出るまで、どれくらいかかる？」

リトルトンは、技術者たちを指差した。

「第一段階はガスクロマトグラフィーです。混合物から成分を分離します。それが終わったら、質量分析で成分の分子量を計算します。混合物になにが含まれているのか、原子的にどう組み立てられているのか知ることができます」

「そして、その分子の指紋を、オーヴァーホルトが送ってきたディアマンテ・アスールと照合できる」

「そのとおりです」

「どれくらいかかる？」

「最長八時間。もっと早いかもしれません」

「結果が出たら、すぐに教えてくれ。その情報を大至急、オーヴァーホルトに送らなければならない」

リトルトンがうなずいた。「お任せください」

（上巻終わり）

◉訳者紹介　**伏見威蕃**（ふしみ いわん）
翻訳家。早稲田大学商学部卒。訳書に、カッスラー『亡国の戦闘艦〈マローダー〉を撃破せよ！』、クランシー『ブラック・ワスプ出動指令』（以上、扶桑社ミステリー）、グリーニー『暗殺者の回想』（早川書房）、『国際秩序』（日経ビジネス人文庫）他。

地獄の焼き討ち船を撃沈せよ！（上）

発行日　2023年5月10日　初版第1刷発行

著　者　クライブ・カッスラー＆マイク・メイデン
訳　者　伏見威蕃

発行者　小池英彦
発行所　株式会社 扶桑社
〒105-8070
東京都港区芝浦1-1-1　浜松町ビルディング
電話　03-6368-8870（編集）
03-6368-8891（郵便室）
www.fusosha.co.jp

印刷・製本　図書印刷株式会社

定価はカバーに表示してあります。

Printed in Japan
ISBN 978-4-594-09481-2　C0197

扶桑社海外文庫

トルテカ神の聖宝を発見せよ！（上・下）
C・カッスラー＆R・ブレイク　棚橋志行／訳　本体価格各680円

北極圏の氷の下から発見された中世の北欧ヴァイキング船。その積荷はアステカやマヤなど中米の滅んだ文明の遺品だった！　ファーゴ夫妻が歴史の謎に迫る。

ソロモン海底都市の呪いを解け！（上・下）
C・カッスラー＆R・ブレイク　棚橋志行／訳　本体価格各780円

ソロモン諸島沖で海底遺跡が発見されファーゴ夫妻が調査を開始するが、島では不穏な事態が頻発。二人は巨人族の呪いを解き秘められた財宝を探し出せるか？

英国王の暗号円盤を解読せよ！（上・下）
C・カッスラー＆R・バーセル　棚橋志行／訳　本体価格各830円

古書に隠された財宝の地図とそのありかを示す暗号。ファーゴ夫妻は英国王ジョンの秘宝をめぐって、海賊の末裔である謎の敵と激しい争奪戦を展開することに。

ロマノフ王朝の秘宝を奪え！（上・下）
C・カッスラー＆R・バーセル　棚橋志行／訳　本体価格各850円

モロッコで行方不明者を救出したファーゴ夫妻は、ナチスの墜落機にあった手紙と地図を手に入れる。そこからは〝ロマノフの身代〟という言葉が浮上して……